中國語言文字研究輯刊

九　編

許 錟 輝 主編

第16冊

《字彙》反切音系研究

陳 雅 萍 著

花木蘭文化出版社

國家圖書館出版品預行編目資料

《字彙》反切音系研究／陳雅萍 著 -- 初版 -- 新北市：花木蘭文化出版社，2015〔民 104〕

目 6+242 面；21×29.7 公分

（中國語言文字研究輯刊 九編；第 16 冊）

ISBN 978-986-404-397-2（精裝）

1. 字彙 2. 研究考訂

802.08 104014813

中國語言文字研究輯刊

九 編 第十六冊 ISBN：978-986-404-397-2

《字彙》反切音系研究

作 者 陳雅萍
主 編 許錟輝
總 編 輯 杜潔祥
副總編輯 楊嘉樂
編 輯 許郁翎
出 版 花木蘭文化出版社
社 長 高小娟
聯絡地址 235 新北市中和區中安街七二號十三樓
電話：02-2923-1455／傳真：02-2923-1452
網 址 http://www.huamulan.tw 信箱 hml 810518@gmail.com
印 刷 普羅文化出版廣告事業
初 版 2015 年 9 月
全書字數 139464 字
定 價 九編 16 冊（精裝） 台幣 40,000 元

《字彙》反切音系研究

陳雅萍 著

作者簡介

陳雅萍，女，台灣新北市人，1981 年生。國立成功大學中文系、中文研究所畢業，目前為國立高雄師範大學國文所博士候選人、兼任講師。專長為聲韻學、漢語語言學、世說新語。曾發表〈從《字彙》直音闕字談其可能的版本及音韻問題〉、〈從「則聲」之諧聲偏旁字例見語音演變之跡〉、〈《廣韻》平聲字在現代國語中的例外音讀〉、〈論「菜市場名」之構詞形式及音韻特徵〉、〈從「禮義節情」到「委順至理」——論向秀養生思想之流衍〉等單篇論文。

提　要

《字彙》一書為梅膺祚所撰，乃明代重要字書之一，全書共收錄 33175 字，語音材料相當豐富，可惜歷來對其全面性的研究並不多見。本論文先就《字彙》一書加以介紹，包括作者生平、《字彙》版本、語音體例等逐一說明；次依反切系聯方法，將《字彙》反切之聲類、韻類加以系聯，總計得出三十聲類、一百一十五韻類之音韻體系；並將之與《洪武正韻》加以對照比較，分就聲、韻、調之演變詳加討論，得出《字彙》反切對《洪武正韻》有承襲亦有改易之處。最後就《字彙》反映的語音現象與現今吳方言作一對照，藉由歷時、共時之比勘，期能瞭解《字彙》反切音系之演變，並對明代語音現象有進一步的認識。

誌　謝

依稀記得 2007 年仲夏時節，正如火如荼地準備碩士班論文口試，那日陽光耀眼、草木青翠，佇立在成功湖畔的中文系館，格外顯得沈靜。大學四年即是在此系館成長，從大一新鮮人，慢慢了解中文奧妙，乃至以此爲業，現在想想一切彷彿如夢似幻。感謝當時的口試委員林慶勳老師、王三慶老師對於論文的諸多斧正，更謝謝碩班指導陳梅香老師在論文寫作過程中的釋疑解惑。今獲得老師推薦，得以讓不成熟的碩論順利出版，難掩雀躍，再次感謝老師指導與栽培。

目前仍在高雄師範大學攻讀博士班，繼續朝學術之路邁進，近來因身兼教學與研究工作，每每對博士論文撰寫力不從心，今接到花木蘭出版社之出版通知，彷彿又拾回那朝氣蓬勃、大步向前的美好時光，提醒自己加緊腳步，努力完成未竟之業！從大學時期即離家南下，現在算算在南部也待了近 15 年頭，感謝父母的辛勞付出，感謝兄姊加油打氣，感謝朋友分憂解勞，感謝花木蘭文化出版社對學術界的提攜之情！

《字彙反切音系研究》一書，雖在畢業當時即已公開授權，然近幾年仍不斷鑽研並提出修正，如發現《字彙》的海外版本、借吳方音補充擬音之缺失等。香港著名電影動作指導、導演袁和平先生，他最常掛在嘴上的一句話：「電影是遺憾的藝術。」我想論文也是，即便修改再三，仍因資質有限，無法臻至完滿。以此就教大方之家，盼不吝予以斧正，謹申謝忱。

陳雅萍于台南成功大學

二〇一五年五月

目次

第一章　緒　論

明代音韻學研究，上承宋元，下啓清代，處於漢語音韻史中古音轉變爲近代音的重要時期，關於明代語音的研究，比起其他各期，相較明顯不足，有其缺憾性。事實上，有明一代三百年間，期間不乏許多韻書的呈現，較爲人所熟悉的有：《洪武正韻》（1375）、《瓊林雅韻》（1398）、《韻略易通》（1442）、《菉斐軒詞林要韻》（1465～1487）、《中州音韻》、《中州全韻》、《韻略易通》、《韻略匯通》（1642）等。另外，在字書研究上，亦有重要的創新與變革，如：明末，梅膺祚《字彙》一書的呈現，簡化從《說文解字》以來字典的部首爲二百一十四部，有系統的部首的排列，首卷後附檢字，便於查找，且每卷卷首還有列表，載明該卷所有部首及每部所在的頁數，這些都是字書史上的創見〔註1〕，這樣簡化的部首編排，使供後人在字書查找上更爲便利與快速，影響及於《康熙字典》，以至於現代。

然而，也因爲字書的定位，較易爲人所忽略裡面涉及許多關於音韻學上的研究素材，是可供作進一步的研究。《字彙》全書計十四卷，據梅鼎祚《字彙·序》言：

> 吾從弟誕生之字彙，其耑其終悉以數多寡，其法自一畫至十七畫，列二百十有四部，統三萬三千一百七十九字。

〔註1〕見劉葉秋《中國字典史略》（北京，中華書局，2003），頁146～152。

《字彙》較為特出之處在於：每字除列反切外，復加直音。這樣的一本大著作，內涵的語音材料也極為豐富，然而卻鮮少有專書對其音韻作有系統的深入研究，是有不足處。

有鑒於《字彙》一書內含豐富且龐大的語音材料，其中包含反切、直音、叶音等不同時代語料成份，是以將之集中在對《字彙》反切音系的探討。本章先述研究動機與現況，並就研究方法作一交代，以作為立論之基點。

第一節　研究動機與研究現況

歷來對於《字彙》的研究分兩個部份。針對字形、編纂理論研究，大體從字形、分部編排體例作探討，如：呂瑞生《字彙異體字研究》〔註2〕、巫俊勳《字彙編纂理論研究》〔註3〕、謝美齡〈《說文》與《字彙》分部淺探〉〔註4〕。從字書著眼探討，對歷代字書作一稍加介紹並評價，如：劉葉秋《中國字典史略》、蕭惠蘭〈《字彙》再評價〉〔註5〕、張涌泉〈論梅膺祚的字彙〉〔註6〕。對《字彙》一書進行概論性質介紹，如：《中國學術名著提要——語言文字卷》〔註7〕所引「《字彙》」一條、何九盈《中國古代語言學史》〔註8〕、《中國大百科全書·語言文字卷》〔註9〕所引「《字彙》」一條……等，這些專書、專文，或多或少集中於對《字彙》的簡介，涉及音韻研究的不多。

涉及《字彙》音韻方面的研究，如：古屋昭弘〈《字彙》與明代吳方音〉

〔註2〕關於《字彙》一書的異體字探討，詳見呂瑞生《字彙異體字研究》（台北：中國文化大學中文研究所博士論文，2000年6月）。

〔註3〕巫俊勳《字彙編纂理論研究》（台北：輔仁大學中文研究所博士論文，2001年6月）。

〔註4〕謝美齡，〈《說文》與《字彙》分部淺探〉，《興大中文學報》（第8期，1995年1月），頁285～304。

〔註5〕蕭惠蘭，〈《字彙》再評價〉，《湖北大學學報（哲學社會科學版）》（第29卷第5期，2002年9月），頁111～114。

〔註6〕張涌泉，〈論梅膺祚的字彙〉，《中國語文》（1999年6期），頁473～477。

〔註7〕《中國學術名著提要——語言文字卷》（台北：黎明文化出版事業股份有限公司，1995），頁334～337。

〔註8〕何九盈《中國古代語言學史》（廣東：教育出版社，2005），頁267～268。

〔註9〕《中國大百科全書·語言文字卷》（台北：錦繡出版事業股份有限公司，1994），頁551。

〔註10〕、高永安〈《字彙》音切的來源〉〔註11〕、林慶勳《字彙音系研究》〔註12〕、林慶勳〈明清韻書韻圖反映吳語音韻特點觀察〉〔註13〕、林慶勳〈論《字彙》的韻母特色〉〔註14〕……等，古屋昭弘對梅膺祚其人及《字彙》音系有深入的研究，並說明《字彙》具有吳方言的語音現象，林慶勳在古屋昭弘的研究基礎上，找出更多的例證，並加以說明，唯這些研究或侷限於單篇論文，或將《字彙》反切與直音合併系聯，提出《字彙》的語音現象。

高永安〈《字彙》音切的來源〉整理《字彙》一書反切的可能來源，提出「《字彙》反切與直音乃不同的來源系統，應分開看待。」〔註15〕筆者肯定高氏之論點，並提出何以將直音與反切分開看待之因如下：（一）直音並非沿襲反切而來，反切乃兩字相拼合而成，其音讀或有存古，或受時音影響，直音僅就單字而標音，反切有否可能等同直音之音讀，此有待進一步貞定。（二）直音並非僅有一個音讀，作爲注音字當選正切或又切？該如何判斷？（三）作者本人之音學素養爲何？其所依據的讀音究爲讀書音、實際語音、方音之何者？甚或有否誤讀之可能性？筆者本欲全盤檢索梅膺祚之音學觀，但發覺此書牽連甚廣，實非盡碩班之力所能探微，故思量以上三點，筆者站在高永安之研究論點上，縮小《字彙》的研究範圍，僅將重點放在《字彙》反切音系的研究上。期能透過《字彙》反切音系的研究，深入了解梅膺祚在反切系統的特色與所反映的音韻現象。

〔註10〕古屋昭弘，〈《字彙》與明代吳方音〉，《語言學論叢》第20輯（北京：商務印書館，1998），頁139～148。

〔註11〕高永安，〈《字彙》音切的來源〉，《南陽師範學院學報（社會科學版）》（第2卷1期，2003年1月），頁37～41。

〔註12〕林慶勳《字彙音系研究》乃2001年國科會執行計畫。發表部份僅限於韻母部分：林慶勳，〈論《字彙》的韻母特色〉，《第八屆國際暨第二十一屆全國聲韻學學術研討會論文集》（高雄：高雄師範大學國文系，2003），頁213～240。

〔註13〕林慶勳，〈明清韻書韻圖反映吳語音韻特點觀察〉，《第九屆國際暨第二十三屆全國聲韻學學術研討會》（台中：靜宜大學主辦，2005），頁A5-1-1～A5-1-9。

〔註14〕林慶勳，〈論《字彙》的韻母特色〉，《第八屆國際暨第二十一屆全國聲韻學學術研討會論文集》（高雄：高雄師範大學國文系，2003），頁213～240。

〔註15〕見高永安，〈《字彙》音切的來源〉，《南陽師範學院學報（社會科學版）》（第2卷1期，2003年1月），頁40。

第二節　研究步驟與方法

任何學科，只要研究對象確立，研究方法也是決定研究成果的重要因素。耿振生《明清等韻學通論》關於〈研究等韻音系的基本途徑〉一節提到基本的研究方法為：「歷史串聯、共時參證、內部分析、音理分析、歷史比較、統計法」〔註 16〕等研究等韻的方法。這些原則或多或少也可應用在《字彙》反切音系的研究上。

本文首先就《字彙》一書版本加以比較，確定採用國家圖書館藏明萬曆 43 年《字彙》原刊本，以其時代最早及錯誤較少，接著針對所收 33175 字，進行電腦輸入，如遇反切切語有所疑異處，則往前參考前期字書，如：《類篇》、《篇海》等，反覆比勘，以確立反切，前置作業完成後，方能對《字彙》反切音系作一研究。

再參考陳澧反切系聯條例之系聯原則，並就《字彙》內部可得之四聲相承語音體例作為主要系聯。此外，並對《字彙》反切上下字各卷出現次數作一統計，選用出現次數最多者為《字彙》反切聲類、韻類之類目。在系聯過程中，亦參考各種語音文獻，作一音理的分析，最後將之與同時代官方韻書《洪武正韻》作比較，提出《字彙》反切所反映的明末音韻現象。

各章內容說明如下：

第一章〈緒論〉，交代研究動機與《字彙》當前的研究現況，並就研究步驟及方法作一說明。

第二章〈《字彙》述論及語音體例〉，包括《字彙》作者介紹、《字彙》之內容與版本比較、《字彙》之語音體例三部份，對《字彙》一書作初步的概論，且就其版本、所呈現之語音體例作一介紹。

第三章〈《字彙》反切系聯〉，此亦本文系聯重點所在。先就反切系聯方法作一說明，並就《字彙》反切聲類、韻類進行系聯，得出結論後，再對聲值、韻值加以擬測。

第四章〈音節表〉，將第三章所得《字彙》反切系聯結果，依橫聲縱韻的方式，且據十六韻攝順序，作一列表整理。

第五章〈《字彙》反切系統音系探析〉，包括聲類、韻類、聲調上所反映的

〔註 16〕見耿振生《明清等韻學通論》（北京：語文出版社，1998），頁 133。

音韻系統作一論述，並將之以《洪武正韻》作比照，確立《字彙》反切音系中有承襲自《洪武正韻》的部份，亦有其輾轉時代之更革處，再就相異之語音現象與現今吳語比照，推論《字彙》反切音系中有承繼《洪武正韻》，亦有作者本身方言現象滲入的情況。

第六章〈結論〉，先就研究成果進行論述，並列出《字彙》反切切語上下字表，並就論文的延續與開展作一說明。

第二章　《字彙》述論及語音體例

在進入文章正文前，本章先就《字彙》相關內容作一整理概論，分就《字彙》之作者生平、版本流傳與比較，及語音體例等作初步的整理介紹，以便更能瞭解《字彙》一書之內容。

第一節　《字彙》之作者介紹

梅膺祚，字誕生，宣城（今安徽省宣城縣）人，生卒年月不詳。《明史》中僅載：「梅膺祚《字彙》十二卷。」〔註1〕直接有關他的個人生平事蹟，史書並無明確交代，僅能從少數相關典籍切入，對其作一簡略介紹。由於史傳中對梅膺祚個人著墨甚少，本節主就家族背景及直接或間接與梅膺祚有關的部份，作一概論。

一、宣城梅氏乃宋人梅堯臣之後

首先，從家族背景來看，宣城梅氏其實擁有相當久遠的歷史，在梅鼎祚《鹿裘石室文集》卷二十一中〈處士耕隱梅公墓誌銘〉記載：

> 蓋今寓內之梅氏，唯宣城最蕃，宣城凡六七宗並祖。五代時宣城掾遠公凡婁傳至宋，而尚書公詢以翰林學士被遇眞廟都官公堯臣，詩

〔註1〕見張廷玉《明史・藝文志》（上海：上海古籍出版社，1997），頁2374。

> 名當代爲宮禁所傳。〔註2〕

宣城梅氏，從五代傳至宋明，期間著名的文人是宋朝梅堯臣（1002～1060）。《宋史》載：

> 梅堯臣，字聖俞，宣州宣城人，侍讀學士詢從子也。工爲詩，以深遠古淡爲意，間出奇巧。歷德興縣令，知建德、襄城縣，監湖州稅，簽書忠武、鎮安判官，監永豐倉。大臣屢薦宜在館閣，召試，賜進士出身，爲國子監直講，累遷尚書都官員外郎。〔註3〕

梅堯臣歷來爲人所熟知的，乃其爲推動宋代古文運動的一份子，論詩重視《詩經》、屈賦的優良傳統，反對華而不實的空言，針對宋初只重堆砌詞藻、忽略內容精神的「西崑體」，有強烈的批判，也因此他的作品能掃除當時華麗頹靡的文風，具有強烈的個人色彩。此外，梅堯臣對民生疾苦能有相當的同情與體會，作品中能深刻反映現實社會，劉克莊更稱他爲宋初詩的開山祖師。〔註4〕梅堯臣除詩文方面有所成就外，亦享有官名，「學而優則仕」不僅從梅堯臣身上顯見，往後的宣城梅氏一族更是人才濟濟，在宣城當地獨樹一幟、名聲顯著。

二、「從誇荊地人人玉，不及梅家樹樹花」——人才輩出

梅鼎祚〈進階太中大夫雲南布政使司左參政先府君宛溪先生行狀〉言：

> 梅氏惟宣城繁。〔註5〕

梅氏乃宋代文人梅堯臣的後代，是宣城的大族，且在當地名聲顯赫，族中人才輩出，不乏在朝爲官，享有功名者，「守」字輩的有：梅鼎祚父梅守德，嘉靖二十年（1541）進士；梅守相，萬曆十七年（1589）進士；梅守極，萬曆四年（1576）舉人；梅守峻，萬曆十四年（1586）進士；梅守和，萬曆二十六年進士（1598），梅守聘，萬曆三十六年（1608）貢生；梅守履，萬曆三十

〔註2〕見梅鼎祚《鹿裘石室文集》收入《四庫禁燬書叢刊》（北京：北京出版社，2000），頁443。

〔註3〕見《宋史・梅堯臣傳》（台北：世界書局，1986），頁13091。

〔註4〕詳見劉克莊《後村詩話・前集・卷2》（臺北：臺灣商務印書館，1986）、劉大杰《中國文學發展史》（台北：華正書局，2000），頁692～697。

〔註5〕見梅鼎祚《鹿裘石室文集》，收入《四庫禁燬書叢刊》（北京：北京出版社，2000），頁433。

年（1602）貢生。「祚」字輩的有：梅鶚祚，萬曆十一年（1583）進士；梅曆祚，萬曆十年（1582）舉人；梅綿祚，萬曆十三年（1585）舉人；梅國祚，萬曆十八年（1590）貢生；梅鶴祚，萬曆四十四年（1616）貢生；梅瑞祚，天啓四年（1624）貢生……等。〔註6〕而如梅守箕、梅蕃祚、梅嘉祚、梅台祚、梅咸祚、梅國祚、梅鼎祚等七人，更被江南文壇譽爲「林中七子」。

梅氏一族，在萬曆年間科舉及第、光耀門楣者爲數不少，較爲人熟知的是梅鼎祚（1549～1615）。梅鼎祚是梅膺祚的從兄，雖說他的仕途並不順遂，但這並不影響他對書本的喜愛與知識的追求，《本朝分省人物考・梅鼎祚》記載：

> 生無他好，手不識衡量，目不知綺麗，足不履田塍，凡飲食寢處，悲喜愉悴，一寄于書。居嘗謂曰：「吾於書若魚之於水，一刻失之，即無以爲生。」〔註7〕

足見梅鼎祚已將讀書視爲生活的一部份，行住坐臥，喜怒哀樂，皆與書相伴，片刻缺其不可，亦可說明其對書本的喜愛與知識的追求。且其頗富文采，著作豐富，交遊廣闊，王世貞亦曾寫詩相贈：

> 雙頰微赧鬢向鴉，比它群從更高華。從誇荊地人人玉，不及梅家樹樹花。舷底歌聲牛渚月，袖中詩草敬亭霞。惟憐樂府新翻調，強半春風傍俠邪。〔註8〕

詩中言明縱使荊地以地靈人傑著稱，尚不及梅氏一家人才輩出，可見梅氏家族在當地享有極高的盛名。詩中稱誦梅鼎祚除詩文外，在戲曲方面的創作同樣令人讚賞。且從《本朝分省人物考・梅鼎祚》載：

> 當是時海以內無不知有梅禹金者。〔註9〕

見其盛名不輟，又言：

〔註6〕詳見古屋昭弘，〈《字彙》與明代吳方音〉，《語言學論叢》第20輯（北京：商務印書館，1998），頁140。

〔註7〕見明・過庭訓撰《本朝分省人物考》（上海：上海古籍出版社，2002），頁411。

〔註8〕王世貞〈戊子秋，宣城梅禹金與其從叔季豹相過從頗數。今年春，禹金之從弟子馬來，出其詩見示，更自斐然，於其行得一七言律贈之〉，見王世貞《弇州四部稿續稿》卷十九，頁5。

〔註9〕見明・過庭訓撰《本朝分省人物考》，頁412。

得見禹金，此行庶幾不俗。〔註10〕

足見在當時梅鼎祚之盛名與地位。這些記載，雖是就梅鼎祚而言，然卻也可以進而看到梅氏一族在當時與當地的名人地位。梅氏一族，不管在官場或文壇皆能有所成就，其基礎或許在於書香世家一脈相承的學風與家風，這種讀書風氣，當然或多或少對於梅膺祚的生平有相當程度的影響。

三、少學《易》，游學國子監，成爲廩生

直接與梅膺祚有關的個人生平，僅侷限於梅鼎祚幫其撰寫的《字彙．序》，及梅膺祚自己爲《韻法直圖》、《韻法橫圖》撰寫的兩篇序文。梅鼎祚於《字彙．序》言：

> 吾從弟誕生之字彙，……，少學《易》，爲諸生，誦通將受餼，徙而游國子。精治六書，悟其終始於《易》，有數可循也，所纂者若此。

從上得知梅膺祚與梅鼎祚的關係乃從兄弟的關係〔註11〕，其少學《易》，且精通六書，當生員後游學國子監。據《明史．選舉志》〔註12〕：

> 國子學之設，自明初乙巳始，洪武元年，令品官子弟及民俊秀通文義者，並充學生。

明初乙巳，即元至正二十五年（1365），此爲朱元璋稱帝前三年。又：

> 既而改學爲監，……學旁以宿諸生，厚給廩養。〔註13〕

由上可知，梅膺祚憑藉對經學的深入研究，進而游學國子監，成爲廩生。關於梅膺祚少學《易》，在《韻法橫圖．序》中亦見記載：

> 余先是得《韻法直圖》，其字從上而下也，是圖橫列，則以橫名。一直一橫，互相脗合，猶《易》卦，然先天、後天其圖不同，而理同也，韻法二圖蓋倣諸此。

將韻圖比之《易》卦，八卦的次序有「乾、兌、離、震、巽、坎、艮、坤」

〔註10〕見明．過庭訓撰《本朝分省人物考》，頁412。

〔註11〕古屋昭弘以梅鼎祚《鹿裘石室文集》卷六有〈賦畫贈五從弟誕生泮游〉詩，進一步考證膺祚乃梅鼎祚第五個從弟。見古屋昭弘，〈《字彙》與明代吳方音〉，頁140。

〔註12〕見《明史卷六十九．選舉志》（台北：鼎文書局，1978），頁1676。

〔註13〕見《明史卷六十九．選舉志》，頁1676。

和「乾、坤、震、巽、坎、離、艮、兌」兩種，前者為「先天八卦次序」，以乾、坤為南北向；後者為「後天八卦次序」，以坎、離為南北向，兩者之生成年代、排列次序、思想觀念，至今仍有爭議。梅膺祚精通《易》義，其將《韻法直圖》、《韻法橫圖》比如先天、後天八卦，見兩圖雖於排列設置有所差異，然其理一也，可見梅膺祚亦能將經學中的思想加諸於字書的編纂上，足見其對《易》有深入的研究。

四、推論梅膺祚由經學轉向小學的原因

前面提到，梅氏一族人才濟濟，相較於其他從兄弟而言，梅膺祚並無特別突出之處，史籍典章也沒有其考取功名的相關記載，若無《字彙》一書傳世，相信梅膺祚於歷史的洪流中是趨於無名的。然而比較特別之處，亦其可獨立於其從兄弟之外的，乃是其對小學的貢獻。梅鼎祚於《字彙・序》中言及：

> 先太中晚嗜字學，有所訓屬，未成書，鼎祚不類，尟所涉，無以贊舉，有媿徐鼎臣之于弟楚金多矣。

雖然文中並未明確指出先太中是何人？然可以肯定的是，在梅鼎祚的幾位家族先輩中，已有人開始重視字學並多所涉獵，惜並未成書。

前面提及梅膺祚年輕時，對經學有深入的研究，從少學《易》，轉而從事字書的編纂，這中間的轉捩點並無史書記載可供查找，然筆者以為可能的原因有二：一則乃上述「先太中晚嗜字學」有關，透過家族間頻繁的交流中，或可刺激及啓發對小學的興趣；另一點則在於梅膺祚對當時學風的批判：

> 等韻自音和門而下，其法繁，其旨祕，人每憚其難而棄之，曰：「吾取青紫，悉藉是哉？」故世有窮經皓首之儒，而反切莫知，弊相仍也。(〈韻法橫圖・序〉)

因為等韻門法的日趨繁雜，韻圖已不易釐清，開啓韻圖之鑰匙——門法，又漸苛察累細，故能眞正掌握並了解韻圖之人乃相對少數，以韻圖之學不可躋，則許多士人棄難就易，甚或發出：「要考取功名，哪需憑藉等韻門法！」的譏語。也因此後世多的是滿腹經綸、對經書研究甚深的大師，卻不知道反切、門法、等韻究為何義？此種弊病不斷的產生，梅氏因而發出慨嘆。

基於以上種種原因，梅膺祚才從少時學《易》，轉而深入小學、從事字書的

編纂，當其他同輩在文學、戲曲等領域發揮長才之時，梅鼎祚選擇在小學方面勤耕播種，投注心力，《字彙》一書的編纂完成，不僅在文字學、音韻學做出貢獻，在字典學上更是有其開源之價值，影響及於現代，梅膺祚功不可沒。

五、生於萬曆初年，編纂《字彙》

梅鼎祚於《字彙・序》云：

> 二子士倩、士杰，能讀父書而梓行之。……誕生方彊年，行且謁仕，抱書趨闕下，獲親睹聲明文物之盛，東觀南閣之選，宜必首被此，庶備同文之一助焉。

從上述得知梅膺祚於《字彙》成書時方彊年，且育有二子士倩、士杰。《禮記・曲禮》中：「四十日強而仕。」古屋昭弘以爲梅膺祚編《字彙》一書時，年紀大約四十歲，據此推知梅氏大約生在萬曆三年（1575）左右，卒年不詳。〔註 14〕根據《字彙・序》末提及梅鼎祚幫其作序的時間在：「萬曆乙卯孟陬之月穀日立春。」亦即此篇序是在乙卯年（1615）正月八日所寫，表示《字彙》最晚當在1615年正月初即已完成。

另外，梅膺祚爲《韻法橫圖》作序的時間在甲寅年（1614年），《韻法直圖》則是梅膺祚「壬子春，從新安得是圖。」（見《韻法直圖・序》），壬子年乃西元1612年，亦是《字彙》成書的前兩年。新安即今安徽省歙縣，除新安外，並無其他資料顯示梅膺祚還到過別的地方，梅膺祚到新安是純粹旅遊或定居，語音是否受其影響，並不得而知。

第二節　《字彙》之內容與版本比較

介紹了梅膺祚的生平及梅氏一族在宣城的地位後，以下就《字彙》之內容與版本比較。

〔註 14〕見古屋昭弘，〈《字彙》與明代吳方音〉，頁 140。而據筆者蒐羅《字彙》版本，發現日本竟有萬曆 2 年（現藏於堺市立中央圖書館）及萬曆 7 年（現藏於東北大學圖書館）版本，其中萬曆 7 年本註明序刊，若非誤錄，則梅鼎祚（1549～1615）爲之作序的萬曆 43 年版恐非最早刊本，而梅膺祚之生年亦恐非古屋昭弘推估之約生於萬曆 3 年（1575）左右，若萬曆初年版本屬實，則梅膺祚之生年至少得在萬曆 2 年之基礎上，再往前推估至少 10 至 20 年左右。

一、《字彙》之內容

《字彙》全書計十四卷，據梅鼎祚《字彙・序》言：「吾從弟誕生之字彙，其耑其終悉以數多寡，其法自一畫至十七畫，列二百十有四部，統三萬三千一百七十九字。」以下就其目次順序、各集內容作一介紹：

1)《字彙・序》。

2)《字彙目錄》〔註 15〕：載「首卷」至「卷末」各項內容，包含子集至亥集及部首順序。

3)《字彙凡例》：計十四條，分別敘述收字標準、來源、釋音方式、字例存捨、各字歸部、釋字內容、古字俗字等問題。

4)《字彙首卷》：包含「運筆」、「從古」、「遵時」、「古今通用」、「檢字」五部份，分別解釋意涵，並舉例說明。

「運筆」：說明運筆先後之法，共收錄七十三字。舉例：匹，先匸，次儿。

「从古」：古人六書，各有取義，遞傳於後，漸失其眞，故於古字當从者，紀而闡之。此部份共收錄一七九字。舉例：幺，俗作么。

「遵時」：近世事繁，字趨便捷，徒拘乎古，恐戾於今，又以今時所尚者，酌而用之。此部份共收錄一〇九字。舉例：付，古作仅。

「古今通用」：博雅之士，好古功名之士，趨時字可通用，各隨其便。此部份共收錄一三四字。舉例：宜古宜今。（案：古今小寫，說明宜爲古字，宜爲今字）。

「檢字」：凡字偏傍明顯者，循圖索部，一舉手得矣，若疑難字，不得其部，仍照畫數，於此檢之。舉例：凡从刂者屬刀部。此檢字法乃針對疑難字，雖不知其部首，仍可就字的筆畫數，於此查找，即可找出部首。舉例：叢，筆畫爲十八劃，於十八劃中即可找出叢的部首爲「又」部。此部份共收錄一畫至三十三畫的疑難字例。

5)子集：收「一」部至「又」部之字例。於每集之首，各具一圖，圖每行分十格，卷若干篇，圖若干格，按圖索之，開卷即得。

〔註 15〕國家圖書館藏明萬曆乙卯（43 年）江東梅氏原刊本，將目錄置於凡例前，與其他版本相異，在此說明。

6）丑集：收「口」部至「女」部之字例。
7）寅集：收「子」部至「彳」部之字例。
8）卯集：收「心」部至「无」部之字例。
9）辰集：收「日」部至「氏」部之字例。
10）巳集：收「水」部至「犬」部之字例。
11）午集：收「玉」部至「田」部之字例。
12）未集：收「竹」部至「色」部之字例。
13）申集：收「艸」部至「西」部之字例。
14）酉集：收「見」部至「里」部之字例。
15）戌集：收「金」部至「香」部之字例。
16）亥集：收「馬」部至「龠」部之字例。
17）卷末：包括「辨似」、「醒誤」、「韻法直圖」、「韻法橫圖」四部份。

「辨似」：字畫之辨在毫髮間，注釋雖詳，豈能徧覽，茲復揭出點畫相似者四百七十，有奇此體竝列，彼此相形，俾奮藻之士一目了然，無魚魯之謬也。細分二字相似、三字相似、四字相似、五字相似等。舉例：鍚，銅鍚之鍚，又賜也；錫，音羊，馬額前飾。

「醒誤」：舉例：本，本末之本今誤作夲；夲，音叨，進趨也又往來見貌。

「韻法直圖」、「韻法橫圖」於後另立探討。

以上乃《字彙》一書之主要內容，梅膺祚亦對收字原則作一說明：

> 字宗《正韻》已得其概，而增以《說文》，參以《韻會》，皆本經史通俗用者，若《篇海》所輯怪僻之字，悉芟不錄。(《字彙》凡例)

《字彙》所收之字亦皆以「通俗用」爲目的，對於一些奇僻之字，並不予以採用，此亦明確標明梅膺祚《字彙》一書是以實用爲主要考量，也因此易爲大眾所接受。除經史常用字外，對古文俗字皆作說明，在通用字下亦收有古文或異體，並援引經籍加以說明；此外，梅膺祚於部首編排、檢字方面有其獨到的見解，並不拘泥或因襲傳統字書，主張省併《說文》以來過多的部首編排，提出214部的編排法〔註16〕，使之便於查找檢字，至今仍沿用不輟。

〔註16〕關於《字彙》的編排法，詳見巫俊勳《字彙編纂理論研究》(台北：輔仁大學中文

二、《字彙》之版本比較

據《五方元音・序》云：「字學一書，書不一家。近世之所流傳，而人人奉爲拱璧者，莫如《字彙》。蓋以筆畫之可分類而求，悉數而得也，於是老師宿儒、蒙童小子，莫不群而習之。」〔註17〕又梅氏姪兒梅標言於《音韻正訛・序》（？～1644）言：「昔余伯《字彙》一書，反切精研，引證諸典，毫髮不爽，迄今盛行海內廿有年矣。」〔註18〕足見《字彙》一書乃明末清初間相當流行的字書，其式微之因，王重明《中國善本書提要》云：「自《康熙字典》出而《字彙》微，《總目》不爲著錄，今求一朔本而不可得。」〔註19〕可見直到清代《康熙字典》一出，《字彙》方漸趨於沒落。

較明確記載《字彙》版本的，如劉葉秋《中國字典史略》：

> 續補或襲用《字彙》書名的字典，除《正字通》流通較廣外，其它皆不常見。通行的《字彙》，是清刻本，康熙、雍正、乾隆、嘉慶、同治各朝均有人翻刻，現在已難找到。〔註20〕

也因爲有清一代翻刻《字彙》過多，在各朝均有翻刻的情況下，基於「前修未密、後出轉精」的原則，對於《字彙》版本的全數保存是有其困難度的。

（一）《字彙》版本介紹

呂瑞生《字彙異體字研究》詳細考訂《字彙》版本計有十六種之多〔註21〕，

研究所博士論文，2001年6月）。

〔註17〕見清・樊騰鳳撰《五方元音》（上海：上海古籍出版社，2002）。

〔註18〕見《續修四庫全書》（上海：上海古籍出版社，2002），頁359。

〔註19〕見王重明《中國善本書提要》（上海：上海古籍出版社，1983），頁62。

〔註20〕見劉葉秋《中國字典史略》（北京：中華書局，2003），頁152。

〔註21〕由先至後依序是：1、國家圖書館藏明萬曆乙卯（43年）江東梅氏原刊本（1615年）2、清康熙十年西泠怡堂主人刊本（1671年）3、日本寬文十一年刊本（1671年）4、清康熙戊辰〈27年〉靈隱寺刊本（1688年）5、清康熙己卯（38年）西湖鏡月堂刊本（1699年）6、日本天明七年刊本（1787年）7、清同治七年紫文閣刊本（1868年）8、寶綸堂刊本9、古杭雲棲寺流通處刊本10、鹿角山房刊本11、金閶會文堂藏板12、明刊本13、明萬曆版14、明版15、明刊清刻本16、江戶本。詳見呂瑞生《字彙異體字研究》（台北：中國文化大學中文研究所博士論文，2000年6月），頁16～18。

此外，巫俊勳《字彙編纂理論研究》〔註 22〕再加之雍正十一年金陵槐蔭堂梓行本、崇文堂重訂本，總計《字彙》版本多達十八種。而據筆者蒐羅「中國古籍善本書目系統」及「日本所藏中文古籍數據庫」，發現《字彙》版本遠較前面所見 18 種為多，尤以日本所藏《字彙》冊數高居中、台之首，顯見《字彙》在日本之流傳及其影響性。

首先來看中國國家圖書館所收《字彙》版本，其於明萬曆 43 年刊行本即有：敦化堂刻本、鹿角山房刻本、金陵槐蔭堂刻本（又題名文奎字彙）、匯賢齋刻本、三樂齋刻本、金閶書業堂刻本，其後又有陳長卿刻本、懷德堂刻本（又題名光霽字彙）、文興堂刻本等，於清代則有順治 6 年霍達刻本、順治間金陵致和堂刻本、康熙 18 年雲棲寺刻本、康熙 27 年靈隱寺刻本、康熙 29 年姑蘇掃葉山房刻本、康熙 38 年西湖鏡月堂刻本、清康熙吳郡綠蔭堂刻本、清崇文堂重訂本等。而近來亦陸續有《字彙》新版本出現，若吉林有匯源堂藏板之《瓶窯字彙》，據推估為清代晚期的刻本，惜未完備，只剩丑集、寅集、卯集、午集、未集、亥集、字彙序和目錄 8 本。

日本所見《字彙》藏書高達 111 套，書題多作《字彙》，偶有作《增注校正頭書字彙》、《增補篆字彙》、《增註字彙》、《重訂字彙》、《頭書字彙》、《廣字彙》、《新版字彙》等，其版本依先後可分：

年　　代	出　版　項	冊數	備　　註
萬曆 2 年（1574）		14	
萬曆 7 年（1579）	序刊，後印 14 冊	14	
萬曆 43 年（1615）	江東梅氏刊本	14	同台灣國家圖書館館藏
	（1615）序，三樂齋	14	
江戶朝〔註 23〕	大阪吉野屋五兵衛刊本，鹿角山房藏版	15	
	鹿角山房藏版	14	弘觀舍舊藏本
	鹿角山房藏板	12	八戶南部家舊藏本
	本間新四郎所藏本	15	

〔註 22〕巫俊勳《字彙編纂理論研究》（台北：輔仁大學中文研究所博士論文，2001 年 6 月），頁 17～18。

〔註 23〕江戶時代（1603～1867），又稱德川時代，是指由江戶幕府（德川幕府）所統治的日本時代。

	前川善兵衛據文榮堂藏板刊	15	
	鹿角山房刊	16	同本2冊
慶安元年（1648）〔註24〕	風月宗知刊本	10	昭和55至56年東京汲古書院據此影印
寬文11年（1671）〔註25〕	京都（洛城）忠興堂印本	14	
康熙10年（1671）	西泠怡堂主人刊本	14	
寬文12年（1672）	京都大阪風月勝左衛門芳野屋五兵衛刊	15	
康熙年間	韓菼〔註26〕訂本	2	
乾隆26年（1761）	帶月樓藏板	2	
天明7年（1787）〔註27〕	皇都書肆鹿角山房刊本	15	
	京都風月莊左衛門刊本（笠原玟注、嶋本作十郎印）	15	封面「鐫宣城梅誕生先生重訂字彙鹿角山房藏版」題簽「增注校正頭書字彙」印記「內藤修」、「三余堂印」
	重刊本（武江簡室補遺）	15	
	京都風月莊左衛門·嶋本作十郎刻、皇都風月莊左衛門·浪華柳原喜兵衛重印本。	15	印記「福島藏書」
	京都風月莊左衛門·嶋本作十郎，同刻大坂心齋橋通伊丹屋善兵衛等重印本。	15	印記「高遠文庫」、「高遠進德圖書館之印」
嘉慶元年（1796）	文秀堂刊、藻思堂後印本	13	
嘉慶5年（1800）	經綸堂刊本	14	
光緒9年（1883）	雲間席氏掃葉山房刊本	14	

〔註24〕慶安（1648～1651）爲日本後光明天皇的年號。

〔註25〕寬文（1661～1672）是日本後西天皇、靈元天皇的年號之一。

〔註26〕韓菼（1637～1704），字元少，別號慕廬，長洲（今蘇州）人。以文才受康熙皇帝敬重，康熙12年狀元，授翰林院修撰，修《考經衍義》百卷，又曾召入弘德殿進講《大學》，主纂《孝經衍義》，歷官日講起居注官、右贊善、侍講、侍讀，禮部侍郎、吏部右侍郎。官至禮部尚書兼翰林院掌院學士。

〔註27〕天明（1781～1788）爲日本光格天皇的年號。

此外，尚有不具出版年之文榮堂藏板、大道堂刊本。初步統計，日本《字彙》版本計有 26 種之多，尤以江戶朝之鹿角山房藏版影響最大，其後天明 7 年風月勝左衛門版本亦是在其基礎上，進行補訂刊刻。關於冊數方面，最少爲 2 冊，最多爲 16 冊，2 冊乃有遺佚之故，16 冊乃重出故耳。日本《字彙》版本以 15 冊最爲普遍，明代《字彙》江東梅氏刊本計有 14 冊，何以傳至日本後或有 15 冊產生？推估與增注附錄有關，如天明 7 年《字彙》版本即明確載有有笠原玟撰坿錄，另亦有武江簡室之增註補遺，以其在原有基礎上增修，故而冊數也就較原有版本爲多。然於中國仍以 14 冊（卷）爲主。

總結日本、中國所藏《字彙》版本，整理如下表：

	中　國	日　本
萬曆初年		萬曆 2 年本
		萬曆 7 年本
萬曆 43 年		江東梅氏刊本（台灣亦收）（書影一）
	敦化堂刻本	
	鹿角山房刻本	
	金陵槐蔭堂刻本（又題名文奎字彙）〔註 28〕	
	匯賢齋刻本	
	三樂齋刻本	三樂齋刻本
	金閶書業堂刻本	
明末	陳長卿刻本	
	懷德堂刻本（又題名光霽字彙）	
	文興堂刻本	
江戶初期		大阪吉野屋五兵衛刊本
		鹿角山房藏版（弘觀舍舊藏本）
		鹿角山房藏板（八戶南部家舊藏本）
		本開新四郎所藏本

〔註 28〕金陵槐蔭堂《字彙》刻本，中國國家圖書館載乃萬曆 43 年本，巫俊勳引韓國成均館大學中央圖書館之《古書目錄》載乃雍正 11 年新鐫，兩者版式大同小異，又萬曆本書題有「文奎字彙」，雍正版卻無，推估兩本有別，萬曆版在先，雍正版在後。

		前川善兵衛據文榮堂藏板刊
		鹿角山房刊
慶安元年		風月宗知刊本
順治 6 年	霍達刻本	
順治間	金陵致和堂刻本（書影二）	
寬文 11 年		京都（洛城）忠興堂印本
寬文 12 年		京都大阪風月勝左衛門芳野屋五兵衛刊
康熙 10 年		西泠怡堂主人刊本
康熙 18 年	雲棲寺刻本	
康熙 27 年	靈隱寺刻本	
康熙 29 年	姑蘇掃葉山房刻本	
康熙 38 年	西湖鏡月堂刻本	
康熙間	吳郡綠蔭堂刻本	韓菼訂本
雍正 11 年	金陵槐蔭堂梓行本	
乾隆 26 年		帶月樓藏板
天明 7 年		皇都書肆鹿角山房刊本
		京都風月莊左衛門刊本
		重刊本（武江簡室補遺）
		皇都風月莊左衛門・浪華柳原喜兵衛重印本
		大坂心齋橋通伊丹屋善兵衛等重印本。
嘉慶元年		文秀堂刊、藻思堂後印本
嘉慶 5 年		經綸堂刊本
光緒 9 年		雲間席氏掃葉山房刊本
同治 7 年	紫文閣刊本	
清末	瓶窯字彙（匯源堂藏板）（書影三）	
民國	寶綸堂刊本	
不具年代	崇文堂重訂本（書影四）	文榮堂藏板、大道堂刊本

表中可見，中國《字彙》版本集中於萬曆 43 年出刊，但缺江東梅氏原刊本（台灣國圖館藏）；日本版本集中於江戶年間與天明 7 年。《字彙》於中國計有 21 種版本，加上台灣國圖原刊本，則爲 22 種；日本則有 26 種，扣除重複之原刊

本及三樂齋本，總計《字彙》於中國、日本共有 46 種版本之多，雖其後陸續有《正字通》、《康熙字典》問世，然其影響性及流通性仍不可小覷。而日本《字彙》版本與中國明顯不同者，在於其增注至 15 冊，比原有版本多出 1 冊。

儘管《字彙》版本眾多，然就台灣目前所能收集到的版本，以國圖所藏明萬曆 43 年江東梅氏原刊本、清康熙 27 年靈隱寺刊本、寶綸堂刊本爲主，茲逐一簡介如下：

1、明萬曆乙卯年《字彙》原刊本

國家圖書館館藏明萬曆乙卯年（西元 1615 年）《字彙》原刊本，首卷書扉題「天集」，卷末書扉題「地集」，序末鈐有「梅鼎祚印」、「梅氏禹金」兩印，首、末卷卷首鈐有「吳興劉氏嘉業堂藏書記」印，後由國家圖書館館藏，加有「國立中央圖書館考藏」印文。〈韻法直圖〉書末有「旌邑劉完初刻」。

首卷先列「目錄」再列「凡例」，原刊本直音字例偶有闕字，並以黑框（案：■）替代，舉例：

剖：普偶切，音■

坐：徂果切，音■

原刊本中據筆者統計有五十一個黑框漏字，且集中於直音部分。

呂瑞生比較原刊本、靈隱寺刊本、鏡月堂刊本、寶綸堂本文字字形間的差異，發現靈隱寺刊本、鏡月堂刊本、寶綸堂本有多處字形明顯誤刻，因此推論國家圖書館藏本應確爲原刊本。〔註 29〕據筆者就各版本反切加以比較，也確實發現國家圖書館藏原刊本錯誤較少，若幾經翻刻，成於多人之手，訛誤自然增多，故推論當爲較早的版本。

2、清康熙 27 年靈隱寺刊本

清康熙 27 年（西元 1688 年）靈隱寺刊本，由上海辭書出版社影印出版，書前有〈重刻字彙題辭〉，署名「康熙戊辰浴佛日靈隱碩揆道人原志題并書」，鈐有「釋原志印」、「碩揆」兩印。

首卷先「凡例」再「目錄」，「目錄」下及各卷卷首皆鈐有「中華書局圖書館珍藏」印，寅集末有「靈隱禪堂流通」一行。又原刊本序文「二子士人士杰」，

〔註 29〕詳見呂瑞生《字彙異體字研究》（台北：中國文化大學中文研究所博士論文，2000 年 6 月），頁 16～18。

此處作「二子士倩士杰」。

靈隱寺刊本中反切及直音字例亦偶有闕字，遺留空白，筆者以□替代，舉例：

打：丁雅切，音□

歪：烏乖切，音□

愛，□蓋切，哀去聲

夬，古□切，音怪；又叶居月切，音□

3、《續修四庫全書》寶綸堂刊本

上海古籍出版社《續修四庫全書》中的《字彙》寶綸堂本，扉頁題據華東師範大學圖書館藏明萬曆四十三年刻本影印，首卷先「凡例」再「目錄」。除未集外，「目錄」下及各卷卷首鈐有「寶綸堂重鐫」印，未集宣城梅膺祚誕生音釋」下加有「重訂」二字，寶綸堂本雖較靈隱寺本錯誤爲少，然亦不全然與國圖之原刊本同，故華東師範大學所藏之此版本，究或依明末其他版本，或者仍採原刊本，然幾經改易，致有所差異，此皆須進一步探求。

首先，版本的比較及反切的確立，乃《字彙》反切系聯的重要依據。筆者就所見三個版本：國家圖書館館藏明萬曆 43 年原刊本、清康熙 27 年靈隱寺刊本、寶綸堂本，就音切部份加以比較，發現國家圖書館館藏本錯誤較少，交相比對參照後，訂正訛字、確立反切。另，將逐字條列，標出反切、直音、又音，便於研究統計。

下面就聲母、韻母、其他方面就切語漏字、字形訛誤、疑義處，作一訂正。首先來看聲母部份於各版本之差異與問題：

①切語漏字

清康熙 27 年靈隱寺刻本《字彙》，經上海辭書出版社出版後，與《續修四庫全書》的寶綸堂本乃坊間較容易取得的《字彙》版本，是以筆者將之與國家圖書館館藏明萬曆 43 年原刊本作一比較，三個版本各有優劣，此章僅就切語缺字作一校對比勘，國家圖書館館藏明萬曆 43 年原刊本缺字以黑框（案：■）替代，此章只就切語漏字作一比照；另，靈隱寺刻本中其缺字部分遺留空白，筆者以□替代，下列字例、出處及三版本之標音用字加以比較，備註乃筆者說明。

	字	卷・部首・筆劃	原 刊 本	靈隱寺本	寶綸堂本	備 註
1.	匴	子・匚・十二	須兗切音選	□兗切音選	須兗切音選	□當爲須
2.	愛	卯・心・九	於蓋切哀去聲	□蓋切哀去聲	於蓋切哀去聲	□當爲於
3.	搞	卯・手・十	口到切音靠	□到切音靠	口到切音靠	□當爲口
4.	擫	卯・手・十三	又婢表切音近俵	又□表切音近俵	又婢表切音近俵	□當爲婢
5.	敥	卯・攴・六	先見切音線	先見切音□	先見切音線	□當爲線
6.	翊	未・羽・五	又■入切音揖	又夷入切音揖	又夷入切音揖	■當爲夷

②字形訛誤——以《原刊本》為比照對象

一般而言，書籍在傳抄的過程中，或多或少由於缺筆、漏刻、字形相近、版本闕漏與模糊不清，致使傳抄者以己意揣度或擅自更改原意之情形，是以難免產生切語用字相異，此一相異特點在字形訛誤，《字彙》亦不例外。然切語不同，據切語而生的字音也就不同，依照反切所系聯出來的結果也就各異。是以筆者在系聯之先，先對字形相近所產生的訛誤，作一訂正，並於備註處說明。

舉例而言：

1、厞，《原刊本》與《寶綸堂本》皆作「符非切，音肥」；然《靈隱寺刻本》則作「篛非切，音肥」。符與篛，一作「逢夫切」，一作「而琰切」，聲、韻、調各異，比照《字彙》中肥字作「符非切」，是以據此改篛爲符。

2、嚟，《原刊本》與《寶綸堂本》皆作「郎計切，音麗」，然《靈隱寺本》則作「即計切，音麗」。比照聲母一爲來母，一爲精母，麗字反切爲「力霽切」，亦屬來母，是據此改即爲郎，即當爲郎的形誤字。

下表羅列訂正切語訛誤，訛誤處以備註說明：

	字	卷・部首・筆劃	原 刊 本	靈隱寺本	寶綸堂本	備 註〔註30〕
1.	厞	子・厂・八	符非切，音肥	篛非切，音肥	符非切，音肥	篛當爲符
2.	嚟	丑・口・十六	郎計切，音麗	即計切，音麗	郎計切，音麗	即當爲郎
3.	堚	丑・土・九	戶昆切，音魂	尸昆切，音魂	尸昆切，音魂	尸當爲戶
4.	嶹	寅・山・十三	王問切，音運	主問切，音運	王問切，音運	主當爲王
5.	儳	寅・彳・十七	士咸切，音讒	十咸切，音讒	士咸切，音讒	十當爲士
6.	悻	卯・心・八	下頂切，形上聲	T頂切，形上聲	下頂切，形上聲	T當爲下〔註34〕

〔註30〕備註「某當爲某」，乃筆者比較不同版本後，所得出的個人看法，在此作一說明。

〔註34〕「T」、「下」乃異體字關係，仍據原刊本作下。

7.	收	卯・支・二	尸周切，首平聲	戶周切，首平聲	戶周切，音平聲	戶當爲尸 音當爲首
8.	柉	辰・木・五	符炎切，音凡	得炎切，音凡	符炎切，音凡	得當爲符
9.	淣	巳・水・八	又延知切，音倪	又廷知切，音倪	又延知切，音倪	廷當爲延
10.	濾	巳・水・十三	又求於切，音渠	又水於切，音渠	又求於切，音渠	水當爲求
11.	莭	午・目・四	徙結切，音耋	徙結切，音耋	徙結切，音耋	徙當爲徒
12.	嶢	午・立・十	弋笑切，音耀	戈笑切，音耀	弋笑切，音耀	戈當爲弋
13.	秞	午・禾・五	于求切，音由	干求切，音由	干求切，音由	干當爲于
14.	纏	未・糸・十九	申之切，音詩	中之切，音詩	申之切，音詩	中當爲申
15.	罋	未・缶・十三	烏貢切，翁去聲	鳥貢切，翁去聲	烏貢切，翁去聲	鳥當爲烏
16.	翖	未・羽・八	託合切，音榻	記合切，音榻	託合切，音榻	記當爲託
17.	腇	未・肉・七	又吐猥切，音腿	又叶猥切，音腿	又吐猥切，音腿	叶當爲吐
18.	臨	未・臣・十一	又叶良中切，音隆	又叶艮中切，音隆	又叶艮中切，音隆	艮當爲良
19.	艬	未・舟・十三	千山切，音餐	于山切，音餐	千山切，音餐	于當爲千
20.	茷	申・艸・九	于芮切，音銳	千芮切，音銳	于芮切，音銳	千當爲于
21.	蔞	申・艸・十	千臥切，音剉	于臥切，音剉	千臥切，音剉	于當爲千
22.	蓖	申・艸・十一	方寐切，音沸	友寐切，音沸	方寐切，音沸	友當爲方
23.	蓛	申・艸・十三	公戶切，音鼓	去戶切，音鼓	公戶切，音鼓	去當爲公
24.	衺	申・衣・四	徐嗟切，音斜	涂嗟切，音斜	徐嗟切，音斜	涂當爲徐
25.	褨	申・衣・十	又千可切，音瑳	又干可切，音瑳	又千可切，音瑳	干當爲千
26.	䙐	申・衣・十一	且勇切，聰上聲	目勇切，聰上聲	且勇切，聰上聲	目當爲且
27.	貈	酉・豕・十一	丁歷切，音滴	可歷切，音滴	丁歷切，音滴	可當爲丁
28.	趣	酉・走・八	又叶千候切，音湊	又叶干候切，音湊	又叶千候切，音湊	干當爲千
29.	蹇	酉・足・十	九輦切，堅上聲	力輦切，堅上聲	力輦切，堅上聲	力當爲九
30.	鄄	酉・邑・十一	因肩切，音煙	囚肩切，音煙	因肩切，音煙	囚當爲因
31.	野	酉・里・四	又叶烏果切，倭上聲	又叶鳥果切，倭上聲	又叶烏果切，倭上聲	鳥當爲烏
32.	鬠	亥・髟・五	土來切，音胎	士來切，音胎	土來切，音胎	士當爲土
33.	鯖	亥・魚・八	七情切，音青	匕情切，音青	七情切，音青	匕當爲七
34.	鯧	亥・魚・八	尺良切，音昌	天良切，音昌	尺良切，音昌	天當爲尺
35.	鱟	亥・魚・十二	又雛晥切，音棧	又雛晥切，音棧	又雅晥切，音棧	雅當爲雛
36.	鵤	亥・鳥・七	先彫切，音消	告彫切，音消	告彫切，音消	告當爲先
37.	鶰	亥・鳥・十	于權切，音員	丁權切，音員	丁權切，音員	丁當爲于

③字形疑義——兼以其他字書為比照對象

以下就《字彙》原刊本當中反切字形疑義處，以之與《類篇》、《四聲篇海》作一比較。如：

4、蟉，又音巨九切，音日。日當爲臼之誤。

5、蟣，居里切，音巳。《字彙》己、巳、巳三字，字形相近，然反切各異：己，居里切；巳，養里切；巳，詳子切。是以蟣，居里切直音當爲己而非巳。

	字	卷・部首・筆劃	原刊本	靈隱寺本	寶綸堂本	備註
1.	烯	巳・火・七	形衣切，音希	欣衣切，音希	欣衣切，音希	據原刊本爲形
2.	瘱	午・疒・十三	盧嚴切，音杴	盧嚴切，音杴	盧嚴切，音杴	盧當爲虛
3.	竩	午・立・五	兩月切，音日	兩月切，音日	兩月切，音日	兩當爲雨
4.	蟉	申・虫・十一	又巨九切，音日	又巨九切，音日	又巨九切，音日	日當爲臼
5.	蟣	申・虫・十二	居里切，音巳	居里切，音巳	居里切，音巳	巳當爲己
6.	郪	酉・邑・七	于臥切，音剉	于臥切，音剉	于臥切，音剉	于當爲千
7.	�郻	酉・邑・七	臭義切，音忌	臭義切，音忌	臭義切，音忌	臭當爲具
8.	讛	酉・言・十四	士緩切，音疃	土緩切，音疃	土緩切，音疃	士當爲土
9.	頯	戌・頁・八	巳爲切，音歸	巳爲切，音歸	巳爲切，音歸	巳當爲己

上表中《原刊本》若干反切用字已有訛誤，筆者將之與《類篇》〔註 32〕及《四聲篇海》〔註 33〕加以比較，確立反切，於下備註處作一訂正：

	字例	類　篇	四聲篇海	原刊本	備　註
1.	烯	香衣切	欣衣切	形衣切，音希	形
2.	瘱	火占切，又盧嚴切	火占切，又許兼切	盧嚴切，音杴	虛
3.	竩	王伐切	王伐切	兩月切，音日	雨
4.	讛	土緩切	吐緩切	士緩切，音疃	土
5.	郪	寸臥切	七課切	于臥切，音剉	千
6.	郻	（無收錄）	具義切	臭義切，音忌	臭
7.	頯	吉窺切	吉惟切	巳爲切，音歸	己

1、烯，《原刊本》作形衣切音希，《靈隱寺刻本》、《寶綸堂本》皆作欣衣切，比照《類篇》、《四聲篇海》一作香衣切，一作欣衣切，香、欣爲曉母，

〔註 32〕據司馬光等編《類篇》（北京：中華書局出版，1984）。

〔註 33〕據《文淵閣四庫全書》收錄《四聲篇海》（明刊本）（台北：台灣商務出版社，1983）。

形為匣母，然《字彙》中曉、匣兩類可以系聯為一類，是以仍據《原刊本》作形衣切。

2、㾾，《原刊本》作盧嚴切，音杴，比照《類篇》、《四聲篇海》作火占、虛嚴、許兼切，聲母皆為曉母，又據《字彙》中「杴」字作虛嚴切，是以據此訂正盧嚴切當為虛嚴切，盧字當為虛之形誤字。

3、戉，《原刊本》作兩月切，比照《類篇》、《四聲篇海》皆作王伐切，屬為母字，又據《字彙》中「曰」字作雨月切，是以據此訂正兩月切當為雨月切，兩字當為雨之形誤字。

4、讜，《原刊本》作士緩切音疃，比照《類篇》、《四聲篇海》作土緩、吐緩切屬端系字，又據《字彙》中「疃」作土緩切，是以據此訂正士緩切當為土緩切，士字當為土之形誤字。

5、郪，《原刊本》作于臥切音剉，比照《類篇》、《四聲篇海》作寸臥、七課切，聲母皆為精系字，又據《字彙》中「剉」作千臥切，據此訂正于臥切當為千臥切，于字當為千的形誤字。

6、郋，《原刊本》作臭義切音忌，比照《四聲篇海》作具義切，聲母屬見系字，又據《字彙》中「忌」作奇寄切，「狊」作古闃切，「臭」作尺救切，忌、狊皆聲母皆屬見系字，是以據此訂正臭義切當為狊義切，臭當為狊之形誤字。

7、䫌，《原刊本》作巳為切，音歸，比照《類篇》、《四聲篇海》作吉窺、吉惟切，聲母皆屬見系字，又據《字彙》中「歸」作居為切，「己」作居里切，「巳」作詳子切，己、歸聲母相同，是以據此訂正巳為切當為己為切，巳字乃己之形誤字。

接著就韻母之反切下字用字缺字、訛誤、疑義處，作一訂正，以其仍有聲母所存之切語漏字與用字訛誤等問題，茲說明如下：

①切語漏字

此章只就反切漏字作一比照；另，靈隱寺刻本中其缺字部分遺留空白，筆者以□替代，下列字例，出處及三版本比較，備註乃筆者說明。

	字	卷・部首・筆劃	原刊本	靈隱寺本	寶綸堂本	備註
1.	升	子・十・二	又叶方中切	又叶方□切	又叶方中切	□當為中

2.	夬	丑・大・一	古壞切音怪，又叶居月切音決	古□切音怪，又叶居月切音□	古壞切音怪，又叶居月切音決	□依序當爲壞，決
3.	彅	寅・弓・八	側迸切音諍	側□切音諍	側迸切音諍	□當爲迸
4.	槍	辰・木・十	又抽庚切音峥	又抽□切音峥	又抽庚切音峥	□當爲庚

②字形訛誤——以《原刊本》為比照對象

以下就《字彙》中反切下字字形訛誤處，作一訂正。舉例說明如下：

1、乙，《原刊本》與《寶綸堂本》皆作乙黠切，音軋，然《靈隱寺刻本》則作乙點切，音軋。黠，胡八切；軋，乙黠切，兩字韻類相同，同爲黠韻、入聲；點，多忝切，屬忝韻、上聲，是以據此改點爲黠。

2、侹，原刊本與寶綸堂本皆作渠王切，音狂，然靈隱寺刻本則作渠主切，音狂，王、主兩字一爲于方切，一爲腫與切，兩字聲、韻、調各異，再比較《字彙》，狂作渠王切，是以據此改主爲王。

下表羅列訂正切語訛誤，訛誤處以備註說明：

	字	卷・部首・筆劃	原刊本	靈隱寺本	寶綸堂本	備註
1.	乙	子・乙・一	乙黠切，音軋	乙點切，音軋	乙黠切，音軋	點當爲黠
2.	侹	子・人・七	渠王切，音狂	渠主切，音狂	渠王切，音狂	主當爲王
3.	促	子・人・七	千玉切，音簇	千王切，音簇	千玉切，音簇	王當爲玉
4.	侲	子・人・七	之愼切，音震	之眞切，音震	之愼切，音震	眞當爲愼
5.	尲	寅・尢・九	北末切，音鉢	北未切，音鉢	北末切，音鉢	未當爲末
6.	嵄	寅・山・十	伊鳥切，音杳	伊烏切，音杳	伊鳥切，音杳	烏當爲鳥
7.	悋	卯・心・六	力刃切，音吝	力刀切，音吝	力刀切，音吝	刀當爲刃
8.	採	卯・手・八	此宰切，猜上聲	此軍切，猜上聲	此宰切，猜上聲	軍當爲宰
9.	渦	巳・水・九	烏禾切，音窩	烏未切，音窩	烏禾切，音窩	未當爲禾
10.	煽	巳・火・十	尸連切，音羶	尸速切，音羶	尸連切，音羶	速當爲連
11.	狂	巳・犬・四	又去聲渠放切	又去聲渠故切	又去聲渠放切	故當爲放
12.	瑩	午・玉・十	于平切，音榮	于乎切，音榮	于平切，音榮	乎當爲平
13.	矜	午・矛・四	又渠巾切，音芹	又渠中切，音芹	又渠中切，音芹	中當爲巾
14.	緉	未・糸・八	良獎切，音兩	良獎切，音兩	艮獎切，音兩	艮當爲良
15.	鴼	未・糸・十一	丁了切，音鳥	丁了切，音鳥	丁子切，音鳥	子當爲了
16.	芉	申・艸・三	又上聲古汗切	又上聲古汙切	又上聲古汗切	汙當爲汗
17.	韓	申・艸・十七	河干切，音寒	河于切，音寒	河干切，音寒	于當爲干
18.	虆	申・艸・十八	盧回切，音雷	盧同切，音雷	盧回切，音雷	同當爲回
19.	虾	申・虫・四	匹尤切，音呼	匹九切，音呼	匹尤切，音呼	九當爲尤
20.	蛥	申・虫・六	之列切，音哲	之朔切，音哲	之列切，音哲	朔當爲列

21.	蟾	申・虫・十三	時占切，音棎	時占切，音棎	時古切，音棎	古當爲占
22.	觚	酉・見・六	攻乎切，音孤	攻平切，音孤	攻乎切，音孤	平當爲乎
23.	詃	酉・言・五	古犬切，涓上聲	古大切，涓上聲	古犬切，涓上聲	大當爲犬
24.	諚	酉・言・七	皮面切，音卞	皮而切，音卞	皮面切，音卞	而當爲面
25.	讋	酉・言・十一	又之入切，音執	又之八切，音執	又之入切，音執	八當爲入
26.	讔	酉・言・十三	又五乖切，音歪	又五乘切，音歪	又五乖切，音歪	乘當爲乖
27.	趛	酉・走・六	許欠切，音忺去聲	許矢切，音忺去聲	許欠切，音忺去聲	矢當爲欠
28.	趣	酉・走・八	去刃切，乞去聲	去刀切乞去聲	去刃切，乞去聲	刀當爲刃
29.	跁	酉・足・五	又峰犯切，音泛	又峰俋切，音泛	又峰犯切，音泛	俋當爲犯
30.	踍	酉・足・八	符遇切，音附	符過切，音附	符過切，音附	過當爲遇
31.	鄗	酉・邑・十二	居夭切，音皎	居天切，音皎	居天切，音皎	天當爲夭
32.	烒	酉・酉・四	徐由切，音囚	徐曰切，音囚	徐由切，音囚	曰當爲由
33.	䣼	酉・酉・五	叢租切，音徂	叢相切，音徂	叢租切，音徂	相當爲租
34.	醷	酉・酉・十三	又伊昔切，音益	又伊音切，音益	又伊昔切，音益	音當爲昔
35.	闒	戌・門・八	蚩占切，音襜	蚩古切，音襜	蚩占切，音襜	古當爲占
36.	陙	戌・阜・七	胡犬切，音楦	胡大切，音楦	胡犬切，音楦	大當爲犬
37.	馴	亥・馬・三	詳均切，音旬	詳均切，音旬	詳均切，音旬	均當爲均
38.	鬟	亥・髟・十二	北末切，音鉢	北未切，音鉢	北末切，音鉢	未當爲末
39.	鮩	亥・魚・五	兵永切，音丙	兵未切，音丙	兵永切，音丙	未當爲永
40.	鮁	亥・魚・五	北末切，音撥	北末切，音撥	北末切，音撥	末當爲末
41.	鮍	亥・魚・六	房脂切，音皮	房脂切，音皮	房脂切，音皮	脂當爲脂
42.	鳦	亥・鳥・一	又乙黠切，音揠	又乙點切，音揠	又乙點切，音揠	原刊本字跡模糊，經比較揠：乙黠切，故據此改點當爲黠。
43.	䵣	亥・麻	謨加切，馬平聲	謨如切，馬平聲	謨加切，馬平聲	如當爲加
44.	黰	亥・黃・十	齒善切，音闡	齒吾切，音闡	齒善切，音闡	吾當爲善

③字形疑義——兼以其他字書為比照對象

以下就《字彙》原刊本當中反切字形疑義處，將之與《類篇》、《四聲篇海》作一比較。

1、昀，《原刊本》作九峻切，音郡，峻字《靈隱寺刻本》、《寶綸堂本》皆作峻，然峻字在《字彙》中並無收錄，比照之前字書，亦未見收有此字。或以爲蛟同「蜓」〔註34〕，然蜓爲「徒典切，田上聲」；「峻，須閏切，音濬」，兩字無論在聲母、韻母、聲調上皆異，是以判定蛟同「蜓」當指意義而言，蛟字仍據原刊本作「峻」。6、駭，又叶許巳切，音喜，巳字當作已或己，因爲已、己反切下字皆爲「里」與喜音讀相同，是以巳字爲非，當爲已或己。

	字	卷・部首・筆劃	原刊本	靈隱寺本	寶綸堂本	備註
1.	呁	丑・口・四	九峻切，音郡	九蛟切，音郡	九蛟切，音郡	蛟當爲峻
2.	撫	卯・手・十六	孫祖切，音蘇	孫祖切，音蘇	孫祖切，音蘇	祖當爲租
3.	罟	未・网・五	公上切，音古	公上切，音古	公土切，音古	上當爲土
4.	髯	戌・頁・七	如古切，冉平聲	如占切，冉平聲	如占切，冉平聲	古當爲占
5.	闃	戌・門・九	又苦臭切，傾入聲	又苦臭切，傾入聲	又苦臭切，傾入聲	臭當爲狊
6.	駭	亥・馬・六	又叶許巳切，音喜	又叶許巳切，音喜	又叶許巳切，音喜	巳當爲己或已

上表中《原刊本》若干反切下字已有訛誤，筆者將之與《類篇》〔註35〕及《四聲篇海》〔註36〕加以比較，確立反切，於備註下作一訂正：

	字例	類篇	四聲篇海	原刊本	備註
1.	撫	孫租切	桑孤切	孫祖切，音蘇	租
2.	罟	果五切	故戶切	公上切，音古	土
3.	髯	如占切	汝占切	如古切，冉平聲	占
4.	闃	又苦狊切	又苦覓切	又苦臭切，傾入聲	狊

1、撫，《原刊本》作孫祖切，音蘇。比照《類篇》、《四聲篇海》作「孫租切」、「桑孤切」，反切下字皆屬平聲字，再據《字彙》中「蘇」字作「孫租切」，據此訂正「孫祖切」當爲「孫租切」，祖字當爲租之形誤字。

2、罟，《原刊本》作公上切，音古。比照《類篇》、《四聲篇海》作果五、故戶切，又據《字彙》中「古」字作「公土切」，據此訂正「公上切」當爲「公土切」，上字當爲土之形誤字。

3、髯，《原刊本》作如古切，冉平聲。比照《類篇》、《四聲篇海》作如占、

〔註34〕《中華字海・虫部》：「蛟，同『蜓』。字見《蠕范》卷三。」詳見《教育部異體字字典》2004年1月版 http://140.111.1.40/yitia/ura/ura03640.htm。

〔註35〕據司馬光等編《類篇》（北京：中華書局出版，1984）。

〔註36〕據《文淵閣四庫全書》收錄《四聲篇海》（明刊本）（台北：台灣商務出版社，1983）。

汝占切，又據《字彙》中「髯」作而占切冉平聲，是以據此以爲如古切當爲而占切，而、如聲母相同，是以據此訂正「如古切」當爲「如占切」，古字乃占之形誤字。

4、闃，《原刊本》又音作苦臭切，比照《類篇》、《四聲篇海》又音作苦狊、苦覓切，據《字彙》中臭字作「尺救切，抽去聲」，乃去聲非入聲字，狊字作「古闃切，扃入聲」，是以據此改苦臭切爲苦狊切，臭字乃狊之形誤字。

在三版本中除明顯的反切聲母、韻母用字疑義外，另亦有直音闕字及反切用字訛誤等問題，茲說明如下：

①直音闕字

《字彙・凡例》云：「四聲中又無字者則闕之。」國家圖書館館藏明萬曆 43 年原刊本缺字以黑框（案：■）替代，原刊本中據統計有五十一個黑框漏字，且集中於直音部分，靈隱寺刻本中其缺字部分遺留空白，筆者以□替代。

	字	卷・部首・筆劃	原 刊 本	靈隱寺本	寶綸堂本
1.	且	子・一・四	又七也切，音■	又七也切，音跙	又七也切，音跙
2.	亨	子・亠・四	又叶渠當切，音■	又叶渠當切，音旅	又叶渠當切。音旅
3.	儶	子・人・十三	戶賄切，音■	戶賄切，音會	戶賄切，音會
4.	剖	子・刀・八	普偶切，音■	普偶切，音掊	普偶切，音掊
5.	副	子・刀・九	又叶孚迫切，音■	又叶孚迫切，音劈	又叶孚迫切，音劈
6.	劄	子・力・十二	竹洽切，音■	竹洽切，音箚	竹洽切，音箚
7.	嚆	丑・口・十三	火乖切，音■	火乖切，音咼	火乖切，音咼
8.	坐	丑・土・四	徂果切，音■	徂果切，音座	徂果切，音座
9.	埲	丑・土・八	蒲孔切，音■	蒲孔切，音迸	蒲孔切，音迸
10.	塞	丑・土・十	悉則切，音■	悉則切，音色	悉則切，音色
11.	外	丑・夕・二	五塊切，音■	五塊切，音壞	五塊切，音壞
12.	夜	丑・夕・五	又叶羊貨切，音■	又叶羊貨切，音和	又叶羊貨切，音和
13.	夥	丑・夕・十一	胡果切，音■	胡果切，音火	胡果切，音火
14.	巢	寅・巛・八	鋤交切，音■	鋤交切，音樵	鋤交切，音樵
15.	打	卯・手・二	丁雅切，音■	丁雅切，音□	丁雅切，音物
16.	捬	卯・手・九	方苟切，音■	方苟切，音□	方苟切，音否
17.	撲	卯・手・十三	蒲角切，音■	蒲角切，音□	蒲角切，音僕
18.	斜	卯・斗・七	又叶徐蹉切，音■	又叶徐蹉切，音□	又叶徐蹉切，音殅

19.	施	卯・方・五	又叶詩戈切，音■	又叶詩戈切，音□	又叶詩戈切，音科
20.	㬧	辰・日・九	丑赧切，音■	丑赧切，音諂	丑赧切，音諂
21.	暖	辰・日・九	又叶乃卷切，音■	又叶乃卷切，音念	又叶乃卷切，音念
22.	東	辰・木・四	德紅切，音■	德紅切，音冬	德紅切，音冬
23.	歪	辰・止・五	烏乖切，音■	烏乖切，音□	烏乖切，音煨
24.	殘	辰・歹・八	財艱切，音■	財艱切，音潺	財艱切，音潺
25.	浞	巳・水・七	鋤角切，音■	鋤角切，音捉	鋤角切，音族
26.	滮	巳・水・十一	皮休切，音■	皮休切，音彪	虔休切，音漉
27.	爇	巳・火・十五	如悅切，音■	如悅切，音熱	如悅切，音熱
28.	犆	巳・牛・十四	昌來切，音■	昌來切，音釵	昌來切，音[illegible]
29.	竵	午・立・十三	火乖切，音■	火乖切，音咼	火乖切，音咼
30.	紙	未・糸・六	匹卦切，音■	匹卦切，音帕	匹卦切，音帕
31.	聽	未・耳・十六	又叶儻娘切，音■	又叶儻娘切，音汀	又叶儻娘切，音汀
32.	胖	未・肉・四	匹絳切，音■	匹絳切，音□	匹絳切，音胖
33.	肥	未・肉・六	於靴切，音■	於靴切，音癯	於靴切，音癯
34.	能	未・肉・六	奴登切，音■	奴登切，音獰	奴登切，音獰
35.	膘	未・肉・十一	力懷切，音■	力懷切，音來	力懷切，音來
36.	膗	未・肉・十一	鉏懷切，音■	鉏懷切，音才	鉏懷切，音才
37.	舜	未・舛・六	輸順切，音■	輸順切，音瞚	輸順切，音瞚
38.	蘞	申・艸・十六	除炎切，音■	除炎切音，潛	除炎切，音涎
39.	虘	申・虍・十二	昨誤切，音■	昨誤切，音祚	昨誤切，音祚
40.	貰	酉・貝・五	又叶詩戈切，音■	又叶詩戈切，音赦	又叶詩戈切，音赦
41.	賒	酉・貝・七	又叶詩戈切，音■	又叶詩戈切，音科	又叶詩戈切，音科
42.	赦	酉・赤・四	又叶詩戈切，音■	又叶詩戈切，音□	又叶詩戈切，音多
43.	趨	酉・走・十	逡須切，音■	逡須切，音蛆	逡須切，音蛆
44.	輑	酉・車・七	魚倫切，音■	魚倫切，音裙	魚倫切，音裙
45.	遮	酉・辵・十一	又叶之戈切，音■	又叶之戈切，音租	又叶之戈切，音者
46.	邪	酉・邑・四	又叶徐蹉切，音■	又叶徐蹉切，音殌	又叶徐蹉切，音殌
47.	閏	戌・門・四	儒順切，音■	儒順切，音順	儒順切，音潤
48.	難	戌・隹・十一	又叶迺絹切，音■	又叶迺絹切，音□	又叶迺絹切，音念
49.	頑	戌・頁・四	五還切，音■	五還切，音還	五還切，音刓
50.	餳	戌・食・九	徐盈切，音■	徐盈切，音情	徐盈切，音情
51.	騣	亥・馬・十四	鉏救切，音■	鉏救切，音憖	鉏救切，音慱

②反切用字訛誤

除重要的反切用字訛誤外，《靈隱寺刻本》與《寶綸堂本》在其他用字上也有訛誤，茲稍作整理，並與《原刊本》作一比較。其中，以《靈隱寺刻本》訛誤較多，整理如下：

	字	卷‧部首‧筆劃	原刊本	靈隱寺本	寶綸堂本	備　註
1.	搌	卯‧手‧十	丑善切，音闡	丑善又，音闡	丑善切，音闡	又當為切
2.	敲	卯‧攴‧十	丘交切，巧平聲	丘交切，巧下聲	丘交切，巧平聲	下當為平
3.	櫎	辰‧木‧十五	戶廣切，黃上聲	戶廣切，黃工聲	戶廣切，黃上聲	工當為上
4.	欠	辰‧欠	乞念切，謙去聲	乞念又，謙去聲	乞念切，謙去聲	又當為切
5.	礤	午‧石‧十三	側入聲，音戢	側入聲，音戢	側入聲，音戢	聲當為切
6.	授	卯‧手‧八	承呪切，音壽	承易患，音壽	承呪切，音壽	易患當為呪切
7.	捲	卯‧手‧九	式至切，音試	式至切，豈試	式至切，音試	豈當為音
8.	揯	卯‧手‧九	居登切，恆平聲	居登切，恆币聲	居登切，恆平聲	币當為平
9.	苦	申‧艸‧五	孔五切，枯上聲	孔五切，枯姓聲	孔五切，枯姓聲	當為枯上聲
10.	遐	酉‧辵‧九	何加切，下平聲	何加切，下半聲	何加切，下平聲	半當為平

上表如：1、搌，《原刊本》作丑善切，音闡，《靈隱寺刻本》作丑善又音闡，又字明顯為切字之訛誤。2、敲，《原刊本》作丘交切巧平聲，《靈隱寺刻本》作丘交切巧下聲，下字明顯為平字之訛誤。

本文僅就《字彙》三版本：原刊本、靈隱寺本、寶綸堂本，針對音切內容有所疑義處家以比勘校正，發現原刊本訛誤較少，其次是寶綸堂本，靈隱寺本訛誤最多，是以確立採原刊本音切為本文系聯之基礎。

第三節　《字彙》之語音體例

《廣韻》於一字下先釋義後標音，然自《大廣益會玉篇》改為先注音後釋義以來，屢為後起的字書所承襲。〔註37〕《字彙》亦採先注音後釋義的體例，《字彙‧凡例》云：

字有體制、有音韻、有訓詁，茲先音切以辨其聲，次訓詁以通其義，

〔註37〕見《中國學術名著提要‧語言文字卷》（台北：黎明文化事業股份有限公司，1995），頁336。

末采《說文》制字之旨，中有迂泛不切者，刪之。

由上得知，梅膺祚對於形音義三者的關係上，以爲當先辨其音，方能通字義。除此之外，梅膺祚苦於以前的經史典籍，在音注上或有不周全之處，一則有音無切，又或有切無音，於是在音注上又有新的發展，《字彙・凡例》云：

經史諸書，有音者無切，有切者無音，今切矣，復加直音。直音中有有聲無字者，又以平上去入四聲相承之，如曰某平聲、某上聲、某去聲、某入聲，至四聲中又無字者則闕之，中有音相近而未確者則加一「近」字，曰音近某。

又：

上古有音無字，中古以字通音，輓近又沿字而失其音，蓋以韻學未講，而仍訛襲舛，莫知適從也。韻學自沈約始，而釋神珙繼以等韻，列爲三十六母，分爲平仄四聲，亦既櫶性靈之奧，而洩造化之玄矣。（〈韻法直圖・序〉）

梅膺祚深感經史諸書音切之缺憾，提出改易之道，是以編纂《字彙》較爲特出之處在於：每字除列反切外，復加直音。如此一來，除從反切得知標音外，亦可直接透過直音知其音讀，此乃其較前書周全之處。且其主張：

讀韻需漢音，若任鄉語，便致差錯。（〈韻法直圖・序〉）

可見梅膺祚認爲語音體系中仍須有一套標準音的存在，便於人與人間的溝通，又或作爲科舉考試的標準音，方不致因南北幅員遼闊，語音溝通上無所適從。

上述所標舉，或可見出梅氏之音學觀，以下就《字彙》語音體例整理並舉例說明，分一字一音與一字多音兩方面來討論：

一、一字一音

《字彙》在體例上皆先於每字下列反切復加直音，再列字義。其中以一字一音呈現的，佔所有字例的一半以上，其語音體例在直音方面有：以單字呈現、以四聲相承方式呈現、音近某或與某同等方式。

（一）反切＋直音（音某）

《字彙》一書中包含古文、籀文、篆文、俗字……等〔註 38〕，除去這些未立反切的收字外，據筆者統計，立有反切的字例共 27232 字，一字一音並以單字呈現，這種標音方式佔有 18465 例，占全數的 67.8%，此亦《字彙》一書中最基本且普遍的標音方式。

如：

丟：丁羞切，音兜。一去不還也。

佟：徒紅切，音同。姓也。

丑：齒九切，音醜。辰名。

（二）反切＋直音（某平上去入聲）

《字彙・凡例》云：「直音中有有聲無字者，又以平上去入四聲相承之，如曰某平聲、某上聲、某去聲、某入聲。」是以除反切外，在直音上若無與之相配的讀音，則採四聲相承的方式來標明音讀。《字彙》一書中，一字一音且直音以四聲相承方式呈現的，計有 1975 字，占全數的 7.3%。

如：

七：戚悉切，親入聲。少陽數也。

乍：助駕切，茶去聲。初也、忽也、猝也、甫然也、暫也。

𠂤：都回切，對平聲。眾土也。

（三）反切＋直音（音近某）

《字彙・凡例》云：「有音相近而未確者則加一『近』字，曰音近某。」於字例標音上，若四聲相承無法採用者，則採音近方式標音。《字彙》一書中，一字一音且直音以音近某方式呈現的，計有 69 例。

如：

伔：徒感切，音近淡。止也。

𠈇：盧含切，音近藍。𠈇儖，駑鈍貌。

〔註 38〕關於《字彙》一書的異體字探討，詳見呂瑞生《字彙異體字研究》（台北：中國文化大學中文研究所博士論文，2000 年 6 月）。《字彙》中有些字例並沒有反切，底下只注明古文某字或者同某字。梅鼎祚言《字彙》收 33179 字，乃就收字總數言，與筆者統計出來的反切有所出入，是以本文謹針對有反切的例字作探討。

傃：山責切，音近色。僪，惡也。

（四）與某同＋反切

《字彙》一書中亦有「與某同」的注解方式，梅膺祚特於凡例中說明：

> 字有多音多義，而同止一音一義，註曰：「與某字同某切。」如：「番」字有孚艱切、符艱切、補禾切、蒲禾切、鋪官切五音矣；而「僠」字止補禾切一義，註曰：「與番同，補禾切。」餘倣此。

此亦梅膺祚思理之細膩處，在注明音切的過程中，仍著眼於字義的關聯性，蓋一字多音，音隨義轉，而當例字僅與其中一字相同時，則特於「與某同」底下標出與之相同字義的音讀，如此方不致混淆，造成系聯結果之差異。《字彙》一書中，一字一音且採「與某同」體例呈現的，計有 20 例。

如：

> 偝，與背同，步昧切。《禮記・坊記》：利祿先死者而後生者，則民不偝。
>
> 剿，與聶同，直葉切。細切也。
>
> 勾，與句同，居侯切。

總和上述四種體例，《字彙》書中一字一音者，共計 20529 個字例，佔全數的 75.4%，約四分之三的比例。

二、一字多音

一字多音，指的是一字有兩個（含）以上的音。在《字彙》一書，一字多音者共計 6700 字，佔全數的 24.6%。其體例除上述一字一音的主要音切外，再加「又音」之反切。於字例的本音與又音上，《字彙》亦有進一步的說明，《字彙・凡例》云：

> 字有本音而轉爲別音者，則先本音而轉次之。如：中正之中，本平聲（按：陟隆切）；而轉爲中的之中，則去聲（按：之仲切）。中正之正，本去聲（按：之盛切）；而轉爲正月之正，則平聲（按：諸成切）。先後固自有辯，平仄之序，非所論矣。

可見梅膺祚對於一字之本音與又音上，考量的是音義相配合，音義間的承轉亦有其先後本末。

《字彙》中一字多音的體例簡單介紹如下：除主要音切外，又音中尚包含直音、叶音、某平上去入聲、與某同又某音等體例，又音中的順序完整的主要有三層：先列某平上去入聲，再列又某某切（音某），次列又叶某某切（音某）。當然並非所有的又音皆如此工整，或省略某平上去入聲，或省略又某某切（音某），或省略又叶某某切（音某），然順序大底還是如此。以下僅就又音部份舉例並加以介紹：

（一）又某切（音某/某平上去入聲/音近某）

此一部份又可細分爲又某切，音某；又某切，某平上去入聲；又某切，音近某。舉例說明如下：

万：符諫切，音飯。又莫白切，音麥。

且：子余切，音疽。又七也切，音跙；又叢租切，音徂；又象呂切，徐上聲。

乃：囊海切，柰上聲。又衣海切，哀上聲；又於蓋切，哀去聲。

些：思遮切，寫平聲。又思計切，音細；又桑何切，音唆；又蘇箇切，唆去聲。

傋：古項切，音講。又虛講切，音近嚮。

（二）又叶某切（即叶音）

《字彙・凡例》云：「叶音，必援引以實之，但出五經者，人所共曉，止撮一二句足矣。如列史諸子，及歷朝詩賦等書，必兩音相叶，始顯。故多收上下文，不厭其煩。」《字彙》在標音方式上，先列本音，後列又音，若有叶音則列於又音末尾。如：

凝：魚陵切，音寧。又去聲魚慶切；又叶鄂力切，音逆。

出：尺律切，音黜。又昌瑞切，吹去聲；又叶側劣切，音拙；又叶張玉切，音竹。

佞：乃定切，音甯。又叶奴經切，音寧。

佩：步昧切，音背。又叶蒲眉切，音皮。

丘：驅尤切，音蚯。又叶牽奚切，音欺；又叶丘於切，音區。

乏：扶法切，煩入聲。又叶壁力切，音必。

（三）又某切＋又叶音

《字彙》在標音方式，又有「又某切，又叶音」的例子，舉例說明如下：

佳：居牙切，音加。又居諧切，音皆；又叶堅奚切，音基；又叶居何切，音歌。

佸：户括切，音活。又古活切，音括；又叶紀劣切，音厥。

中：陟隆切，音終。又之仲切，音眾；又直眾切，音仲；又叶諸仍切，音征；又叶諸簪切，音針；又叶陟良切，音張。

乾：渠年切，音虔。又居寒切，音干；又叶渠巾切，音勤；又叶經天切，音堅。

伏：房六切，音服。又扶富切，浮去聲；又步黑切，音匐；又叶必歷切，音壁。

（四）又平上去入聲某切

《字彙》一書中，採四聲相承方式來標音，計有 4033 字，約占全文總數的 12%，此種標音方式亦可作爲反切系聯上的重要依據（詳附錄）。茲舉例說明如下：

丼：都感切，耽上聲。又去聲丁紺切。

乜：彌耶切，音咩。又上聲彌也切。

享：許兩切，音響。又平聲虛良切；又去聲許亮切。

佊：補委切，音彼。又去聲兵媚切。

侃：空罕切，刊上聲。又去聲祛幹切。

以「丼」字爲例，「丼」、「都」、「丁」三字聲母可系聯爲一類，「感」、「紺」乃相承韻類；「乜」字之韻母「耶」、「也」相承；「享」字之聲母「許」、「虛」可系聯爲一類，韻母「兩」、「良」、「亮」相承；「佊」之聲母「補」、「兵」同類，韻母「委」、「媚」相承；「侃」之聲母「空」、「祛」同類，韻母「罕」、「幹」相承。

（五）又平上去入聲某切＋又某切

《字彙》在標音方式，又有「又平上去入聲某切＋又某切」之例，舉例說明如下：

偵：丑成切，音稱。又去聲丑正切；又諸成切，音征。

傀：姑回切，音規。又上聲古委切；又苦美切，恢上聲。

僂：盧侯切，音樓。又去聲郎豆切；又兩舉切，音呂；又良據切，音慮。

儃：呈延切，音蟬。又去聲時戰切；又徒亶切，壇上聲；又他亶切，音坦；又杜晏切，音憚。

去：丘遇切，區去聲。又上聲丘舉切；又丘於切，音區。

（六）又平上去入聲某切＋又叶音

《字彙》在標音方式，又有「又平上去入聲某切＋又叶音」之例，舉例說明如下：

上：時亮切，常去聲。又上聲是掌切；又叶陳羊切，音常；又叶時刃切，音愼；又叶矢忍切，音矧。

下：胡雅切，遐上聲。又去聲胡駕切；又叶董五切，音覩；又叶後五切，音户。

主：腫與切，諸上聲。又去聲陟慮切；又叶當口切，音斗。

乳：忍與切，音汝。又去聲如遇切；又叶如又切，柔去聲。

亥：胡改切，孩上聲。又去聲下蓋切；又叶許己切，音喜。

便：皮面切，音卞。又平聲蒲眠切；又叶毗并切，音平。

（七）又平上去入聲某切＋又某切＋又叶音

《字彙》在標音方式，又有「又平上去入聲某切＋又某切＋又叶音」之例，舉例說明如下：

三：蘇藍切，撒平聲。又去聲息暫切；又章含切，音參；又叶疏簪切，音森。

償：陳羊切，音常。又去聲時亮切；又書兩切，音賞；又叶市亮切，音狀。

分：敷文切，音芬。又上聲府刎切；又防問切，音問；又叶膚容切，音風；又叶膚眠切，音篇。

咽：因肩切，音煙。又入聲於歇切；又烏員切，音淵；又叶伊眞切，音因。

從：牆容切，音从。又去聲才仲切；又倉紅切，音聰；又作孔切，音總；又助莊切，音牀；又祖冬切，音宗；又足用切，音縱；又叶徐王切，音詳。

（八）與某同又某切

《字彙》在標音方式，又有「與某同又某切」之例，這部份的又音體例，包含音某、某平上去入聲、叶音，舉例說明如下：

个：與箇同。又古汗切，音幹。

侉：與誇同。又安賀切，阿去聲。

僊：與仙同。又協斯人切，音新。

共：與恭同。又居竦切，音拱；又渠用切，窮去聲；又居用切，音供；又忌遇切，音具。

圄：與圉同。又去聲魚據切。

懽：與歡同。又古玩切，音貫；又叶許元切，音暄。

《字彙》一書之語音體例，與前人不同之獨特處，在於每字除反切外，復標以直音，便於閱讀，此其特殊之處。在語音的體例呈現上，除反切、直音標注外，又有平上去入四聲相承、叶音、與某同等輔助標音方式，以上八例乃筆者整理《字彙》中主要之語音體例，體例既明，方能進一步提供系聯的基礎。

第三章　《字彙》反切系聯

關於字書音系的研究，在著手進行時往往比韻書要繁雜許多。《字彙》一書以部首分類，設立 214 部，各卷再以地支命名，計有正文十二卷，又首、末各一卷，共收錄 33179 字。其體例上，於每字下先標反切，再注直音；若無可用作直音的同音字，則以平上去入四聲相承、或用「音近某」的方法來標注，於又音中或包有叶音。需從中剖析毫釐、分別黍累，得出音系，實乃浩大工程。是以筆者在系聯之先，先勘誤版本、確立反切，再就反切系聯原則進行說明。主要依陳澧系聯《廣韻》反切之條例加以系聯，並參就平上去入四聲相承方式確立分合。本章爲論文核心，分別就聲類、韻類及聲調進行系聯及說明。

第一節　聲類部份

一、考訂說明及系聯原則

以下先就聲類之反切系聯原則進行說明：

1、依據清・陳澧「反切上字系聯條例」加以系聯。陳澧《切韻考・卷一》載其反切上字系聯內容爲：「切語上字與所切之字爲雙聲，則切語上字同用者、互用者、遞用者，聲必同類也。同用者如：冬，都宗切；當，都郎切，同用『都』字也。互用者如：當，都郎切，都，當孤切，『都』、『當』二字互用也。遞用者如：冬，都宗切，都，當孤切，冬字用都字，都字用當字也。今據此系聯。」〔註1〕以《字彙》爲例，同用者如：補，博古切；布，博故切，同用「博」字。互用者如：吾，訛胡切；訛，吾禾切，「吾」、「訛」二字互用。遞用者如：皮，蒲麋切；蒲，薄胡切，皮字用蒲字，蒲字用薄字，皮、薄、蒲三字同聲類。《字彙》一書若單憑同用、互用、遞用系聯反切上字，可得54類。〔註2〕然反切系聯實有同類而反切上字用字不同的情況，是以除基本條例的運用外，尚須找尋其他原則配合。

2、除基本條例的應用外，尚需分析條例的輔助，以便作進一步分合的依據。陳澧以爲：「其兩切語下字同類者，則上字必不同類。如：紅，户公切；烘，呼東切，公、東韻同類，則户、呼聲不同類，今分析切語上字不同類者，據此定之也。」〔註3〕《字彙》中分析條例的應用可以從「一字多音」、「同上」等體例中加以判斷。

（1）在一字多音中呈現，舉例說明：

扶，逢夫切，音符，又芳無切，音孚。

依陳澧分析條例言「兩切語下字同類者，則上字必不同類」的原則來看，首先反切下字的系聯得出「夫」、「無」可以系聯爲一類。則反切上字「逢」、「芳」聲類必定不同。而據《字彙》系聯結果來看，逢屬符類，芳屬芳類，一爲濁音，一爲清音，兩者有別。

又：

番，孚艱切：又符艱切、又補禾切、又蒲禾切、又鋪官切

〔註1〕見清・陳澧撰、羅偉豪點校《切韻考》（廣州：廣東高等教育出版社，2004），頁3。

〔註2〕54類類目如下，括號內爲《廣韻》41聲類類目：補（幫）、必（幫）、普（滂）、匹（滂）、披（滂）、蒲（並）、芳（非、敷）、符（奉）、無（微）、都（端）、他（透）、徒（定）、奴（泥）、之（照、知）、側（莊）、丑（徹、穿、初）、子（精）、資（精）、足（精）、七（清）、倉（清）、此（清）、而（日、娘）、直（澄）、才（從）、疾（從）、徂（從、牀）、牀（牀）、徐（邪）、陳（澄）、時（神、禪）、蘇（心、疏）、息（心）、式（審、疏）、古（古）、居（古）、吉（古）、苦（溪）、渠（群）、巨（群）、於（影）、烏（影）、魚（疑、喻、爲）、語（疑）、以（喻、爲）、吾（疑）、胡（匣）、何（匣）、呼（曉）、火（曉）、許（曉）、力（來）、離（來）、盧（來）。

〔註3〕見清・陳澧撰、羅偉豪點校《切韻考》（廣州：廣東高等教育出版社，2004），頁4。

孚艱切、符艱切兩切語反切下字用字相同，可以得知「孚」、「符」聲類不同；補禾切、蒲禾切兩切語反切下字同爲「禾」字，是以斷定「補」、「蒲」聲類不同。

（2）再者，《字彙》中偶有「同上」的注音體例，如：

棊，渠宜切，音奇。

棋，同上。又堅溪切，音雞。

渠宜切、堅溪切，切語下字同類，依據分析條例，切語下字相同則切語上字必不同類，得出「渠」、「堅」聲類不同。

1、《字彙》一書中，常見「與某同」的體例，如：刅，楚良切，音創，與創同，傷也。檢視創字有三個反切，一爲「齒良切」，表「傷也」之義；二爲「楚浪切」，表「造始也」、「懲也」之義，三爲「初莊切」，與瘡同。是以可知刅字表「楚良切」的字義同於創字「齒良切」，可以證明楚、齒聲類相同。

2、另，《字彙》中偶存一字兩切的情形，亦可作爲聲類系聯分合的依據。

3、四聲相承實乃字書系聯一重要依據，《廣韻》同音字不分兩切語，但在字書體系中，常有實同音，然切語用字不同的情況，故在系聯過程中，或有實爲同類，卻不能系聯的例子。《字彙》反切，除使用直音標注外，亦有使用四聲相承之方式，如：

三，蘇藍切，撒平聲。又去聲息暫切。

上，時亮切，常去聲。又上聲是掌切。

考四聲相承之字聲必同類，是以例字：三，就反切上字而言，「蘇」、「息」同類；上，就反切上字而言「時」、「是」聲類相同。此亦本文對《字彙》反切系聯的重要原則。《字彙》四聲相承提供反切系聯重要的依據，其與陳澧補充條例不同之處，在於其已明確標出所承之音韻，不必另行查找。

據筆者統計，《字彙》一書立有反切的字例共 27232 字，其中以四聲相承標注的字例計有 4033 字，佔 14.8%，由於四聲相承乃本文系聯的重要依據之一，下面僅將反切與又音間四聲相承的字例列出，互相參照，作爲系聯依據。（詳見附錄）在《字彙》一書中，反切與又音間有四聲相承的關係計有以上 971 例，其中，反切上字與又音反切上字用字相同者，計有 322 例。本文聲類系聯依據，主要以陳澧「反切上字系聯條例」中的基本條例爲主，輔之以反切與又音間的四聲相承關係，作進一步系聯分合的依據，以上是聲類系聯原則的說明。

二、聲類之系聯

（一）脣　音

1、重脣（雙脣）音〔註4〕

（1）補（幫）類〔註5〕

補 142 博古	博 131 伯各	布 66 博故	卑 74 布眉	伯 32 博麥	邦 28 摶旁
兵 28 補明	邊 20 卑眠	逋 15 奔謨	彼 11 補委	悲 10 布眉	奔 9 補昆
比 5 補委	百 4 博麥	陂 3 布眉	摶 3 伯各	班 2 補還	不 1 博木
鄙 1 補委	晡 1 奔謨	拜 1 布怪	彬 1 卑民	并 1 卑病	脯1 博古
貝 1 邦妹	稟 1 比井	（幫）			
必 69 壁吉	壁 27 必歷	北 26 必勒	筆 2 壁吉	璧 2 必歷	辟 1 必歷
（幫）					

【系聯說明】

補以下二十六字爲一類，必以下六字爲一類。博、伯兩字互用；壁、必兩字互用，則兩兩不可系聯。賓，卑民切，稟平聲；又去聲必慎切，據平上去入四聲相承之系聯原則，則卑、必聲類相同，故補、必兩類實可系聯一類，補類相當於《廣韻》幫類。

（2）普（滂）類

普 185 頗五	鋪 32 滂謨	滂 27 普郎	拍 5 普伯	頗 4 普火	丕 1 鋪杯
匹 144 僻吉	疋 9 僻吉	僻 5 匹亦	（滂）		
披 37 篇夷	篇 27 批連	批 19 篇夷	紕 11 篇夷	（滂）	

【系聯說明】

普以下六字爲一類，匹以下三字爲一類，披以下四字爲一類。普、頗兩字互用；匹、僻兩字互用；篇、批兩字互用，則兩兩不可系聯。娉，匹正切，

〔註4〕發音部位名稱據林慶勳、竺家寧著《古音學入門》（台北：學生書局，1999），頁57～59。

〔註5〕本文各聲類類目，乃取每類切字最多之反切上字，如補類以其反切上字數目最多，達142字，是以以之爲類目；又如必類，以其反切上字亦屬最多，是以以之爲類目，爲顧及對照的便利性，括號附註《廣韻》41聲類，以下類推，不再另行加注。

音聘；又平聲披經切，據平上去入四聲相承，則匹、披聲類相同，是以匹、披兩類可以系聯爲一類。又，砲，匹到切，音炮；又平聲普袍切，據平上去入四聲相承，則匹、普聲類相同，是以普、匹、披三類可以系聯爲一類。普類相當於《廣韻》滂類。又，據陳澧分析條例以爲「其兩切語下字同類者，則上字必不同類。」則匹、必反切下字同爲「吉」字，故聲類當別，是以分補（幫）、普（滂）兩類。

（3）蒲（並）類

蒲 324 薄胡	薄 89 弼角	皮 71 蒲麋	步 70 薄故	毗 42 蒲麋	部 41 裴古
弼 22 薄密	婢 21 部比	傍 10 蒲浪	避 10 皮意	簿 6 裴古	備 4 皮意
平 4 蒲明	裴 3 蒲枚	頻 2 皮賓	旁 1 蒲光	白 1 簿麥	菩 1 步乃
盆 1 蒲奔	別 1 避列	篰1 步胡	把 1 蒲巴	（並）	

【系聯說明】

蒲以下二十二字爲一類。《字彙》:「伴，蒲滿切，盤上聲；又去聲薄半切，又普半切，音判。」又音反切中的「薄半切，普半切」，切語下字相同，故說明蒲、普聲類有別。又，《字彙》:「儚，博堅切；又步堅切。」切語下字相同，故說明博、步聲類有別。蒲類相當於《廣韻》並類。

（4）莫（明）類

莫 538 莫故	謨 105 莫胡	眉 73 謨杯	彌 66 綿兮	母 38 謀補	綿 23 莫堅
忙 22 謨郎	末 21 莫葛	覓 20 莫狄	美 19 莫委	弭 14 莫禮	密 6 覓筆
蒙 5 莫紅	模 4 莫胡	謀 2 莫侯	名 2 眉兵	迷 1 綿兮	瀰 1 綿兮
蜜 1 覓筆	滿 1 莫侃	慕 1 莫故	靡 1 莫禮	每 1 莫賄	毛 1 莫毫
民 1 彌鄰	摩 1 眉波	尨 1 謨郎	（明）		

【系聯說明】

莫以下二十七字可以系聯爲一類。莫類相當於《廣韻》明類。

2、輕唇（脣齒）音

（1）芳（非、敷）類

芳 128 敷房	方 120 敷房	敷 107 芳無	孚 27 芳無	甫 25 斐古	斐 22 敷尾
府 11 斐古	俯 9 斐古	妃 9 芳微	撫 6 斐古	分 2 敷文	非 1 芳微
夫 1 芳無	匪 1 敷尾	脯 1 斐古	風 1 方中	（非、敷）	

【系聯說明】

芳以下十六字可以系聯爲一類。芳類相當於《廣韻》非、敷類。《廣韻》仍分非、敷兩類，但《字彙》已呈現非、敷合流的現象。

（2）符（奉）類

符 162 逢夫	房 110 符方	扶 43 逢夫	逢 18 符中	防 16 符方	父 10 扶古
附 7 防父	縛 4 符約	馮 2 符中	浮 1 房鳩	（奉）	

符以下十字可以系聯爲一類。《字彙》:「佛，符勿切；又敷勿切。」反切下字相同，是以符、敷聲類有別。符類相當於《廣韻》奉類。

（3）無（微）類

無 75 微夫	武 60 罔古	文 28 無分	亡 27 無方	罔 19 文紡	微 13 無非
巫 6 微夫	望 3 巫放	舞 1 罔古	（微）		

【系聯說明】

無以下九字可以系聯爲一類。無類相當於《廣韻》微類。

（二）舌齒音

1、舌頭（舌尖中）音

（1）都（端）類

都 305 東徒	丁 168 當經	多 90 得何	當 60 都郎	德 24 多則	得 19 多則
典 14 多殄	東 7 德紅	董 5 多動	冬 4 德紅	覩 3 董五	的 1 丁歷
兜 1 當侯	殖 1 登職	刀 1 都高	登 1 都騰	（端）	

【系聯說明】

都以下十六字可以系聯爲一類。都類相當於《廣韻》端類。

（2）他（透）類

他 427 湯何	吐 50 他魯	託 40 他各	土 32 他魯	湯 19 他郎	天 14 他前
通 14 他紅	惕 6 他歷	胎 3 湯來	台 3 湯來	它 2 湯何	托 1 他各
太 1 他蓋	佗 1 湯何	（透）			

【系聯說明】

他以下十四字可以系聯爲一類。《字彙》:「俤，都計切；又他計切。」反切下字相同，則都、他聲類不同。他類相當於《廣韻》透類。

（3）徒（定）類

徒 609 同都	杜 157 徒古	唐 65 徒郎	大 44 度奈	達 36 堂滑	同 36 徒紅
度 25 獨故	堂 23 徒郎	蕩 20 徒黨	亭 19 唐丁	田 18 亭年	陀 11 唐何
待 8 蕩海	敵 5 杜歷	特 4 敵德	笛 3 杜歷	獨 2 杜谷	（定）

【系聯說明】

徒以下十五字可以系聯爲一類。《字彙》：「佗，湯何切；又唐何切。」反切下字相同，說明湯、唐聲類有別。徒類相當於《廣韻》定類。

（4）奴（泥、娘）類

奴 212 農都	乃 136 囊海	尼 66 年題	那 12 奴何	年 10 泥音	囊 8 奴當
農 6 奴冬	努 4 奴古	諾 4 奴各	泥 2 乃計	寧 1 奴經	（泥、娘）

【系聯說明】

奴以下十一字可以系聯爲一類。奴類相當於《廣韻》泥、娘類。《廣韻》仍分泥、娘兩類，但至《字彙》已呈現合流現象。

2、齒頭音（舌尖前）

（1）子（精）類

子 278 祖此	祖 82 總五	即 79 節力	作 60 即各	將 54 子亮	則 35 子德
且 17 子余	甾 17 將來	牋 9 將先	宗 7 祖冬	租 7 宗蘇	總 5 作孔
賫 5 牋西	遵 5 租昆	姊 4 祖此	尊 2 租昆	沮 2 子余	再 1 作代
咀 1 再呂	醉 1 將遂	獎 1 子兩	借 1 子夜	節 1 子結	（精）
資 44 津私	津 38 資辛	茲 25 津私	咨 24 津私	積 2 資昔	（精）
足 2 縱玉	縱 1 足用	（精）			

【系聯說明】

子以下二十三字爲一類，資以下五字爲一類，足以下兩字爲一類。子、祖、總、作、即、節六字互用；資、津兩字互用；足、縱兩字互用，則兩兩不可系聯。焦，茲消切，音焦，又去聲子肖切。據平上去入四聲相承，則茲、子聲類相同，是以資、子兩類可以系聯爲一類。又，「豵，子六切，音足」；「足，縱玉切，宗入聲」，則「子六切」即「縱玉切」，是以子、足兩類又可以系聯爲一類。另，《廣韻》：「縱，即容切；縱，子用切。」縱在鍾韻，縱在用韻，同紐平去相承。《字彙》：「縱，足用切；又將容切」，亦當同紐平去相承，故足、將聲類相同，是以子、足兩類可以系聯爲一類。子類相當於《廣韻》精類。

(2) 七(清)類

七 265 戚悉	親 6 七人	戚 5 七迹	趨 3 逡須	逡 2 七均	次 1 七四
(清)					
倉 133 千剛	千 95 倉先	蒼 8 千剛	促 1 千玉	村 1 倉尊	麤 1 倉胡
遷 1 倉先	寸 1 村困	(清)			
此 45 雌氏	取 16 此主	雌 6 此茲	采 3 此宰	(清)	

【系聯說明】

七以下六字爲一類，倉以下八字爲一類，此以下四字爲一類。七、戚兩字互用；千、倉兩字互用；此、雌兩字互用，則兩兩不可系聯。刌，趨本切；又去聲村困切，據平上去入四聲相承，則趨、村聲類相同，是以七、倉兩類可以系聯爲一類。又，宷，此宰切，猜上聲；又去聲倉代切，據平上去入四聲相承，則此、倉聲類相同，是以倉、此兩類可以系聯爲一類。七類相當於《廣韻》清類。

(3) 才(從)類

才 94 牆來	慈 61 才資	秦 29 慈鄰	在 26 盡海	前 25 才先	財 18 牆來
牆 12 慈良	臧 7 慈郎	情 3 慈盈	盡 1 慈忍	从 1 牆容	齊 1 前西
(從)					
疾 75 昨悉	昨 71 疾各	靖 7 疾郢	自 3 疾二	族 2 昨木	祚 1 靖故
胙 1 靖故	(從)				
徂 71 叢租	鋤 47 叢租	鉏 44 叢租	叢 10 徂紅	雛 4 叢和	鶵 1 叢租
存 1 徂尊	坐 1 徂果	(從)			

【系聯說明】

才以下十二字爲一類，疾以下七字爲一類，徂以下八字爲一類。慈、才、牆三字互用；疾、昨兩字互用；徂、叢兩字互用，則兩兩不可系聯。劁，昨焦切；又去聲才笑切，據平上去入四聲相承，則昨、才聲類相同，是以疾、才兩類可以系聯爲一類。又，攢，徂官切；又去聲在玩切，據平上去入四聲相承，則徂、在聲類相同，是以徂、才兩類可以系聯爲一類。是以才、疾、徂三類可以系聯爲一類。

又，鋤叢租、鉏叢租、雛叢和三字，《廣韻》分作鋤士魚、鉏士魚、雛仕于，屬牀母，然在《字彙》中已併入從母，估計與這三字的音讀改變有關，在《洪武正韻》中亦有此種情形。〔註6〕才類相當於《廣韻》從類。

(4) 蘇（心、疏、審）類

蘇 256 孫租	所 194 孫五	先 151 蘇前	桑 62 蘇郎	孫 10 蘇昆	雪 9 蘇絕
穌 9 孫租	素 6 蘇故	損 1 蘇本	速 1 蘇谷	西 1 先齊	寫 1 先野
（心、疏）					
息 166 思積	思 109 相咨	相 65 息良	須 58 新於	私 31 相咨	悉 31 息七
想 17 息兩	新 15 斯鄰	昔 11 思積	松 10 息中	斯 10 相咨	司 6 相咨
辛 4 斯鄰	聳 3 息勇	胥 3 新於	雖 1 息遺	（心）	
式 104 施職	師 65 申之	山 64 師姦	色 55 山責	疏 50 山徂	尸 35 申之
申 31 升人	失 28 式質	施 27 申之	商 22 尸羊	始 20 詩止	詩 17 申之
輸 16 商居	書 16 商居	朔 12 生角	升 11 式呈	舒 8 商居	賞 8 始兩
疎 6 山徂	沙 5 師加	生 5 師庚	數 4 色御	傷 2 尸羊	試 2 式至
矢 2 詩止	豕 1 詩止	霜 1 師莊	（審、疏）		

【系聯說明】

蘇以下十二字爲一類，息以下十六字爲一類，式以下二十七字爲一類。蘇、孫兩字互用；相、息、思三字互用；申、施、升、式四字互用，則兩兩不可系聯。三，蘇藍切；又去聲息暫切，據平上去入四聲相承，蘇、息聲類相同，是以蘇、息兩類可以系聯爲一類。又，摲，師銜切，音衫；又去聲所鑑切，據平上去入四聲相承，師、所聲類相同，是以式、蘇兩類可以系聯爲一類。就《廣韻》來看，心、疏、審三類有別，然就《字彙》系聯結果而言，心、疏、審三類已發生語音演變，可以系聯爲一類。蘇類相當於《廣韻》心、疏、審類。

(5) 徐（邪）類

徐 96 詳於	詳 42 徐羊	似 39 詳里	旬 19 詳倫	象 15 似兩	祥 9 徐羊
詞 6 詳茲	隨 5 旬威	辭 3 詳茲	寺 3 詳恣	席 2 祥亦	（邪）

【系聯說明】

徐以下十一字可以系聯爲一類。徐類相當於《廣韻》邪類。

〔註6〕詳見應裕康，〈《洪武正韻》聲母音值之擬訂〉，《中華學苑》第六期，1970年9月，頁13。

3、舌上（舌面前）、正齒（舌尖面、舌面前）

（1）之（知、照、莊）類

之 223 章移	陟 150 之石	職 111 之石	諸 94 專於	竹 65 之六	止 61 諸矢
章 44 止良	旨 42 諸矢	知 39 珍離	朱 37 專於	專 32 諸延	支 29 章移
質 23 職日	阻 17 壯五	征 11 諸成	腫 11 知隴	張 6 止良	珍 5 之人
主 4 腫與	壯 4 章況	追 3 朱雖	煮 2 專庚	豬 2 專於	眞 2 之人
制 1 征例	卓 1 竹角	轉 1 止演	烝 1 諸成	軫 1 止忍	株 1 專於
脂 1 章移	隻 1 之石	織 1 之石	照 1 之笑	中 1 陟隆	（照、知）
側 188 側格	莊 37 側霜	責 7 側格	查 6 莊加	札 3 側八	詐 1 側駕
（莊）					

【系聯說明】

之以下三十五字爲一類，側以下六字爲一類。專、諸兩字互用，側自爲被切字與反切上字。《廣韻》:「莊，側羊切；壯，側亮切。」莊在陽韻，壯在漾韻，同紐平去相承。《字彙》:「莊，側雙切；壯，章況切」，亦當同紐平去相承，故側、章聲類相同，是以之、側兩類可以系聯爲一類。之類相當於《廣韻》照、知、莊類。

（2）丑（徹、穿、初）類

丑 158 齒九	昌 152 齒良	初 120 楚徂	尺 97 昌石	楚 83 創祖	抽 60 丑鳩
齒 38 昌止	恥 26 尺里	測 25 初力	敕 22 昌石	樞 13 抽居	蚩 12 齒善
創 11 齒良	充 10 昌中	敞 4 昌兩	稱 4 丑成	笞 3 抽知	赤 2 昌石
惻 2 初力	叉 2 初皆	車 1 昌遮	處 1 敞呂	褚 1 敞呂	叱 1 尺栗
（徹、穿、初）					

【系聯說明】

丑以下二十四字可以系聯爲一類。《字彙》:「偛，楚洽切；又竹洽切。」反切下字相同，是以楚、竹聲類有別。丑類相當於《廣韻》徹、穿、初類。

（3）直（澄、牀）類

直 278 逐力	除 52 長魚	丈 36 呈兩	呈 23 直貞	長 13 仲良	宅 8 直格
仲 7 直眾	柱 7 直呂	逐 4 直六	重 4 直隴	逐 3 直六	茶 2 直加
澄 1 直眞	佇 1 直呂	場 1 仲良	仗 1 呈兩	（澄）	
陳 32 池鄰	常 20 陳羊	持 13 陳知	池 10 陳知	治 8 陳知	裳 8 陳羊
遲 2 陳知	（澄）				
牀 26 助莊	助 22 狀祚	狀 2 助浪	乍 1 助駕	（牀）	

【系聯說明】

直以下十六字爲一類，陳以下七字爲一類，牀以下四字爲一類。直、逐兩字互用；陳、池兩字互用；助、狀兩字互用，則兩兩不可系聯。沉，持林切，朕平聲；又去聲直禁切，據平上去入四聲相承，則持、直聲類相同，是以陳、直兩類可以系聯爲一類。又，《字彙》：「中，陟隆切；又之仲切，音眾、又直眾切，音仲。」又音之仲切與直眾切，反切下字韻類相同，據分析條例的應用，是以斷定直類與之類聲母有別。直類相當於《廣韻》澄、牀類。

(4) 時（神、禪）類

時 103 上紙	士 34 上紙	上 32 時亮	神 25 丞眞	市 21 上紙	殊 19 尙朱
是 17 上紙	辰 15 丞眞	丞 13 時征	仕 12 時吏	視 4 時吏	寔 3 丞職
署 2 殊遇	蜀 2 神六	乘 2 時征	氏 2 上旨	十 1 寔執	成 1 時征
純 1 殊倫	示 1 神至	（神、禪）			

【系聯說明】

時以下二十字可以系聯爲一類。《字彙》：「倕，直追切；又殊爲切。」反切下字韻類相同，則直、殊聲類有別。時類相當於《廣韻》神、禪類。

4、牙（舌根）音

(1) 古（見）類

古 830 公土	姑 59 攻乎	公 45 古紅	攻 26 古紅	沽 11 攻乎	工 3 古紅
過 3 古臥	孤 2 攻乎	骨 2 古忽	戈 1 古禾	谷 1 古祿	昊 1 古闃
庚 1 古衡	紺 1 古暗	詭 1 古委	（見）		
居 695 斤於	堅 58 經天	舉 34 居許	九 29 居有	經 22 居卿	各 21 葛鶴
斤 19 居銀	厥 14 居月	規 14 居爲	極 13 竭戟	歌 12 居何	圭 9 居爲
涓 8 圭淵	竭 7 巨列	俱 6 斤於	紀 6 居里	葛 4 居曷	佳 3 居牙
几 3 居里	己 2 居里	基 2 堅溪	柯 2 居何	嘉 2 居牙	久 1 舉有
君 1 規雲	岡 1 居郎	救 1 居又	拘 1 斤於	告 1 居號	格 1 各額
桂 1 居胃	一 1 堅溪	姜 1 居良	共 1 居中	巨 1 基呂	（見）
吉 120 激質	訖 21 激質	激 10 吉逆	記 2 吉器	卷 1 吉券	計 1 吉詣
（見）					

【系聯說明】

古以下十五字爲一類，居以下三十五字爲一類，吉以下六字爲一類。古、公兩字互用；居、斤兩字互用；吉、激兩字互用，則兩兩不可系聯。兼，古嫌切，檢平聲；又去聲居欠切，據平上去入四聲相承，古、居聲類相同，是以古、居兩類可以系聯爲一類。又，勬，圭淵切，音涓；又去聲吉勸切，據平上去入四聲相承，圭、吉聲類相同，是以居、吉兩類可以系聯爲一類。古類相當於《廣韻》見類。

(2) 苦（溪）類

苦 331 孔五	丘 221 驅尤	去 112 丘遇	口 97 苦偶	乞 63 去冀	枯 52 空胡
區 41 丘於	驅 32 丘於	牽 24 苦堅	曲 18 丘六	克 16 乞格	空 15 苦紅
詰 12 欺吉	欺 10 牽奚	可 8 口我	棄 7 去冀	祛 5 丘於	墟 4 丘於
康 4 丘剛	豈 3 區里	孔 3 康董	楷 2 口駭	恪 2 克各	起 2 區里
綺 2 區里	輕 1 丘京	客 1 乞格	渴 1 丘葛	肯 1 苦等	珂 1 丘何
（溪）					

【系聯說明】

苦以下三十字可以系聯爲一類。《字彙》:「佝，居候切；又苦候切。」反切下字相同，是以說明居、苦聲類有別。苦類相當於《廣韻》溪類。

(3) 渠（群）類

渠 294 求於	其 77 渠宜	求 61 渠尤	具 37 忌遇	奇 33 渠宜	逵 19 渠爲
忌 13 奇寄	祁 9 渠宜	強 4 渠良	權 2 逵員	祈 2 渠宜	彊 1 渠良
暨 1 奇寄	衢 1 求於	及 1 忌立	翹 1 祁堯	葵 1 渠爲	乾 1 渠年
跪 1 渠委	（群）				
巨 154 臼許	臼 19 巨九	（群）			

【系聯說明】

渠以下十九字爲一類，巨以下兩字爲一類。巨、臼兩字互用；渠、求兩字互用，則兩兩不可系聯。健，巨展切，音件；又去聲渠建切，據平上去入四聲相承，則巨、渠聲類相同，是以渠、巨兩類可以系聯爲一類。渠類相當於《廣韻》群類。

(4) 五（疑）類

五 228 阮古	阮 6 五遠	（疑）			
語 50 偶許	偶 16 語口	（疑）			
吾 20 訛胡	訛 18 吾禾	（疑）			

【系聯說明】

五以下兩字爲一類，語以下兩字爲一類，吾以下兩字爲一類。五、阮兩字互用；偶、語兩字互用；訛、吾兩字互用，則兩兩不可系聯。《廣韻》:「岏，五丸切；玩，五換切。」岏在桓韻，玩在換韻，同紐平去相承。《字彙》:「岏，吾官切，玩平聲；玩，五換切，刓去聲」，亦當同紐平去相承，故吾、五聲類相同，是以五、吾兩類可以系聯爲一類。又，《廣韻》:「藕，五口切；偶，五遘切。」藕在厚韻，偶在候韻，同紐上去相承。《字彙》藕，語口切，音偶；偶，五換切，刓去聲，亦當同紐上去相承，故語、五聲類相同，是以語、五兩類可以系聯爲一類，是以五、吾、語三類可以系聯爲一類。五類相當於《廣韻》疑類。

5、喉（舌根、喉、零聲母、半元音）音

(1) 於（影）類

於 629 衣虛	伊 116 於宜	乙 76 益悉	衣 43 於宜	一 22 益悉	遏 18 阿葛
因 18 伊眞	紆 16 衣虛	隱 15 於謹	安 14 於寒	倚 11 隱綺	阿 7 於何
依 5 於宜	鄔 5 安古	哀 4 於開	益 3 伊昔	握 3 乙角	迂 2 衣虛
幺 2 伊姚	鴉 1 於加	塢 1 安古	嫗 1 依據	憂 1 於尤	壹 1 益悉
央 1 於良	宛 1 於袁	（影）			
烏 421 汪胡	汪 13 烏光	委 8 烏賄	屋 3 烏谷	淵 1 烏圓	戹 1 烏革
（影）					

【系聯說明】

於以下二十六字爲一類，烏以下六字爲一類。於、衣兩字互用；烏、汪兩字互用，則兩兩不可系聯。《字彙》:「匼，遏合切，庵入聲；又上聲烏感切」，據平上去入四聲相承，則遏、烏聲類相同，是以於、烏兩類可以系聯爲一類。於類相當於《廣韻》影類。

(2) 魚(喻、爲)類

魚 257 牛居	于 225 雲俱	余 149 雲俱	牛 107 于求	餘 60 雲俱	雲 57 于分
逆 33 宜戟	宜 23 魚羈	王 20 于方	遇 20 魚據	云 19 于分	爰 12 于權
牙 10 牛加	營 9 于平	虞 8 牛居	爲 8 于規	縈 8 于平	鄂 6 逆各
尤 5 于求	俄 4 牛何	欲 3 余六	韋 3 于規	榮 2 于平	玉 2 魚欲
永 2 于憬	諤 1 逆各	有 1 云九	年 1 魚軒	俞 1 雲俱	愚 1 牛居
盈 1 餘輕	(疑、喻、爲)				
以 227 羊里	弋 107 夷益	夷 86 延知	羊 84 移章	延 71 夷然	移 49 延知
與 43 弋渚	倪 32 研奚	羽 27 弋渚	雨 22 弋渚	研 15 夷然	禹 15 弋渚
越 15 雨月	尹 14 以忍	養 14 以兩	寅 5 夷眞	庾 5 弋渚	亦 4 夷益
疑 3 延知	翼 2 夷益	淫 2 夷今	翌 1 夷益	宇 1 弋渚	言 1 夷然
役 1 越逼	(喻、爲)				

【系聯說明】

魚以下三十一字爲一類，以以下二十五字爲一類。于、雲兩字互用；延、夷兩字互用，則兩兩不可系聯。《字彙》:「煬，移章切，音羊；又去聲餘亮切」，據平上去入四聲相承，則移、餘聲類相同，是以魚、以兩類可以系聯爲一類。魚類相當於《廣韻》喻、爲類。

(3) 呼(曉)類

呼 451 荒胡	霍 25 忽郭	荒 23 呼光	忽 11 呼骨	麾 2 呼回	毀 2 呼委
赫 1 呼格	海 1 呼改	(曉)			
火 46 虎果	虎 23 火五	訶 2 虎何	(曉)		
許 297 虛呂	虛 189 休居	休 35 虛尤	黑 23 許得	吁 17 休居	況 14 虛放
香 10 虛良	迄 8 黑乙	興 6 虛陵	曉 3 馨杳	朽 3 許久	馨 2 虛陵
匈 2 許容	欣 2 許斤	喜 1 許里	詡 1 虛呂	希 1 虛宜	忻 1 許斤
(曉)					

【系聯說明】

呼以下八字爲一類，火以下三字爲一類，許以下十八字爲一類。呼、荒兩字互用；火、虎兩字互用；虛、休兩字互用，則兩兩不可系聯。《字彙》:「呵，虎何切；又去聲呼个切」，據平上去入四聲相承，則虎、呼聲類相同，是以火、呼兩類可以系聯爲一類。又，灦，呼典切，音顯；又去聲曉見切，據平上去入四聲相承，則呼、曉聲類相同，是以呼、許兩類可以系聯爲一類。故呼、火、許三類可以系聯爲一類。呼類相當於《廣韻》曉類。

（4）胡（匣）類

胡 829 洪孤	戶 190 侯古	下 91 胡雅	侯 57 胡鉤	乎 34 洪孤	洪 32 胡公
弦 27 胡田	轄 10 胡八	形 10 奚輕	雄 9 胡容	奚 9 弦雞	刑 7 奚輕
穫 5 胡郭	華 5 胡瓜	亥 3 胡改	黃 3 胡光	候 2 胡茂	狹 2 胡夾
互 2 胡故	玄 2 胡涓	兮 1 弦雞	叶 1 胡頰	話 1 胡卦	檄 1 刑狄
丸 1 胡官	賢 1 胡田	（匣）			
何 73 寒哥	曷 9 何葛	河 9 寒哥	寒 5 河干	（匣）	

【系聯說明】

胡以下二十六字爲一類，何以下四字爲一類。胡、洪兩字互用；河、寒兩字互用；則兩兩不可系聯。《字彙》:「何，寒哥切；又上聲下可切；又去聲胡箇切」，據平上去入四聲相承，則寒、下、胡聲類相同，是以胡、何兩類可以系聯爲一類。《字彙》:「乎，洪孤切；又荒胡切。」反切下字「孤、胡」韻類相同，據分析條例的應用，則胡、呼聲類有別。胡類相當於《廣韻》匣類。

6、半舌、半齒音

（1）力（來）類

力 596 郎狄	郎 303 魯堂	魯 122 郎古	落 48 歷各	歷 37 郎狄	洛 22 歷各
來 11 郎才	劣 10 力輟	勒 3 歷德	勞 1 郎刀	路 1 魯故	利 1 力地
令 1 力正	（來）				
離 117 鄰溪	鄰 78 離珍	連 39 零年	凌 16 離呈	零 10 離呈	犁 9 鄰溪
林 3 犁沉	淩 3 離呈	閭 3 凌如	陵 1 離呈	憐 1 零年	离 1 鄰溪
梨 1 鄰溪	（來）				
盧 292 龍都	良 117 龍張	龍 58 盧容	里 18 良以	兩 16 良奬	呂 12 兩舉
蘆 4 龍都	慮 2 良據	朗 2 里黨	婪 1 盧含	六 1 盧谷	梁 1 龍張
（來）					

【系聯說明】

力以下十三字屬力之類，離以下十三字爲離之類，盧以下十二字屬良之類。郎、魯兩字互用；離、鄰兩字互用；龍、盧兩字互用，兩兩不可系聯。《字彙》:「令，力正切；又平聲離呈切」，據平上去入四聲相承，力、離聲類相同，則力、離兩類可以系聯爲一類。又，《字彙》：「倆，力仗切；又上聲良獎切」，據平上去入四聲相承，力、良聲類相同，則力、盧兩類可以系聯爲一類。故力、離、盧三類可以系聯爲一類。力類相當於《廣韻》來類。

（2）而（日）類

而 189 如支	女〔註 7〕93 忍與	如 120 人余	人 37 而鄰	忍 21 爾軫	汝 19 忍與
乳 15 忍與	儒 14 人朱	仁 11 而鄰	爾 8 如此	耳 4 如此	日 4 人質
兒 3 如支	（日）				

【系聯說明】

而以下十三字可以系聯爲一類。而類相當於《廣韻》日類。

第二節　韻類部份

分析完《字彙》聲類後，其原則與系聯條例，同樣也可運用於韻類的分析上，以下見韻類的系聯原則說明及系聯結果。

一、考訂說明及系聯原則

以下就《字彙》反切韻類探討，說明系聯情形，韻類之系聯方法，仍承聲類而來，茲列舉反切下字系聯條例如下：

1、依據清・陳澧「反切下字系聯條例」加以系聯。陳澧《切韻考・卷一》載其反切下字系聯內容爲：「切語下字與所切之字爲疊韻，則切語下字同用者、互用者、遞用者，韻必同類也。同用者如：東，德紅切；公，古紅切，同用『紅』字也。互用者如：公，古紅切，紅，户公切，『紅』、『公』二字互用也。遞用者如：東，德紅切，紅，户公切，東字用紅字，紅字用公字也。今據此系聯。」〔註 8〕以《字彙》爲例，同用者如：「蒙，莫紅切；工，古紅切」，同用反切下字「紅」。互用者如：「木，莫卜切；卜，博木切」，「木」、「卜」二字互用。遞用者如：「江，居良切；良，龍張切」，江字用「良」字，良字

〔註 7〕《廣韻》：「女，尼呂切，又尼據切。」反切上字屬娘母，至《字彙》：「女，偶許切，音語；又去聲魚據切，又忍與切，音乳。」反切上字偶、魚皆爲舌根音疑母，故於此女字反切應爲「忍與切」。

〔註 8〕見清・陳澧撰、羅偉豪點校《切韻考》（廣州：廣東高等教育出版社，2004），頁 3～4。

用「張」字，則江、良、張韻類相同。若單就同用、互用、遞用系聯《字彙》反切韻類，可得 196 韻類。〔註 9〕

2、除基本條例的應用外，尚需分析條例的輔助，以便作進一步分合的依據。陳澧以為：「上字同類者，則下字必不同類。如：公，古紅切；弓，居戎切，古、居聲同類，則紅、戎韻不同類，今分析每韻二類、三類、四類者，據此定之也。」〔註 10〕《字彙》中分析條例的應用亦在又音中呈現，舉例說明：

丐，居大切；又居曷切。

僿，先代切；又息恣切。

「丐」之反切上字與又音同用「居」字，基於「上字同類者，則下字必不同類」的原則來看，反切下字「大」、「曷」韻類必定有別。「僿」之反切上字「先」、「息」同類，則反切下字「代」、「恣」韻類必定不同。故以此作為判斷《字彙》韻母系聯當分的依據。又，四聲相承體例的運用，亦可作為分析條例判斷的依據：

〔註 9〕《字彙》反切韻類以「同用、互用、遞用」原則系聯，得 196 類，如下：

紅類、孔類、貢類、中類、用類、仲類、六類、木類、骨類、良類、莊類、王類、光類、兩類、項類、亮類、灼類、約類、若類、郎類、黨類、廣類、往類、浪類、曠類、降類、知類、皮類、西類、私類、里類、氏類、計類、意類、利類、四類、器類、回類、非類、乖類、委類、尾類、對類、胃類、醉類、芮類、未類、佩類、臂類、拜類、於類、無類、呂類、與類、律類、胡類、都類、租類、古類、故類、來類、開類、海類、駭類、買類、蓋類、加類、皆類、下類、駕類、人類、巾類、林類、今類、深類、忍類、允類、錦類、刃類、禁類、質類、乙類、入類、倫類、分類、吻類、運類、勿類、昆類、本類、困類、恩類、很類、恨類、沒類、含類、延類、堅類、員類、兼類、廉類、藍類、咸類、典類、展類、兗類、檢類、減類、點類、冉類、版類、遠類、甸類、絹類、陷類、戰類、念類、洽類、八類、月類、劣類、絕類、官類、艱類、寒類、還類、感類、簡類、管類、旱類、敢類、玩類、紺類、幹類、患類、濫類、結類、涉類、協類、交類、招類、聊類、了類、巧類、沼類、教類、弔類、刀類、老類、到類、何類、禾類、果類、可類、臥類、瓜類、瓦類、卦類、遮類、邪類、者類、夜類、庚類、登類、猛類、等類、耿類、鄧類、德類、丁類、呈類、營類、郢類、永類、正類、孟類、命類、各類、合類、歷類、益類、活類、葛類、逆類、職類、伯類、岳類、昊類、櫛類、尤類、九類、救類、謬類、侯類、口類、候類。

〔註 10〕見清・陳澧撰、羅偉豪點校《切韻考》，頁 4。

乜，彌耶切；又上聲彌也切

乳，忍與切；又去聲如遇切

乜字，反切上字同用「彌」，是以據「上字同類者，則下字必不同類」之分析條例來看，「耶」、「也」韻類有別。再如，乳字，反切上字「忍」、「如」同類，故反切下字「與」、「遇」韻類有別。

3、又，在系聯過程中，或有實爲同類，卻不能系聯的例子，陳澧以爲：「切語下字既系聯爲同類矣，然有實同類而不能系聯者，以其切語下字兩兩互用故也。如朱俱無夫四字，韻本同類：朱，章俱切；俱，舉朱切；無，武夫切；夫，甫無切，朱與俱、無與夫，兩兩互用，遂不能四字系聯矣。今考平上去入四韻相承者，其每韻分類亦多相承。切語下字既不系聯，而相承之韻又分類，乃據以定其分類。否則雖不系聯，實同類耳。」〔註 11〕然而，在字書的系聯中，斷定是否爲相承韻類的依據，主要靠的即四聲相承之體例，如：

吟，魚音切；又上聲魚錦切；又去聲宜禁切。

主，腫與切；又去聲陟慮切。

可以從四聲相承的字例中，得知「吟」字之反切下字「音、錦、禁」乃相承之韻類；「主」字之反切下字「與、慮」韻類亦相承，此亦可作爲系聯反切相承韻類的依據。

4、又，《字彙》中偶存一字兩切的現象，如：「鑒」字有「古陷」、「古咸」二切，反切上字相同，據分析條例可得出反切下字「陷」、「咸」韻類有別，此亦可作爲韻類當分的依據。

二、韻類之系聯

韻類之系聯，以韻攝排序，其中或遇韻攝相混則合併作一類，不再細分。又，每類類目據反切下字出現次數最多者命名。又，各類先分開合，再分洪細，後附上《廣韻》反切下字分類〔註 12〕，以茲比較對照，另，入聲獨立置於文末討論。

〔註 11〕見清・陳澧撰、羅偉豪點校《切韻考》，頁 4。

〔註 12〕林尹分 294 類，見氏著《中國聲韻學通論》（台北：黎明出版社，1982），頁 242～249。陳澧《切韻考》則分爲 311 類。

（一）通　攝

1、紅類（合洪）

平聲

紅 265 胡公	冬 45 德紅	公 33 古紅	工 8 古紅	東 7 德紅	宗 6 祖冬
蒙 3 莫紅	洪 2 胡公	同 1 徒紅	琮 1 徂紅	（東 1、冬）	

【系聯說明】

紅以下九字可以系聯爲一類。據《字彙》反切平上去入四聲相承來看：

空，苦紅切；又上聲康董切；又去聲苦貢切。

匈，許容切；又上聲許拱切；又去聲許用切。

空字反切下字相承的「紅、董、貢」與匈字反切下字相承的「容、拱、用」，除上聲董、拱可系聯同類外，並未見平聲、去聲有相混情形，此承襲《廣韻》冬韻未設上聲而來，是以仍將紅、中分爲兩類。

上聲

孔 63 康董	隴 49 力董	勇 32 於隴	竦 29 息勇	總 15 作孔	董 13 多動
動 13 徒總	蠓 6 母總	拱 2 居竦	悚 1 息勇	喠1 知隴	恐 1 丘隴
重 1 直隴	冢 1 知隴	（董、腫）			

【系聯說明】

孔以下十四字可以系聯爲一類。

去聲

貢 43 古送	弄 32 盧貢	送 11 蘇弄	鳳 6 馮貢	凍 3 多貢	宋 2 蘇弄
（送 1、宋）					

【系聯說明】

貢以下六字可以系聯爲一類。

入聲

六 324 盧谷	谷 199 古祿	玉 39 魚欲	竹 29 之六	祿 18 盧谷	沃 18 烏谷
毒 11 杜谷	欲 11 余六	篤 6 都毒	蜀 4 神六	足 4 縱玉	宿 2 蘇玉
錄 2 盧谷	酷 2 枯沃	豉 2 昌六	福 2 方六	鞠 1 居六	叔 1 式竹
鵠 1 胡谷	屋 1 烏谷	郁 1 乙六	肉 1 而六	辱 1 而蜀	渓1 烏鵠
贖 1 神六	逐 1 直六	（屋、沃燭）			

【系聯說明】

六以下二十六字可以系聯爲一類。

2、中類（合細）

平聲

中 185 陟隆	容 140 以中	隆 29 良中	宮 17 居中	戎 9 而中	弓 7 居中
封 7 方中	庸 4 以中	恭 4 居中	龍 3 盧容	終 3 陟隆	逢 3 符中
凶 3 許容	從 2 牆容	融 2 以中	聾 1 盧容	顒 1 魚容	充 1 昌中
鍾 1 陟隆	蓬 1 蒲逢	（東 2、鍾）			

【系聯說明】

中以下二十字可以系聯爲一類。

去聲

用 29 余頌	頌 4 似用	（用）			
仲 10 直眾	眾 6 之仲	（送 2）			

【系聯說明】

用以下兩字爲一類，仲以下兩字爲一類。頌、用兩字互用，眾、仲兩字互用，則兩兩不可系聯。壅，於容切，音雍；又上聲尹竦切、又去聲於用切。從，牆容切，音从；又去聲才仲切。據四聲相承結果來看，反切下字「容」分別與「用、仲」相承，是以仲、用兩類可以系聯爲一類。

以下就通攝《字彙》反切及相承又音作一列表：

字例	反切	直音	相承又音
兇	許容切	胷	又上聲許拱切
匈	許容切	胸	又上聲許拱切、又去聲許用切
壅	於容切	雍	又上聲尹竦切、又去聲於用切
從	牆容切	从	又去聲才仲切
嚨	盧容切	龍	又去聲力董切
饔	於容切	雍	又上聲尹竦切
龍	盧容切	弄平聲	又上聲力董切
倲	德紅切	東	又去聲多貢切
眮	徒紅切	同	又去聲徒弄切

懵	莫紅切	蒙	又上聲母總切
曈	徒紅切	同	又去聲徒弄切
曚	莫紅切	蒙	又上聲母總切
濛	莫紅切	蒙	又上聲母總切
烽	蒲紅切	蓬	又上聲部孔切
空	苦紅切	孔平聲	又上聲康董切、又去聲苦貢切
筩	徒紅切	同	又去聲徒弄切
艨	莫紅切	蒙	又上聲母總切
翁	烏紅切	甕平聲	又上聲烏孔切
菶	蒲紅切	蓬	又上聲蒲蠓切
蓊	烏紅切	翁	又上聲烏孔切
蝀	德紅切	東	又上聲多動切、又去聲多貢切
衕	徒紅切	同	又去聲徒弄切
詷	徒紅切	同	又上聲徒總切、又去聲徒弄切
酮	徒紅切	同	又上聲杜孔切
驝	莫紅切	蒙	又去聲莫弄切
拲	居竦切	拱	又入聲居六切

（二）江、宕攝

1、良類（開細）

平聲

良 122 龍張	羊 92 移章	江 48 居良	章 41 止良	張 19 止良	薑 1 居良
長 1 仲良	相 1 息良	腔 1 驅羊	陽 1 移章	（江、陽 1）	
王 27 于方	方 17 敷房	房 13 符方	匡 1 曲王	（陽 2）	

【系聯說明】

良以下十字爲一類，王以下四字爲一類。良、張兩字互用，方、房兩字互用，則兩兩不可系聯。《字彙》:「享，許兩切；又平聲虛良切、又去聲許亮切」，說明良、兩、亮爲四聲相承的關係。又，《字彙》:「枋，敷房切；又去聲敷亮切。」說明房、亮爲相承韻類，是以良、王可以系聯爲同韻類。

上聲

兩 121 良獎	獎 10 子兩	紡 8 妃兩	仰 6 魚兩	養 2 以兩	丈 1 呈兩
爽 1 疏兩	良 1 兩獎	掌 1 止兩	（養 1）		
往 9 羽枉	枉 2 嫗往	（養 2）			

【系聯說明】

兩以下九字爲一類，往以下兩字爲一類。兩、獎兩字互用，往、枉兩字互用，則兩兩不可系聯。《字彙》:「王，于方切，旺平聲；又上聲羽枉切。」承平聲，良、王可以系聯爲一類，則兩、往亦可系聯爲一類。

去聲

亮 72 力仗	放 22 敷亮	仗 8 直亮	况 6 虛放	向 4 許亮	況 3 虛放
尙 3 時亮	恙 1 餘亮	誑 1 古況	讓 1 而亮	障 1 知亮	樣 1 餘亮
壯 1 章況	（漾 1、漾 2）				

【系聯說明】

亮以下十三字可以系聯爲一類。

入聲

灼 49 職略	略 24 力灼	畧 5 力灼	勺 3 職略	藥 3 弋灼	斫 1 職略
（藥 1）					
約 43 乙却	縛 24 符約	雀 12 即約	虐 9 魚約	却 5 乙約	說 1 輸爇
（藥 1、藥 2）					
若 2 如杓	杓 1 裳若	（藥 1）			
岳 16 逆角	覺 11 吉岳	卓 1 竹角	角 1 吉岳	（覺）	

【系聯說明】

灼以下六字爲一類，約以下六字爲一類，若以下兩字爲一類，岳以下四字爲一類。灼、略兩字互用；約、却兩字互用；若、杓兩字互用；岳、角兩字互用，則兩兩不可系聯。今考《廣韻》反切下字「灼、約、若」類，皆爲「藥」韻開細三等韻，可以系聯爲一類，是以《字彙》亦可系聯爲一類。需要說明的是《廣韻》:「縛，符钁切」,《字彙》則改爲「符約切」，將縛字由合口轉爲開口字。又，《字彙》江、陽兩韻類合併爲一類，承平聲，則入聲灼、岳亦可系聯爲一類。

2、郎類（開洪）

平聲

郎 162 魯堂	剛 29 居郎	堂 25 徒郎	當 12 都郎	岡 12 居郎	降 3 胡杠
扛 1 居郎	庬 1 謨郎	杠 1 居郎	康 1 丘剛	廊 1 魯堂	（唐 1）

【系聯說明】

郎以下十一字可以系聯爲一類。《字彙》：「頏，胡剛切；又上聲下朗切、又去聲下浪切。」說明反切下字「剛、朗、浪」爲相承韻類。

上聲

黨 42 多曩	朗 40 里黨	曩 14 乃黨	莽 3 母黨	（蕩 1）	

【系聯說明】

黨以下四字可以系聯爲一類。

去聲

浪 72 郎宕	宕 10 徒浪	盎 1 於浪	（宕 1）		

【系聯說明】

浪以下三字可以系聯爲一類。

3、光類（合洪）

平聲

光 95 姑黃	黃 16 胡光	旁 7 蒲光	邦 1 博旁	傍 1 蒲光	（唐 2）

【系聯說明】

光以下五字可以系聯爲一類。《字彙》：「皇，胡光切，音黃；又上聲戶廣切。」、「壙，苦謗切，音曠；又上聲苦廣切。」說明反切下字「光、廣、謗」爲相承韻類。

上聲

廣 16 古晃	晃 8 戶廣	（蕩 2）			

【系聯說明】

廣以下兩字可以系聯爲一類。

去聲

曠 9 苦謗	謗 7 補曠	（宕 2）			

【系聯說明】

曠以下兩字可以系聯爲一類。

入聲

各 285 葛鶴	格 102 各額	革 55 各額	郭 40 古博	責 31 側格	頟 17 鄂格
博 8 伯各	額 4 鄂格	洛 4 歷各	鶴 4 曷各	側 2 側格	閣 2 葛鶴
刻 1 乞格	克 1 乞格	恪 1 克各	㓹1 逆各	霍 1 忽郭	（鐸 1、鐸 2）

【系聯說明】

各類以下十七字可以系聯爲一類。

以下就江、宕攝《字彙》反切及相承又音作一列表：

字 例	反 切	直 音	相 承 又 音
享	許兩切	響	又平聲虛良切、又去聲許亮切
倆	力仗切	諒	又上聲良獎切
將	子亮切	醬	又平聲資良切
張	止良切	章	又去聲知亮切
強	渠良切	彊	又上聲巨兩切、又去聲其亮切
彊	渠良切	強	又上聲巨兩切、又去聲巨亮切
漲	知亮切	障	又平聲止良切
繮	居良切	江	又上聲巨兩切
相	息良切	襄	又去聲息亮切
良	龍張切	梁	又上聲良獎切
蔃	巨良切	強	又上聲巨兩切
鄉	虛良切	香	又上聲許兩切、又去聲許亮切
長	仲良切	場	又去聲直亮切
張	止良切	章	又去聲知亮切
悢	呂張切	良	又去聲力仗切
涼	龍張切	良	又去聲力仗切
悢	龍張切	良	又去聲力仗切
踉	龍張切	良	又去聲力仗切
量	龍張切	良	又去聲力仗切
颹	龍張切	良	又去聲力仗切
傷	尸羊切	商	又去聲式亮切、又徒黨切（蕩）、又去聲徒浪切
蹡	千羊切	鏘	又去聲七亮切

饟	尸羊切	商	又上聲始兩切
傷	尸羊切	商	又去聲式亮切
償	陳羊切	常	又去聲時亮切
煬	移章切	羊	又去聲餘亮切
諹	移章切	陽	又去聲余亮切
颺	移章切	揚	又去聲餘亮切
上	時亮切	常去聲	又上聲是掌切
放	敷亮切	方去聲	又敷房切（方）、又上聲妃兩切
俇	渠王切	狂	又上聲具往切
狂	渠王切	况平聲	又去聲渠放切
王	于方切	旺平聲	又上聲羽枉切
俇	渠王切	狂	又上聲具往切
忘	無方切	亡	又去聲巫放切
枋	敷房切	方	又去聲敷亮切
皇	胡光切	黃	又上聲戶廣切
旁	蒲光切	薄平聲	又去聲蒲浪切
皇	胡光切	黃	又上聲戶廣切
棒	步項切	旁上聲	又去聲蒲浪切
康	丘剛切	亢平聲	又去聲口浪切
蒼	千剛切	倉	又上聲茱莽切
頏	胡剛切	杭	又上聲下朗切、又去聲下浪切
駉	五剛切	印	又上聲語黨切
壙	苦謗切	曠	又上聲苦廣切
皇	胡光切	黃	又上聲戶廣切
浪	魯堂切	郎	又去聲郎宕切
閬	魯堂切	郎	又去聲郎宕切
勆	魯當切	郎	又去聲郎宕切
坱	於黨切	惡上聲	又平聲烏郎切、又去聲於浪切
硭	莫浪切	漭	又平聲謨郎切、又上聲母黨切
沆	下黨切	杭上聲	又去聲下浪切
漭	母黨切	莽	又去聲莫浪切
盪	徒浪切	宕	又上聲徒黨切、又平聲徒郎切

（三）止　攝

1、溪類（開細）

平聲

溪 114 牽雞	之 96 章移	宜 82 魚羈	支 56 章移	奚 56 弦雞	夷 55 延知
移 50 延知	雞 41 堅溪	而 29 如支	黎 20 憐題	其 19 渠宜	脂 18 章移
離 15 鄰溪	題 12 杜兮	持 9 陳知	衣 8 於宜	希 7 虛宜	彌 3 綿兮
稀 3 虛宜	攜 3 弦雞	低 2 都黎	披 1 篇夷	依 1 於宜	泥 1 年題
施 1 申之	畿 1 渠宜	篦 1 邊迷	（支 1、支 2、脂 1、脂 2、之、齊 1、齊 2、微 1）		
西 31 先齊	齊 14 前西	（齊 1）			

【系聯說明】

溪以下二十七字爲一類，西以下兩字爲一類。溪、雞兩字互用；西、齊兩字互用，則兩兩不可系聯。《字彙》:「詎，年題切；又上聲乃里切、又去聲乃計切。」說明反切下字「題、里、計」乃相承韻類。又，《字彙》:「齊，前西切；又上聲在禮切、又去聲才詣切。」說明反切下字「西、禮、詣」乃相承韻類，其中，「里、禮」同類，「計、詣」同類，承上去聲，「題、西」亦可系聯爲一類。

上聲

里 145 良以	禮 79 良以	綺 32 區里	以 25 羊里	几 24 居里	弭 10 莫禮
啓 8 區里	靡 6 莫禮	起 5 區里	似 5 詳里	米 5 莫禮	紀 4 居里
履 4 良以	擬 2 語綺	己 2 居里	豈 1 區里	已 1 養里	李 1 良以
倚 1 隱綺	蟻 1 語綺	矣 1 養里	雉 1 丈几	（尾 1、止、薺）	

【系聯說明】

里以下二十二字可以系聯爲一類。

去聲

計 168 吉詣	制 82 征例	霽 27 子計	例 20 力霽	詣 18 倪制	世 5 始制
帝 4 丁計	祭 2 子計	細 2 思計	袂 2 彌計	藝 1 倪制	勢 1 始制
戾 1 力霽	寐 1 彌計	毅 1 倪制	際 1 子計	（霽 1、祭 1）	
意 75 於戲	義 31 以智	戲 15 許意	弊 3 皮意	蔽 3 必弊	避 1 皮意

（寘1）					
器 32 去冀	寄 31 吉器	冀 18 吉器	記 9 吉器	既 8 吉器	罽 3 吉器
季 2 吉器	气 1 去冀	氣 1 去冀	（寘1、至1）		

【系聯說明】

計以下十六字爲一類，意以下六字爲一類，利以下四字爲一類，器以下九字爲一類。制、例、霽、計、詣五字互用；意、戲兩字互用；利、地兩字互用；冀、器兩字互用，則兩兩不可系聯。《字彙》：「瘢，陟里切；又去聲知意切。」說明反切下字「里、意」爲相承韻類，承上聲，則計、意可以系聯爲一類。而《字彙》：「孋，鄰溪切；又去聲力地切。」說明反切下字「溪、地」爲相承韻類，承平聲，則計、利可以系聯爲一類。又，《字彙》：「幾，堅溪切；又上聲居里切、又去聲吉器切。」說明反切下字「溪、里、器」爲相承韻類，承上聲，則計、器可以系聯爲一類。

2、**私類**（開洪）

私 38 相咨	咨 37 津私	茲 21 津私	資 18 津私	詞 1 詳茲	司 1 相咨
思 2 相咨	絲 1 相咨	斯 1 相咨	（脂1）		

【系聯說明】

私以下九字可以系聯爲一類。

上聲

氏 32 上旨	止 28 諸矢	此 19 雌氏	紙 17 諸氏	矢 15 詩止	子 12 祖此
史 5 師止	姊 3 祖此	爾 3 如此	士 2 上紙	滓 1 祖此	旨 1 諸矢
（紙1、止）					

【系聯說明】

氏以下十二字可以系聯爲一類。《字彙》：「珥，而至切，音二；又上聲如此切。」說明反切下字「至、此」乃相承韻類。

去聲

智 55 知意	至 51 支義	志 15 支義	二 6 而至	置 1 知意	致 1 知意
（寘1、志）					

【系聯說明】

智以下六字可以系聯爲一類。

3、回類（合細）

平聲

回 197 胡爲	爲 68 于規	杯 57 補回	眉 19 謨杯	規 10 居爲	恢 7 枯回
悲 6 布眉	綏 5 蘇回	威 4 烏魁	隨 4 旬威	雷 3 盧回	韋 2 于規
迴 2 胡爲	觜 2 遵爲	灰 1 呼回	（支 **2**、脂 **2**、微 **2**、灰）		

【系聯說明】

回以下十五字可以系聯爲一類。《字彙》:「纍，盧回切；又去聲魯偉切。」說明反切下字「回、偉」乃平上相承韻類。又，《字彙》:「茉，盧對切；又平聲盧回切。」說明反切下字「回、對」乃平去相承韻類。

上聲

委 121 烏賄	賄 44 呼委	罪 31 徂偉	偉 20 烏賄	比 14 補委	軌 7 古委
累 6 魯葦	水 6 式軌	美 3 莫委	蘂 3 如累	壘 3 魯偉	否 2 補美
捶 2 主蘂	縈 1 如累	跪 1 渠委	葦 1 烏賄	（紙 **1**、紙 **2**、旨 **1**、旨 **2**、尾 **2**、賄）	

【系聯說明】

委以下十六字可以系聯爲一類。

去聲

對 81 都內	內 13 奴對	兌 11 杜對	銳 11 杜對	歲 4 須兌	會 3 胡對
潰 3 胡對	隊 2 杜對	繪 1 胡對	（祭 **2**、隊）		
胃 50 于貴	貴 42 居胃	桂 16 居胃	瑞 15 殊僞	僞 10 魚胃	媿 5 居胃
穢 4 烏胃	睡 2 殊僞	魏 1 魚胃	畏 1 紆胃	（未 **2**、廢、霽 **2**）	
醉 63 將遂	遂 28 徐醉	類 12 力遂	萃 2 秦醉	（至 **2**）	
佩 28 步昧	媚 20 莫佩	妹 19 莫佩	昧 13 莫佩	祕 3 兵媚	貝 2 邦妹
（至 **2**、隊）					

【系聯說明】

對以下九字爲一類，胃以下十字爲一類，醉以下四字爲一類，佩以下六字爲一類。對、內兩字互用；貴、胃兩字互用；醉、遂兩字互用；昧、佩兩字互用，則兩兩不可系聯。《字彙》:「庋，古委切；又去聲居胃切。」說明反切下字「委、胃」乃上去相承韻類，承上聲，則對、胃兩類可以系聯爲一類。又，《字彙》:「䪪，以追切；又去聲以醉切。」說明反切下字「追、醉」乃平去相承韻類，承平聲，則對、胃、醉可以系聯爲一類。又，《字彙》:「啡，鋪杯切；又上聲普罪切、又去聲滂佩切。」說明反切下字「杯、罪、佩」乃平上去相承韻類，是以對、胃、醉、佩四類可以系聯爲一類。

以下就止攝《字彙》反切及相承又音作一列表：

字例	反切	直音	相承又音
奚	弦雞切	攜	又上聲戶禮切
孋	鄰溪切	離	又去聲力地切
幾	堅溪切	雞	又上聲居里切、又去聲吉器切
攺	篇夷切	批	又上聲普弭切
謑	弦雞切	奚	又上聲戶禮切
腦	旨而切	緇	又去聲爭義切
莥	年題切	泥	又上聲乃里切
詎	年題切	尼	又上聲乃里切、又去聲乃計切
齊	前西切	臍	又上聲在禮切、又去聲才詣切
企	去冀切	器	又上聲區里切
喜	許里切	希上聲	又去聲許意切
倚	去奇切	欺	又上聲區里切
憓	乃計切	膩	又上聲乃里切
瘢	陟里切	紙	又去聲知意切
袘	養里切	以	又去聲以智切
鼘	許里切	喜	又去聲許意切
弟	待禮切	題上聲	又去聲大計切
悌	大計切	第	又上聲待禮切
濟	子禮切	賷上聲	又去聲子計切
鮆	在禮切	齊上聲	又去聲才詣切
遞	大計切	第	又上聲待禮切
錡	渠羈切	奇	又上聲巨起切
技	巨起切	奇上聲	又去聲奇寄切
錡	渠羈切	奇	又上聲巨起切
駛	疏吏切	試	又上聲師止切
始	詩止切	矢	又去聲式至切
珥	而至切	二	又上聲如此切
餌	如此切	耳	又去聲而至切
士	上紙切	時上聲	又去聲時吏切

腦	旨而切	緇	又去聲爭義切
陛	部比切	皮上聲	又去聲皮意切
骳	部比切	皮上聲	又去聲皮意切
仕	時吏切	時去聲	又上聲上紙切
市	上紙切	時上聲	又去聲時吏切
恃	時吏切	時去聲	又上聲上紙切
是	上紙切	時上聲	又去聲時吏切
柹	上紙切	時上聲	又去聲時吏切
膸	以追切	維	又去聲以醉切
吹	昌垂切	炊	又去聲昌瑞切
嚧		與吹同	又去聲昌僞切
磥	魯偉切	壘	又平聲盧回切
纍	盧回切	雷	又去聲魯偉切
莱	盧對切	類	又平聲盧回切
鏙	倉回切	崔	又上聲取猥切
鐳	盧回切	雷	又上聲魯偉切
傀	姑回切	規	又上聲古委切
峗	吾回切	峗	又上聲五委切
惈	渠爲切	逵	又上聲巨委切
啡	鋪杯切	坏	又上聲普罪切、又去聲滂佩切
朘	遵綏切	醉平聲	又上聲即委切
礧	魯偉切	雷上聲	又去聲力遂切
喦	許偉切	毀	又去聲呼對切
庋	古委切	癸	又去聲居胃切
骫	烏賄切	委	又去聲烏胃切

（四）遇　攝

1、於類（合細）

平聲

於 132 衣盧	俱 96 斤於	居 79 斤於	魚 47 牛居	余 41 雲俱	朱 34 專於
諸 27 專於	如 20 人余	虛 16 休居	于 14 雲俱	葅 4 子余	茹 4 人余
樞 2 抽居	輸 2 商居	愚 2 牛居	須 2 新於	舒 1 商居	菹 1 子余
誅 1 專於	殊 1 尚朱	俞 1 雲俱	閭 1 淩如	（魚、虞）	

【系聯說明】

於以下二十二字可以系聯爲一類。《字彙》:「胠，丘於切，音區；又上聲丘舉切、又去聲區遇切。」說明反切下字「於、舉、遇」爲相承韻類。

上聲

呂 81 兩舉	許 54 虛呂	舉 27 居許	語 8 偶許	矩 8 居許	女 1 偶許
巨 1 基呂	（語、鸞）				
與 34 弋渚	渚 26 腫庾	主 19 腫與	庾 5 弋渚	禹 4 弋渚	煮 3 專庾
雨 2 弋渚	乳 1 忍與	汝 1 忍與	羽 1 弋渚	（語、鸞）	

【系聯說明】

呂以下七字爲一類，與以下十字爲一類。呂、舉、許三字互用；庾、渚兩字互用，則兩兩不可系聯。《字彙》:「乳，忍與切；又去聲如遇切。」說明反切下字「與、遇」爲上去相承韻類，承去聲，則呂、與兩類可以系聯爲一類。

去聲

遇 58 魚據	據 47 居御	慮 29 良據	御 27 魚據	豫 7 羊遇	句 6 居御
預 5 羊遇	恕 5 商豫	倨 3 居御	庶 2 商豫	署 2 殊遇	去 1 丘遇
孺 1 而遇	具 1 忌遇	注 1 陟慮	（御、遇）		

【系聯說明】

遇以下十五字可以系聯爲一類。

2、胡類（合洪）

平聲

胡 96 洪孤	乎 39 洪孤	孤 35 攻乎	模 11 莫胡	謨 9 莫胡	烏 8 汪胡
吳 7 訛胡	呼 5 荒胡	吾 3 訛胡	姑 3 攻乎	狐 1 洪孤	汙 1 汪胡
逋 1 奔謨	（模）				

【系聯說明】

胡以下十三字可以系聯爲一類。《字彙》:「汙，汪胡切；又去聲烏故切。」說明反切下字「胡、故」爲平去相承韻類。又，《字彙》:「怒，奴古切；又去聲奴故切。」說明反切下字「古、故」爲上去相承韻類，是以「胡、古、故」乃相承韻類。

上聲

古 159 公土	五 31 阮古	土 16 他魯	父 14 扶古	祖 10 總五	補 9 博古
甫 7 斐古	武 6 罔古	戶 6 侯古	魯 3 郎古	苦 1 孔五	覩 1 董五
所 1 孫五	（姥）				

【系聯說明】

古以下十三字可以系聯爲一類。

去聲

故 158 古慕	暮 15 莫故	慕 14 莫故	誤 5 五故	助 5 牀祚	富 3 芳故
路 3 魯故	祚 3 靖故	步 1 薄故	布 1 博故	付 1 芳故	悟 1 吾故
（暮）					

【系聯說明】

故以下十二字可以系聯爲一類。

以下就遇攝《字彙》反切及相承又音作一列表：

字例	反切	直音	相承又音
胠	丘於切	區	又上聲丘舉切、又去聲區遇切
胥	新於切	須	又上聲私呂切
袪	丘於切	祛	又去聲丘遇切
蕍	弋渚切	與	又平聲雲俱切
瘉	弋渚切	與	又平聲雲俱切、又去聲羊茹切
竚	治據切	住	又上聲丈呂切
胥	新於切	須	又上聲私呂切
處	敞呂切	杵	又去聲昌據切
佇	竹與切	主	又去聲直呂切
昫	虛呂切	許	又去聲許御切
舉	居許切	居上聲	又去聲居御切
去	丘遇切	區去聲	又上聲丘舉切
語	偶許切	魚上聲	又去聲魚據切
嫗	依據切	於去聲	又上聲於語切
燠	於語切	於上聲	又去聲依據切
數	色御切	恕	又上聲所主切

樹	而遇切	孺	又上聲上主切
炷	腫與切	主	又去聲陟慮切
雨	弋渚切	與	又去聲羊遇切
掀	弋渚切	雨	又去聲依據切
羽	弋渚切	與	又去聲羊遇切
聚	慈與切	徐上聲	又去聲族遇切
芸	丘於切	祛	又去聲丘遇切
蝓	羊朱切	俞	又去聲羊遇切
裋	而遇切	孺	又上聲忍與切
乳	忍與切	汝	又去聲如遇切
去	丘遇切	區去聲	又上聲丘舉切
御	魚據切	遇	又上聲偶許切
櫖	良據切	慮	又平聲淩如切
禦	魚據切	御	又上聲偶許切
呼	荒胡切	滹	又去聲荒故切
嗚	汪胡切	汙	又去聲烏故切
汙	汪胡切	烏	又去聲烏故切
謼	荒胡切	呼	又去聲荒故切
怒	奴古切	弩	又去聲奴故切
怒	奴古切	奴上聲	又去聲奴故切
戶	侯古切	胡上聲	又去聲胡故切
父	扶古切	巫上聲	又去聲防父切
簿	裴古切	蒲上聲	又去聲薄故切
肚	徒古切	杜	又去聲獨故切
蠱	公土切	古	又去聲古慕切
詁	公土切	古	又去聲古慕切
輔	扶古切	釜	又去聲扶故切
迕	五故切	誤	又上聲阮古切
部	裴古切	蒲上聲	又去聲薄故切
齼	創祖切	楚	又去聲倉故切
吐	他魯切	土	又去聲土故切
嫭	胡故切	胡去聲	又上聲侯古切

（五）蟹　攝

1、皆類（開洪）

平聲

皆 81 居諧	諧 18 雄皆	偕 1 居諧	階 1 居諧	街 1 居諧	釵 1 初皆
（皆 1）					

【系聯說明】

皆以下六字可以系聯爲一類。《字彙》:「揩，丘皆切；又去聲口戒切。」說明反切下字「皆、戒」爲平去相承韻類。又，《字彙》:「鍇，居諧切；又上聲古楷切。」說明反切下字「諧、楷」爲平上相承韻類，是以反切下字「皆、楷、戒」爲相承韻類。

上聲

買 23 莫蟹	蟹 15 胡買	擺 1 補買	（蟹 1）		
駭 10 下楷	楷 4 口駭	（駭）			

【系聯說明】

買以下三字爲一類，駭以下兩字爲一類。買、蟹兩字互用；駭、楷兩字互用，則兩兩不能系聯。《字彙》:「解，佳買切；又去聲居拜切。」說明反切下字「買、拜」爲上去相承韻類，承去聲，則買、駭兩類可以系聯爲一類。

去聲

拜 44 布怪	懈 31 居拜	戒 24 居拜	賣 22 莫懈	邁 18 莫懈	介 13 居拜
隘 2 烏懈	瘵 1 側賣	（泰 2、夬 1、怪 1）			

【系聯說明】

拜以下八字可以系聯爲一類。

1、來類（開洪）

平聲

來 57 郎才	才 26 牆來	台 1 湯來	臺 1 堂來	哉 1 將來	（咍）

【系聯說明】

來以下五字可以系聯爲一類。《字彙》:「箈，堂來切；又上聲蕩亥切、又去聲度耐切。」說明反切下字「來、亥、耐」爲平上去相承韻類。

上聲

海 25 呼改	改 21 居海	亥 16 胡改	宰 11 子海	載 2 子海	乃 2 囊海
（海）					

【系聯說明】

海以下六字可以系聯爲一類。

去聲

蓋 94 居大	代 39 度柰	耐 17 乃帶	帶 14 當蓋	大 9 度奈	艾 4 牛蓋
害 3 下蓋	柰 2 乃帶	奈 1 乃帶	愛 1 於蓋	（泰 1、代）	

【系聯說明】

蓋以下十字可以系聯爲一類。

3、乖類（合洪）

平聲

乖 22 公懷	懷 9 乎乖	淮 2 乎乖	（皆 2）		

【系聯說明】

乖以下三字可以系聯爲一類。

去聲

外 39 五塊	怪 25 古壞	壞 10 華賣	夬 13 古壞	塊 1 苦夬	（怪 2、夬 2）

【系聯說明】

外以下五字可以系聯爲一類。

以下就蟹攝《字彙》反切及相承又音作一列表：

字例	反切	直音	相承又音
篙	堂來切	臺	又上聲蕩亥切、又去聲度耐切
在	盡海切	才上聲	又去聲作代切
痢	勞代切	賴	又平聲郎才切
鎧	可海切	開上聲	又去聲丘蓋切
塏	可海切	開上聲	又去聲丘蓋切
靄	衣海切	哀上聲	又去聲於蓋切
靉	衣海切	哀上聲	又去聲於蓋切
藹	衣海切	哀上聲	又去聲於蓋切

載	子海切	宰	又去聲作代切
迨	蕩海切	逮	又去聲度耐切
隸	度耐切	代	又上聲蕩海切
鼐	乃帶切	柰	又上聲囊海切
待	蕩海切	臺上聲	又去聲度耐切
殆	蕩海切	臺上聲	又去聲度耐切
縡	作代切	再	又上聲子海切
亥	胡改切	孩上聲	又去聲下蓋切
采	此宰切	猜上聲	又去聲倉代切
寀	此宰切	猜上聲	又去聲倉代切
棌	此宰切	采	又去聲倉代切
瘷	勞代切	賴	又平聲郎才切
縡	作代切	再	又上聲子海切
揩	丘皆切	緒	又去聲口戒切
棑	薄邁切	敗	又平聲步皆切
睚	宜皆切	厓	又去聲牛懈切
揩	居諧切	皆	又上聲古楷切
解	佳買切	皆上聲	又去聲居拜切

（六）臻 攝

1、人類（開細）

平聲

人 43 而鄰	眞 43 之人	鄰 40 離珍	民 32 彌隣	臻 21 責辛	珍 27 之人
辛 13 斯鄰	賓 12 卑民	仁 3 而鄰	申 3 升人	因 1 伊眞	神 1 丞眞
詵 1 疏臻	彬 1 卑民	蓁 1 責辛	陳 1 池鄰	斌 1 卑民	貧 1 皮賓
（眞、臻）					
巾 41 居銀	斤 24 居銀	銀 4 魚巾	勤 1 渠斤	炘 1 許斤	欣 1 許斤
（欣）					

【系聯說明】

人以下十八字爲一類，巾以下六字爲一類。鄰、珍、人三字互用；巾、銀兩字互用，則兩兩不可系聯。《字彙》:「轔，離珍切；又上聲良忍切、又去聲良慎切。」說明反切下字「珍、忍、慎」乃相承韻類。又，《字彙》:「墐，具吝切；又平聲巨巾切。」說明反切下字「吝、巾」乃去平相承韻類，承去聲，則人、巾兩類可以系聯為一類。

上聲

忍 81 爾軫	謹 25 居忍	軫 7 止忍	尹 6 以忍	引 4 以忍	隱 3 於謹
近 3 巨謹	盡 2 慈忍	紖 1 直忍	（軫、隱）		

【系聯說明】

忍以下九字可以系聯為一類。

去聲

刃 46 而震	愼 44 時震	晉 23 即愼	閏 18 儒順	震 14 之愼	吝 14 良愼
峻 13 須晉	進 10 即愼	覲 9 具吝	振 9 之愼	順 7 而震	靳 7 具吝
僅 4 具吝	孕 2 羊進	俊 1 祖峻	甑 1 子孕	焮 1 許愼	（焮、震、稕）

【系聯說明】

刃以下十七字可以系聯為一類。

入聲

質 71 職日	吉 52 激質	筆 41 壁吉	日 37 人質	栗 19 力質	密 18 覓筆
乞 9 欺吉	訖 6 激質	必 5 壁吉	畢 4 壁吉	蜜 1 覓筆	（質、迄）
乙 21 益悉	悉 21 息七	七 7 戚悉	（質）		
櫛 8 側瑟	瑟 6 色櫛	（櫛）			

【系聯說明】

質以下十一字為一類，乙以下三字為一類，櫛以下兩字可以系聯為一類。質、日兩字互用；乙、悉兩字互用；櫛、瑟兩字互用，則兩兩不可系聯。今據《字彙》反切系聯，質韻、迄韻、櫛韻相承平上去聲可以系聯為一類，是以質、乙、櫛三類亦可系聯為一類。

2、倫類（合細）

平聲

倫 86 龍春	春 15 樞倫	均 6 規倫	鈞 3 規倫	囷 1 區鈞	綸 1 龍春
迍 1 朱倫	脣 1 殊倫	（諄）			
分 75 敷文	云 38 于分	文 24 無分	雲 5 于分	勻 3 于分	筠 1 于分
紋 1 無分	君 1 規雲	軍 1 規雲	（諄、文）		

【系聯說明】

倫以下八字爲一類，分以下九字爲一類。倫、春兩字互用；分、文兩字互用，則兩兩不可系聯。《字彙》:「緼，委窘切；又平聲於云切、又去聲於問切。」說明反切下字「窘、云、問」乃相承韻類。《字彙》:「揗，松允切；又平聲須倫切。」說明反切下字「允、倫」爲相承韻類，承上聲，則倫、分兩類可以系聯爲一類。

上聲

允 29 羽敏	隕 18 羽敏	敏 11 美允	準 6 知允	窘 5 巨允	笋 2 聳允
蘊 1 委窘	（準）				
吻 12 武粉	粉 11 府刎	刎 7 武粉	忿 1 房刎	（吻）	

【系聯說明】

允以下七字爲一類，吻以下四字爲一類。允、敏兩字互用；刎、粉兩字互用，則兩兩不可系聯。《字彙》:「憤，房吻切；又去聲房問切。」說明反切下字「吻、問」乃相承韻類，承去聲，則允、吻兩類可以系聯爲一類。

去聲

運 22 禹愠	問 18 文運	愠 11 於問	郡 1 具運	（問）	

【系聯說明】

運以下四字可以系聯爲一類。

入聲

勿 95 文拂	拂 5 敷勿	物 1 文拂	（物）		
律 85 劣戌	戌 10 雪律	聿 9 以律	卹 3 雪律	屈 1 曲聿	述 1 食律
出 1 尺律	（術）				

【系聯說明】

勿以下三字爲一類，律以下七字爲一類。勿、拂兩字互用；律、戌兩字互用，則兩兩不可系聯。今據《字彙》反切系聯，物韻、術韻相承平上去聲可以系聯爲一類，是以勿、律兩類亦可系聯爲一類。

3、昆類（合洪）

平聲

昆 107 公魂	魂 17 胡昆	孫 15 蘇昆	奔 15 補昆	尊 7 租昆	渾 3 胡昆
遵 3 租昆	溫 2 烏昆	昏 1 呼昆	門 1 謨奔	琿 1 胡昆	（魂）

【系聯說明】

昆以下十一字可以系聯爲一類。《字彙》:「嶟，租昆切；又上聲祖本切。」說明反切下字「昆、本」乃平上相承韻類。又，《字彙》:「遯，徒困切；又上聲徒本切。」說明反切下字「困、本」乃上去相承韻類。

上聲

本 95 布袞	袞 13 古本	滾 1 古本	損 1 蘇本	混 1 胡本	（混）

【系聯說明】

本以下五字可以系聯爲一類。

去聲

困 51 苦悶	悶 11 莫困	寸 4 村困	鈍 2 徒困	頓 1 都困	（慁）

【系聯說明】

困以下五字可以系聯爲一類。

入聲

骨 92 古忽	忽 34 呼骨	訥 13 奴骨	兀 1 五忽	笏 1 呼骨	（沒）
沒 68 莫勃	勃 5 蒲沒	孛 2 蒲沒	紇 1 下沒	（沒）	

【系聯說明】

骨以下五字爲一類，沒以下四字爲一類。骨、忽兩字互用；沒、勃兩字互用，則兩兩不可系聯。今據《字彙》反切系聯，沒韻相承平上去聲可以系聯爲一類，是以骨、沒兩類亦可系聯爲一類。

4、恩類（開洪）

平聲

恩 8 烏痕	痕 7 胡恩	根 1 古痕	（痕）		

【系聯說明】

恩以下三字可以系聯爲一類。

上聲

很 7 下懇	懇 5 口很	狠 2 下懇	（很）		

【系聯說明】

很以下三字可以系聯爲一類。

去聲

恨 6 下艮	艮 1 古恨	（恨）			

【系聯說明】

恨以下兩字可以系聯爲一類。

以下就臻攝《字彙》反切及相承又音作一列表：

字例	反切	直音	相承又音
忍	爾軫切	人上聲	又去聲而震切
親	七人切	七平聲	又去聲七愼切
粦	離珍切	鄰	又上聲良忍切、又去聲良愼切
璘	離珍切	鄰	又上聲良忍切
磷	離珍切	鄰	又去聲良愼切
蒘	離珍切	鄰	又上聲良忍切、又去聲良愼切
跟	彌鄰切	民	又上聲美隕切
轔	離珍切	鄰	又上聲良忍切、又去聲良愼切
賓	卑民切	稟平聲	又去聲必愼切
笋	聳允切	辛上聲	又去聲須閏切
隱	於謹切	因上聲	又去聲伊愼切
撞	具吝切	僅	又平聲巨巾切
銀	魚巾切	誾	又上聲魚泯切
揗	松允切	笋	又平聲須倫切
埻	之允切	準	又去聲朱閏切
慍	於問切	氳去聲	又上聲委窘切
狺	語斤切	銀	又上聲語謹切
殷	伊眞切	因	又上聲於謹切
盡	慈忍切	秦上聲	又去聲齊進切
賮	慈忍切	秦上聲	又去聲齊進切
釕	以忍切	寅上聲	又去聲羊進切
袗	止忍切	軫	又去聲之愼切
藎	慈忍切	秦上聲	又去聲齊進切
濥	以忍切	引	又去聲羊晉切
疢	丑忍切	嗔上聲	又去聲丑愼切
豶	符分切	焚	又上聲房吻切
聞	無分切	文	又去聲無悶切

分	敷文切	芬	又上聲府刎切
墳	符分切	焚	又上聲房刎切
文	無分切	聞	又去聲無悶切
桾	居云切	君	又去聲居運切
緼	委窘切	氳上聲	又平聲於云切、又去聲於問切
藴	委窘切	氳上聲	又平聲於云切、又去聲於問切
揗	松允切	笋	又平聲須倫切
肫	章倫切	諄	又去聲之閏切
諄	朱倫切	肫	又去聲朱閏切
論	盧昆切	倫	又去聲盧困切
攟	舉窘切	均上聲	又去聲居運切
皸	規雲切	均	又去聲居運切
憤	房吻切	焚上聲	又去聲房問切
顐	胡困切	魂去聲	又上聲胡本切
刌	趨本切	村上聲	又去聲村困切
壼	苦本切	悃	又去聲苦悶切
嶟	租昆切	尊	又上聲祖本切
懣	莫本切	門上聲	又去聲莫困切
遯	徒困切	豚去聲	又上聲徒本切
惛	呼昆切	昏	又去聲呼困切
頓	都困切	敦去聲	又入聲當沒切
伆	武粉切	吻	又入聲文拂切

（七）山　攝

1、延類（開細）

平聲

延 67 夷然	緣 64 夷然	年 51 魚軒	連 41 零年	然 27 如延	田 22 亭年
宣 12 息緣	賢 7 胡田	言 6 夷然	乾 5 渠年	沿 5 夷然	軒 5 虛延
焉 4 夷然	專 3 諸延	全 3 才緣	虔 3 渠年	泉 1 才緣	蓮 1 零年
佃 1 亭年	羶 1 尸連	亘 1 息緣	川 1 昌緣	（元 1、先 1、仙 1、仙 2）	
艱 65 居顏	閑 32 何艱	姦 13 居顏	闌 8 離閑	間 8 居顏	丹 8 都艱
顏 7 牛姦	山 7 師姦	潘 6 孚艱	難 5 那壇	壇 3 唐闌	閒 2 居顏
般 1 補潘	（刪 1、山 1）				

員 51 于權	淵 34 烏圓	玄 30 胡涓	袁 26 于權	權 25 逵員	圓 11 于權
涓 9 圭淵	遄 1 純圓	(元 2、先 2、仙 2)			
堅 46 經天	先 40 蘇前	前 27 才先	眠 26 莫堅	天 20 他前	肩 13 經天
千 4 倉先	仙 2 蘇前	僊 2 蘇前	(先 1)		
還 39 胡關	關 26 姑還	頑 2 五還	班 2 補還	(刪 2、山 2)	

【系聯說明】

延以下二十二字爲一類，艱以下十三字爲一類，員以下八字爲一類，堅以下九字爲一類，還以下四字爲一類。延、然兩字互用；顏、姦兩字互用；員、權兩字互用，先、前兩字互用；還、關兩字互用，則兩兩不可系聯。《字彙》:「連，零年切；又上聲力展切、又去聲郎殿切。」說明反切下字「年、展、殿」爲相承韻類。又，《字彙》:「眹，他前切；又去聲他甸切。」說明反切下字「前、甸」爲平去相承韻類，是以延、堅兩類可以系聯爲一類。又，《字彙》:「甅，古縣切；又平聲古玄切。」說明反切下字「縣、玄」爲平去相承韻類，是以延、堅、員可以系聯爲一類。又，《字彙》:「瓣，備莧切；又平聲蒲閑切。」說明反切下字「閑、莧」爲平去相承韻類，是以延、堅、員、艱可以系聯爲一類。又，《字彙》:「潸，師姦切；又上聲數版切、又去聲所宴切。」說明反切下字「姦、版、宴」爲相承韻類；《字彙》:「鬟，胡關切；又上聲戶版切。」承上聲，則延、堅、員、艱、還可以系聯爲一類。

上聲

典 137 多殄	免 12 莫典	殄 12 徒典	顯 11 呼典	幰 6 呼典	偃 4 於顯
沔 1 莫典	(阮 1、銑 1)				
簡 43 古限	限 27 下簡	亶 12 多簡	產 5 楚簡	饌 3 雛產	但 1 徒亶
襇 1 古限	(旱、產)				
兗 40 以轉	演 36 以淺	善 33 上演	淺 24 七演	衍 7 以淺	轉 6 止演
沇 4 以淺	踐 2 慈演	闡 1 齒善	選 1 須演	(獮 1、獮 2)	
展 25 之輦	輦 22 力展	蹇 10 九輦	件 1 巨展	(獮 1)	
版 24 補綰	綰 12 烏版	晚 3 武綰	返 2 甫版	赧 1 乃版	(潸 1)
遠 19 雨犬	阮 18 五遠	犬 13 苦泫	泫 9 胡犬	畎 3 古泫	(阮 2、銑 2)

【系聯說明】

典以下七字爲一類，簡以下七字爲一類，兗以下十字爲一類，展以下四字爲一類，版以下五字爲一類，遠以下五字爲一類。典、殄兩字互用；簡、限兩字互用；淺、演兩字互用；展、輦兩字互用；綰、版兩字互用；犬、泫兩字互用，則兩兩不可系聯。《字彙》:「蜒，夷然切；又上聲以淺切。」說明反切下字「然、淺」爲平上相承韻類，是以展、兗兩類可以系聯爲一類。又，《字彙》:「鮮，蘇前切；又上聲蘇典切。」承平聲，則展、兗、典三類可以系聯爲一類。又，《字彙》:「潸，師姦切；又上聲數版切、又去聲所宴切。」承平聲，則展、兗、典、版四類可以系聯爲一類。又，《字彙》:「潸，師姦切；又上聲數版切、又去聲所宴切。」承平聲，則展、兗、典、版四類可以系聯爲一類。又，《字彙》:「媛，于權切；又去聲于眷切。」說明反切下字「權、眷」爲平去相承韻類；《字彙》:「畹，於遠切；又去聲迂絹切。」承去聲，則展、兗、典、版、遠五類可以系聯爲一類。

去聲

甸 41 蕩練	諫 41 居晏	晏 40 伊甸	殿 38 蕩練	見 33 經電	練 23 郎殿
面 23 莫見	宴 15 伊殿	線 10 先見	販 8 方諫	建 8 經電	萬 7 無販
莧 7 形殿	縣 5 形殿	電 5 蕩練	辨 4 備莧	變 4 卑見	澗 3 居宴
掾 3 倪殿	賤 2 在線	梵 2 符諫	獻 1 曉見	現 1 形殿	憲 1 曉見
鴈 1 魚澗	箭 1 作殿	（**願 1**、**願 2**、**襉 1**、**霰 1**、**諫 1**、**霰 2**、**線 1**、**線 2**）			
患 30 胡慣	旦 13 得爛	慣 8 古患	爛 5 郎患	宦 2 胡慣	幻 1 胡慣
（**翰**、**諫 2**）					
戰 29 之善	善 6 時戰	扇 1 式戰	（**線 1**）		
絹 26 吉勸	願 20 虞怨	眷 19 吉勸	戀 18 龍眷	怨 8 於願	倦 7 逵眷
券 7 區願	眩 7 于眷	卷 3 吉券	勸 3 區願	絢 2 呼眩	絭 1 吉券
愿 1 虞怨	釧 1 樞絹	院 1 虞怨	（**願 2**、**線 2**）		

【系聯說明】

甸以下二十六字爲一類，患以下六字爲一類，戰以下三字爲一類，絹以下十五字爲一類。練、殿兩字互用；慣、患兩字互用；戰、善兩字互用；願、怨兩字互用，則兩兩不可系聯。《字彙》:「禪，呈延切；又去聲時戰切。」說明反切下字「延、戰」爲相承韻類，承平聲，是以甸、戰兩類可以系聯爲一類。又，《字彙》:「漩，旬緣切；又去聲隨戀切。」說明反切下字「緣、戀」爲相承韻類，承平聲，是以甸、戰、絹三類可以系聯爲一類。又，《字彙》:「瀾，郎患切；又平聲離閑切、又上聲魯簡切。」說明反切下字「閑、簡、患」爲相承韻類，承平聲，是以甸、戰、絹、患四類可以系聯爲一類。

入聲

結 178 吉屑	列 148 良薛	屑 26 先結	薛 25 先結	歇 13 許竭	竭 9 巨列
滅 8 彌列	蔑 5 彌列	熱 5 而列	謁 5 於歇	傑 2 巨列	折 2 之列
哲 2 之列	節 2 子結	烈 1 良薛	篾 1 彌列	（月 1、屑 1、薛 1）	
月 84 魚厥	決 28 居月	厥 14 居月	悅 12 雨月	穴 12 胡決	越 3 雨月
爇 2 如悅	曰 2 雨月	（月 2、屑 2、薛 2）			
八 66 布八	達 51 堂滑	滑 40 戶八	轄 38 胡八	黠 28 胡八	戛 20 古黠
瞎 16 許轄	拔 14 蒲八	伐 12 房滑	刮 12 古滑	發 7 方伐	鎋 5 胡八
札 1 側八	煞 1 山戛	扎 1 側八	捌 1 布拔	（月 2、黠 2、鎋 1、黠 1）	
劣 27 力輟	輟 12 朱劣	（薛 2）			
絕 5 情雪	雪 5 蘇絕	（薛 2）			

【系聯說明】

結以下十六字爲一類，月以下八字爲一類，八以下十六字爲一類，劣以下兩字爲一類，絕以下兩字爲一類。結、屑兩字互用；月、厥兩字互用；八、黠、戛三字互用；劣、輟兩字互用；絕、雪兩字互用，則兩兩不可系聯。今據《字彙》反切系聯，月、屑、薛、黠、鎋韻相承平上去聲可以系聯爲一類，是以結、月、八、劣、絕可系聯爲一類。

2、官類（合洪）

平聲

官 176 沽歡	歡 12 呼官	丸 8 胡官	端 3 多官	桓 2 胡官	耑 1 多官
觀 1 沽歡	（桓）				

【系聯說明】

官以下七字可以系聯爲一類。《字彙》:「抏，五換切；又平聲吾官切。」說明反切下字「官、換」爲平去相承韻類。又，《字彙》:「悺，古緩切；又去聲古玩切。」說明反切下字「緩、玩」爲上去相承韻類。是以「官、管、玩」乃相承韻類。

上聲

管 56 古緩	緩 19 胡管	卵 1 魯管	（緩）		

【系聯說明】

管以下三字可以系聯爲一類。

去聲

玩 51 五換	貫 16 古玩	亂 7 盧玩	換 4 胡玩	翫 4 五換	喚 2 呼玩
段 1 都玩	（換）				

【系聯說明】

玩以下七字可以系聯爲一類。

入聲

活 57 戶括	括 37 古活	捋 2 古撮	撮 1 倉括	奪 1 徒活	（末）

【系聯說明】

活以下五字可以系聯爲一類。

3、寒類（開洪）

平聲

寒 26 河干	干 23 居寒	安 9 於寒	奸 1 居寒	（寒）

【系聯說明】

寒以下四字可以系聯爲一類。《字彙》:「干，居寒切；又去聲古汗切。」說明反切下字「寒、汗」爲平去相承韻類。又，《字彙》:「旱，侯侃切；又去聲侯幹切。」說明反切下字「侃、幹」爲上去相承韻類。是以「寒、旱、幹」爲相承韻類。

上聲

旱 13 侯侃	滿 10 莫侃	罕 8 許侃	侃 4 空罕	伴 2 蒲滿	（旱、緩）

【系聯說明】

旱以下五字可以系聯爲一類。

去聲

幹 38 古汗	汗 14 侯幹	旰 10 古汗	案 5 於幹	岸 2 魚幹	按 1 於幹
（翰）					

【系聯說明】

幹以下六字可以系聯爲一類。

入聲

葛 55 居曷	撥 30 北末	末 26 莫葛	曷 11 何葛	割 7 居曷	鉢 1 北末
（曷、末）					

【系聯說明】

葛以下六字可以系聯爲一類。

以下就山攝《字彙》反切及相承又音作一列表：

字例	反切	直音	相承又音
儃	呈延切	蟬	又去聲時戰切
延	抽延切	川	又上聲齒善切
禪	呈延切	蟬	又去聲時戰切
纏	呈延切	蟬	又去聲直善切
蜒	夷然切	延	又上聲以淺切
蟺	呈延切	蟬	又上聲上演切
軒	虛延切	顯平聲	又去聲曉見切
闡	齒善切	徹上聲	又平聲稱延切
宣	息緣切	瑄	又去聲息眷切
�	隨戀切	鏇	又平聲旬緣切
旋	旬緣切	璿	又去聲隨戀切
漩	旬緣切	旋	又去聲隨戀切
穿	昌緣切	川	又去聲樞絹切
膔	旬緣切	旋	又上聲徐兗切
覞	古緣切	涓	又去聲吉勸切
鱄	朱緣切	專	又上聲止演切
田	亭年切	塡	又去聲蕩練切
腱	渠年切	乾	又上聲巨展切、又去聲渠建切
蓮	零年切	練平聲	又上聲力展切
讞	語蹇切	年上聲	又去聲倪殿切、又入聲魚列切
連	零年切	聯	又上聲力展切、又去聲郎殿切
鈿	亭年切	田	又去聲蕩練切
鍵	巨展切	件	又平聲渠年切
钿	徒練切	佃	又平聲亭年切
闐	亭年切	田	又去聲蕩練切
佃	亭年切	田	又去聲蕩練切
但	徒亶切	壇上聲	又去聲杜晏切
善	上演切	然上聲	又去聲時戰切

蜒	夷然切	延	又上聲以淺切
甄	而宣切	輭平聲	又去聲儒戀切
晛	胡典切	賢上聲	又去聲形甸切
顯	呼典切	軒上聲	又去聲曉見切
鱄	朱緣切	專	又上聲止演切
牽	苦堅切	愆	又去聲苦戰切
芇	莫堅切	緜	又上聲莫典切
豣	經天切	堅	又上聲吉典切
畑	他前切	天	又去聲他甸切
鮮	蘇前切	先	又上聲蘇典切
鮮	蘇前切	仙	又上聲蘇典切
燕	伊甸切	宴	又平聲因肩切
蔫	因肩切	煙	又去聲伊甸切
鄢	因肩切	煙	又上聲於顯切
媛	于權切	員	又去聲于眷切
婉	榮員切	寃	又去聲於願切
惓	逵員切	權	又去聲逵眷切
援	于權切	員	又去聲于怨切
畹	於遠切	淵上聲	又去聲迂絹切
暖	呼淵切	暄	又上聲况遠切
蠉	呼淵切	暄	又上聲况遠切
諼	呼淵切	暄	又上聲况遠切
勬	圭淵切	涓	又去聲吉勸切
婉	於遠切	淵上聲	又去聲迂絹切
邧	遇玄切	原	又上聲五遠切
駭	胡涓切	玄	又去聲胡絹切
原	遇玄切	元	又去聲虞怨切
甂	古縣切	絹	又平聲古玄切
癉	都艱切	丹	又去聲得爛切、又上聲多簡切
單	都艱切	丹	又上聲多簡切
灡	郎患切	爛	又平聲離閑切、又上聲魯簡切
瓣	備莧切	辨	又平聲蒲閑切
覞	苦閑切	慳	又去聲苦戰切

虥	鉏山切	潺	又上聲鉏限切、又去聲助諫切
綰	烏版切	彎上聲	又去聲烏患切
灡	郎患切	爛	又平聲離閑切、又上聲魯簡切
鬟	胡關切	環	又上聲戶版切
潸	師姦切	山	又上聲數版切、又去聲所宴切
鰻	武綰切	晚	又去聲無販切
綌	古還切	關	又去聲古患切
瀾	離閹切	闌	又上聲魯簡切、又去聲郎患切
懽	求患切	貫	又平聲跪頑切
痯	古緩切	管	又去聲古玩切
盥	古緩切	管	又去聲古玩切
踹	都管切	短	又去聲都玩切
悹	古緩切	管	又去聲古玩切
抏	五換切	玩	又平聲吾官切
拌	鋪官切	潘	又去聲普半切
攢	徂官切	欑	又去聲在玩切
槾	謨官切	滿平聲	又去聲莫半切
鏝	謨官切	滿平聲	又去聲莫半切
斷	都管切	端上聲	又去聲都玩切
干	居寒切	竿	又去聲古汗切
旱	侯侃切	寒上聲	又去聲侯幹切
看	袪幹切	勘	又平聲丘寒切
芊	居寒切	干	又上聲古汗切
暵	虛汗切	漢	又平聲許干切
奸	古汗切	干去聲	又上聲古旱切
伴	蒲滿切	盤上聲	又去聲薄半切
侃	空罕切	刊上聲	又去聲袪幹切
衎	空罕切	侃	又去聲袪幹切
悍	侯幹切	翰	又上聲侯侃切
戁	那壇切	難	又去聲乃旦切、又入聲乃八切
毨	蘇典切	先上聲	又入聲先結切
祇	丁連切	顛	又入聲杜結切
饡	則諫切	贊	又入聲姊末切

（八）效　攝

1、交類（開洪）

平聲

交 165 居肴	肴 17 何交	茅 3 謨交	袍 3 蒲交	包 3 班交	嘲 2 陟交
鐃 1 乃交	敲 1 丘交	（肴）			
刀 163 都高	勞 37 郎刀	高 20 姑勞	曹 17 財勞	毫 9 胡刀	牢 7 郎刀
毛 5 莫毫	遭 4 則刀	敖 1 牛刀	糟 1 則刀	褒 1 博毛	（豪）

【系聯說明】

交以下八字爲一類，刀以下十一字爲一類。交、肴兩字互用；刀、高、勞三字互用，則兩兩不能系聯。《字彙》:「騷，蘇曹切；又上聲蘇老切、又去聲先到切。」說明反切下字「曹、老、到」爲相承韻類。又，《字彙》:「抓，側絞切；又平聲莊交切、又去聲側教切。」說明反切下字「交、絞、教」爲相承韻類。又，《字彙》:「抱，部巧切；又去聲蒲報切。」說明反切下字「巧、報」爲上去相承韻類，承去聲，則交、刀兩類可以系聯爲一類。

上聲

老 81 魯搗	皓 23 胡老	考 18 苦老	浩 10 胡老	槁 9 苦老	藁 7 苦老
早 4 子藁	稿 2 古老	稾 2 苦老	保 2 博考	鮑 2 部考	倒 1 都稿
飽 1 博考	（皓）				
巧 34 苦絞	絞 21 古巧	抱 4 部巧	爪 1 側絞	（巧）	

【系聯說明】

老以下十三字爲一類，巧以下四字爲一類。老、槁兩字互用；巧、絞兩字互用，則兩兩不能系聯。承平聲，則老、巧兩類可以系聯爲一類。

去聲

到 91 都導	報 37 布耗	耗 4 虛到	號 3 胡到	道 3 杜到	犒1 古到
盜 1 杜到	導 1 杜到	（號）			
教 72 居效	孝 13 許教	效 11 胡孝	貌 4 眉教	校 3 胡孝	（效）

【系聯說明】

到以下八字爲一類，教以下五字爲一類。到、導兩字互用；教、效、孝三字互用，則兩兩不可系聯。承平聲，則到、教兩類可以系聯爲一類。

2、招類（開細）

平聲

招 85 之遙	遙 56 餘招	姚 28 餘招	堯 20 餘招	驕 17 堅姚	昭 11 之遙
妖 10 伊姚	幺 8 伊姚	嬌 6 堅姚	標 5 卑遙	鑣 4 卑遙	邀 4 伊姚
夭 2 伊姚	么 2 伊姚	搖 2 餘招	喬 2 祈姚	苗 1 眉標	饒 1 如招
（蕭、宵）					
聊 42 連條	彫 42 丁聊	條 40 田聊	消 27 先彫	僚 5 連條	宵 5 先彫
焦 4 茲消	蕭 3 先彫	凋 1 丁聊	簫 1 先彫	遼 1 連條	寮 1 連條
（蕭）					

【系聯說明】

招以下十八字爲一類，聊以下十二字爲一類，遙、招兩字互用；條、聊兩字互用，則兩兩不可系聯。《字彙》：「標，卑遙切；又上聲彼小切。」說明反切下字「遙、小」爲平上相承韻類。又，《字彙》：「趬，牽遙切；又去聲苦弔切。」說明反切下字「遙、弔」爲平去相承韻類，是以招、了、弔爲相承韻類。又，《字彙》：「譙，慈消切；又去聲在笑切。」說明反切下字「消、笑」爲平去相承韻類，承去聲，則招、聊兩類可以系聯爲一類。

上聲

了 67 盧皎	小 41 先了	鳥 33 尼了	皎 20 吉了	表 3 彼小	杳 2 伊鳥
矯 1 吉了	（篠、小）				
沼 35 止少	紹 7 市沼	少 4 始紹	（小）		

【系聯說明】

了以下七字爲一類，沼以下三字爲一類。鳥、了、皎三字互用；沼、少兩字互用，則兩兩不能系聯。《字彙》：「篎，弭沼切；又去聲弭笑切。」說明反切下字「沼、笑」爲上去相承韻類，承去聲，則了、沼兩類可以系聯爲一類。

去聲

弔 62 多嘯	笑 29 蘇弔	肖 23 先弔	紹 12 實照	照 11 之笑	妙 9 彌笑
嘯 7 蘇弔	召 6 直笑	叫 1 古弔	（嘯、笑）		

【系聯說明】

弔以下九字可以系聯爲一類。

以下就效攝《字彙》反切及相承又音作一列表：

字例	反切	直音	相承又音
撓	乃交切	鐃	又上聲乃巧切、又去聲乃教切
敲	丘交切	巧平聲	又去聲口教切
殽	何交切	肴	又去聲胡孝切
巢	鋤交切	樵	又去聲鉏教切
抓	側絞切	爪	又平聲莊交切、又去聲側教切
爻	何交切	肴	又去聲胡孝切
�	楚交切	抄	又去聲楚教切
磽	丘交切	敲	又去聲口教切
膠	居肴切	交	又上聲古巧切
訬	楚交切	抄	又去聲楚教切
譟	楚交切	鈔	又去聲楚教切
軪	於教切	要	又平聲於交切
鈔	楚交切	抄	又去聲楚教切
鐃	乃交切	鬧平聲	又去聲乃教切
鞄	蒲交切	庖	又上聲部巧切
骹	丘交切	敲	又去聲口教切
䜈	鋤交切	巢	又上聲鋤絞切
教	居效切	較	又平聲居肴切
膠	居肴切	交	又上聲古巧切
巧	苦絞切	敲上聲	又去聲口教切
抱	部巧切	庖上聲	又去聲蒲報切
拗	於巧切	凹上聲	又去聲於教切
膠	力嘲切	牢	又上聲力絞切
芼	莫毫切	毛	又去聲莫報切
燥	蘇老切	嫂	又去聲先到切
縞	古老切	高上聲	又去聲居號切
騷	蘇曹切	搔	又上聲蘇老切、又去聲先到切
驁	牛刀切	鰲	又去聲魚到切
勞	郎刀切	老平聲	又去聲郎到切
燥	蘇老切	嫂	又去聲先到切

縞	古老切	高上聲	又去聲居號切
倒	都稿切	刀上聲	又去聲都導切
喀	餘招切	搖	又去聲一要切
昭	之遙切	招	又上聲之繞切、又去聲之笑切
犥	匹沼切	縹	又平聲撫招切
票	批招切	飄	又去聲匹妙切
蕘	余招切	遙	又去聲余要切
蟯	如招切	饒	又去聲人要切
趯	弋笑切	燿	又平聲餘招切
趬	牽遙切	蹺	又去聲苦弔切
穾	一笑切	要	又上聲伊鳥切
窔	伊鳥切	杳	又去聲一笑切
篎	弭沼切	藐	又去聲弭笑切
肖	先弔切	笑	又平聲先彫切
要	伊姚切	邀	又去聲一笑切
譙	慈消切	樵	又去聲在笑切
趙	直紹切	潮上聲	又去聲直笑切
劁	昨焦切	樵	又去聲才笑切
竗	伊姚切	腰	又去聲一笑切
標	卑遙切	表平聲	又上聲彼小切

（九）果 攝

何類（開合洪音）

平聲

何 182 寒哥	哥 5 居何	河 2 寒哥	阿 2 於何	俄 2 牛何	多 1 得何
（歌）					
禾 65 戶戈	戈 19 古禾	波 12 補禾	和 8 戶戈	婆 1 蒲禾	鄱 1 蒲禾
（戈 1）					

【系聯說明】

何以下六字爲一類，禾以下六字爲一類。何、哥兩字互用；禾、戈兩字互用，則兩兩不能系聯。《字彙》:「荷，寒哥切；又上聲下可切、又去聲胡箇切。」說明反切下字「哥、可、箇」爲相承韻類。又，《字彙》:「䶒，臧可切；

又平聲子戈切。」說明反切下字「可、戈」爲平上相承韻類，承上聲，則何、禾兩類可以系聯爲一類。

上聲

果 85 古火	火 53 虎果	叵 2 五果	（果）		
可 52 口我	我 8 五可	岢 1 枯我	左 1 臧可	（哿）	

【系聯說明】

果以下三字爲一類，可以下四字爲一類。果、火兩字互用；可、我兩字互用，則兩兩不能系聯。《字彙》:「坐，徂果切；又去聲徂臥切。」說明反切下字「果、臥」爲上去相承韻類，承去聲，則可、果兩類可以系聯爲一類。

去聲

臥 47 五箇	佐 15 子賀	箇 15 古課	過 9 古臥	賀 6 胡臥	个 5 古課
課 1 苦臥	（箇、過）				

【系聯說明】

臥以下七字可以系聯爲一類。

以下就果攝《字彙》反切及相承又音作一列表：

字 例	反 切	直 音	相 承 又 音
何	寒哥切	賀平聲	又上聲下可切、又去聲胡箇切
呵	虎何切	訶	又去聲呼个切
哪	奴何切	那	又去聲奴箇切
娑	桑何切	唆	又上聲素可切、又去聲蘇箇切
娿	於何切	阿	又上聲烏可切
戓	居何切	歌	又上聲賈我切
拕	湯何切	佗	又去聲吐臥切
磋	倉何切	蹉	又去聲千臥切
苛	寒哥切	何	又上聲下可切
荷	寒哥切	何	又上聲下可切、又去聲胡箇切
菏	居何切	歌	又上聲嘉我切
蠃	郎何切	羅	又上聲魯果切
蹉	倉何切	剉平聲	又去聲千臥切
軻	丘何切	珂	又上聲口我切、又去聲口个切
那	奴何切	懦平聲	又上聲奴可切、又去聲奴臥切

阤	唐何切	駝	又上聲待可切
䯬	虛可切	呵上聲	又平聲虎何切
馱	唐何切	駝	又去聲杜臥切
䰐	諾何切	那	又去聲乃箇切
苛	寒哥切	何	又上聲下可切
荷	寒哥切	何	又上聲下可切、又去聲胡箇切
袳	丁戈切	多	又上聲都果切
裹	古火切	果	又去聲古臥切
邏	郎佐切	羅去聲	又上聲魯果切
坐	徂果切	座	又去聲徂臥切
堁	苦臥切	課	又上聲苦果切
羸	郎何切	羅	又上聲魯果切
㸰	臧可切	左	又平聲子戈切
毻	吐火切	妥	又去聲土臥切
簸	補火切	波上聲	又去聲補過切
裹	古火切	果	又去聲古臥切

（十）假　攝

1、瓜類（合洪）

平聲

瓜 46 古華	華 13 胡瓜	誇 1 枯瓜	媧 1 古華	蝸 1 古華	花 1 呼瓜
（佳 2、廊 2）					

【系聯說明】

瓜以下六字可以系聯爲一類。《字彙》:「夸，枯瓜切；又上聲苦瓦切。」說明反切下字「瓜、瓦」爲平上相承韻類。又，《字彙》:「跨，苦瓦切；又去聲苦化切。」說明反切下字「瓦、化」爲上去相承韻類，是以瓜、瓦、卦爲相承韻類。

上聲

瓦 29 五寡	寡 9 古瓦	（馬 2）			

【系聯說明】

瓦以下兩字可以系聯爲一類。

去聲

卦 14 古話	化 11 呼話	話 6 胡卦	跨 1 苦化	（**佳 2**、**禡 2**）	

【系聯說明】

卦以下四字可以系聯爲一類。

2、**遮類**（開細）

平聲

遮 35 之奢	靴 4 毀遮	奢 4 詩遮	耶 2 于遮	車 1 昌遮	（**麻 3**、**戈 3**）

【系聯說明】

遮以下五字可以系聯爲一類。《字彙》:「乜，彌耶切；又上聲彌也切。」說明反切下字「耶、也」爲平上相承韻類。又，《字彙》:「瀉，先野切；又去聲司夜切。」說明反切下字「野、夜」爲上去相承韻類，則遮、者、夜爲相承韻類。

上聲

者 21 止野	野 13 以者	也 4 以者	（**馬 3**）		

【系聯說明】

者以下三字可以系聯爲一類。

去聲

夜 43 寅射	射 5 神夜	謝 5 詞夜	（**禡 3**）		

【系聯說明】

夜以下三字可以系聯爲一類。

3、**加類**（開洪）

平聲

加 155 居牙	牙 36 牛加	巴 14 邦加	佳 6 居牙	家 4 居牙	霞 2 何加
沙 2 師加	把 1 蒲巴	（**佳 1**、**麻 1**）			

【系聯說明】

加以下八字可以系聯爲一類。《字彙》:「牙，牛加切；又上聲語賈切、又去聲五駕切。」說明反切下字「加、賈、駕」爲平上去相承韻類，是以加、下、駕乃相承韻類。

上聲

下 28 胡雅	雅 23 語賈	賈 4 古雅	馬 2 莫雅	叚 1 古雅	（馬 1）

【系聯說明】

下以下五字可以系聯爲一類。

去聲

駕 55 居亞	亞 16 遏剄	嫁 14 居亞	架 10 居亞	訝 6 五駕	罵 5 莫駕
價 3 居亞	（禡 1）				

【系聯說明】

駕以下七字可以系聯爲一類。

以下就假攝《字彙》反切及相承又音作一列表：

字 例	反 切	直 音	相 承 又 音
夸	枯瓜切	誇	又上聲苦瓦切
崋	胡對切	話	又平聲胡瓜切
華	胡瓜切	話平聲	又去聲胡卦切
跨	苦瓦切	誇上聲	又去聲苦化切
踠	烏寡切	瓦	又去聲烏化切
䶍	烏化切	蛙去聲	又上聲烏寡切
瀉	先野切	寫	又去聲司夜切
習	爾者切	惹	又去聲人夜切
乜	彌耶切	哶	又上聲彌也切
亞	衣架切	亞	又平聲於加切
剄	於加切	鴉	又去聲衣架切
啞	於加切	鴉	又上聲倚賈切
宔	烏價切	亞	又平聲於加切
愘	枯架切	恰去聲	又平聲苦加切
槎	鋤加切	乍平聲	又上聲茶馬切
敃	何加切	霞	又去聲胡駕切
沙	師加切	紗	又去聲所稼切
牙	牛加切	雅平聲	又上聲語賈切、又去聲五駕切
犽	五駕切	迓	又平聲牛加切
鮁	白駕切	罷	又平聲蒲巴切

下	胡雅切	遐上聲	又去聲胡駕切
夏	亥雅切	遐上聲	又去聲胡駕切
房	語賈切	雅	又去聲五駕切
罛	居亞切	駕	又上聲舉雅切
欱	何加切	霞	又去聲胡駕切
跁	楚嫁切	叉去聲	又平聲初加切
朳	蒲巴切	罷平聲	又去聲皮罵切
斝	舉下切	賈	又去聲居亞切

（十一）梗、曾攝

1、庚類（開洪）

平聲

庚 147 古衡	耕 55 古衡	盲 34 眉庚	宏 23 胡盲	衡 10 何庚	橫 10 胡盲
萌 8 眉庚	弘 5 胡盲	行 5 何庚	觥 3 姑橫	更 3 古衡	肱 2 姑橫
朋 2 蒲庚	恆 1 何庚	泓 1 胡盲	崩 1 補耕	（庚 1、庚 2、耕 1、耕 2、登 1、登 2）	
登 74 都騰	騰 12 徒登	滕 9 徒登	曾 2 咨登	稜 2 盧登	（登 1）

【系聯說明】

庚以下十六字爲一類，登以下五字爲一類。庚、衡兩字互用；登、騰兩字互用，是以兩兩不可系聯。《字彙》:「行，何庚切；又上聲何梗切、又去聲胡孟切。」說明反切下字「庚、梗、孟」爲平上去相承韻類。又,《字彙》:「踜，盧登切；又上聲魯梗切。」說明反切下字「登、梗」爲平上相承韻類，承上聲，是以庚、登兩類可以系聯爲一類。

上聲

猛 25 母梗	杏 18 何梗	梗 12 古杏	冷 3 魯梗	礦 1 古猛	（梗 1、梗 2）
等 10 多肯	肯 2 苦等	（等）			

【系聯說明】

猛以下五字爲一類，等以下兩字爲一類，耿以下兩字爲一類。梗、杏兩字互用；肯、等兩字互用，則兩兩不能系聯。《字彙》:「蹬，徒等切；又平聲徒登切。」說明反切下字「登、等」爲平上相承韻類，承平聲，是以猛、等兩類可以系聯爲一類。

去聲

鄧 25 唐亙	亙 10 居鄧	（嶝）			
孟 16 莫更	硬 4 魚孟	更 3 居孟	迸 3 比孟	諍 1 側硬	（映 1、諍 1）

【系聯說明】

鄧以下兩字爲一類，孟以下五字爲一類。鄧、亙兩字互用；孟、更兩字互用，則兩兩不可系聯。《字彙》：「鐙，都騰切；又去聲丁鄧切。」說明反切下字「騰、鄧」爲平去相承韻類，承平聲，是以鄧、孟兩類可以系聯爲一類。

入聲

伯 38 博麥	白 23 簿麥	麥 22 莫白	虢 16 古伯	陌 15 莫白	國 14 古伯
獲 9 霍國	百 3 博麥	霸 2 普伯	擭 1 霍國	（陌、麥）	
德 26 多則	得 23 多則	北 22 必勒	則 14 子德	黑 6 許得	墨 4 密北
勒 4 歷德	覈 2 胡得	翮 1 胡得	或 1 穫北	（德 1、德 2）	

【系聯說明】

伯以下十字爲一類，德以下十字爲一類。白、麥兩字互用；德、則兩字互用，則兩兩不能系聯。今據《字彙》反切系聯，陌韻、麥韻、德韻相承平上去聲可以系聯爲一類，是以伯、德兩類亦可系聯爲一類。

2、丁類（開細）

平聲

丁 93 當經	京 63 居卿	經 62 居卿	盈 33 餘輕	輕 18 丘京	卿 16 丘京
青 12 七情	情 6 慈盈	膺 2 於京	形 2 奚輕	清 1 七情	星 1 先青
驚 1 居卿	刑 1 奚輕	（庚 3、清 1、青 1）			
呈 85 直貞	成 41 時征	征 27 諸成	陵 26 離呈	乘 5 時征	城 3 時征
靈 3 離呈	升 2 式呈	鈴 1 離呈	興 1 虛陵	迎 1 魚陵	（蒸）
營 30 于平	兵 30 補明	明 28 眉兵	平 17 蒲明	熒 9 于平	傾 6 窺營
榮 2 于平	扃 1 涓熒	氷 1 補明	（清 2、庚 4）		

【系聯說明】

丁以下十四字爲一類，呈以下十一字爲一類，營以下九字爲一類。京、卿兩字互用；征、成兩字互用；明、兵兩字互用，是以兩兩不可系聯。《字彙》：「霆，唐丁切；又上聲徒鼎切、又去聲徒逕切。」說明反切下字「丁、鼎、逕」爲平上去相承韻類。又，《字彙》：「烝，諸成切；又去聲之盛切。」說明反切下字「成、盛」爲平去相承韻類，承去聲，是以丁、呈兩類可以系聯爲一類。又，《字彙》:「冥，眉兵切；又上聲莫迥切、又去聲眉病切、又入聲莫狄切。」說明反切下字「兵、迥、病、狄」爲平上去入相承韻類，承上聲，是以丁、呈、營三類可以系聯爲一類。

上聲

郢 36 庾頃	頂 27 都領	鼎 16 都領	迥 15 戶頂	挺 12 他鼎	井 12 子郢
領 9 里郢	頃 7 丘潁	潁 7 庾頃	拯 3 之郢	整 1 之郢	梃 1 徒鼎
（**靜 1**、**靜 2**、**迥 1**、**迥 2**、**拯**）					
永 30 于憬	景 17 居影	影 13 於丙	丙 8 補永	警 3 居影	剄 2 居影
（憬居永）	（**梗 3**、**梗 4**）				

【系聯說明】

郢以下十二字爲一類，永以下七字爲一類。頃、潁兩字互用；永、憬兩字互用，則兩兩不能系聯。《字彙》:「𣯛，於丙切；又平聲於京切。」說明反切下字「京、丙」爲平上相承韻類，承平聲，是以郢、永兩類可以系聯爲一類。

去聲

正 67 之盛	定 22 徒徑	證 12 之盛	慶 12 丘正	徑 5 居慶	盛 5 時正
敬 4 居慶	令 1 力正	政 1 之盛	佞 1 乃定	（**映 3**、**勁 1**、**徑 1**、**證**）	
命 17 眉病	病 10 皮命	應 2 於命	映 1 於命	詠 1 爲命	（**映 3**）

【系聯說明】

正以下十字爲一類，命以下四字爲一類。正、盛兩字互用；病、命兩字互用，則兩兩不能系聯。《字彙》:「婺，於命切；又平聲於京切。」說明反切下字「京、命」爲平去相承韻類，承平聲，是以正、命兩類可以系聯爲一類。

入聲

歷 119 郎狄	狄 107 杜歷	力 78 郎狄	逼 32 必歷	役 8 越逼	的 6 丁歷
色 5 所力	直 3 逐力	即 3 節力	域 3 越逼	覓 1 莫狄	（**昔 2**、**錫 1**、**職**）
益 64 伊昔	昔 38 思積	亦 37 夷益	積 34 資昔	迹 14 資昔	戚 1 七迹
息 1 思積	弋 1 夷益	（**昔 1**）			
逆 52 宜戟	擊 30 吉逆	戟 24 吉逆	激 3 吉逆	劇 2 竭戟	棘 2 吉逆
極 1 竭戟	（**陌 3**、**職**）				

職 44 之石	石 40 裳職	隻 30 之石	陟 4 之石	炙 3 之石	擲 1 直隻
赤 1 昌石	式 1 施職	（職）			
狊 13 古闃	闃 3 苦狊	（錫 2）			

【系聯說明】

歷以下十一字爲一類，益以下八字爲一類，逆以下七字爲一類，職以下八字爲一類，狊以下兩字爲一類。歷、狄兩字互用；昔、積兩字互用；逆、戟兩字互用；職、石兩字互用；狊、闃兩字互用，則兩兩不能系聯。今據《字彙》反切系聯，昔韻、錫韻、職韻相承平上去聲可以系聯爲一類，是以歷、益、逆、職、狊五類可系聯爲一類。

以下就梗、曾攝《字彙》反切及相承又音作一列表：

字例	反切	直音	相承又音
牚	抽庚切	折平聲	又去聲丑硬切
生	師庚切	甥	又去聲所敬切
瞠	抽庚切	撐	又去聲敕諍切
行	何庚切	衡	又上聲何梗切、又去聲胡孟切
鴴	何庚切	衡	又去聲戶孟切
甠	師庚切	生	又去聲所敬切
睜	甾耕切	爭	又上聲側硬切
更	古衡切	耕	又去聲居孟切
更	古衡切	耕	又去聲居孟切
浜	補耕切	崩	又上聲補梗切
爭	甾耕切	箏	又去聲側硬切
行	何庚切	衡	又上聲何梗切、又去聲胡孟切
更	古衡切	耕	又去聲居孟切
橫	胡盲切	宏	又去聲戶孟切
艶	母亙切	音近孟	又平聲莫紅切
蹬	徒等切	滕上聲	又平聲徒登切
鐙	都騰切	登	又去聲丁鄧切
增	咨登切	則平聲	又去聲子孕切
滕	徒登切	騰	又去聲唐亙切
稜	盧登切	冷平聲	又去聲魯鄧切
緪	居登切	亙平聲	又去聲居鄧切

能	奴登切	獰	又上聲奴等切
踜	盧登切	稜	又上聲魯梗切
撐		與橕同	又去聲丑鄧切
崢	甾耕切	爭	又上聲側硬切
莛	唐丁切	亭	又上聲徒鼎切
釘	當經切	丁	又去聲丁定切
霆	唐丁切	亭	又上聲徒鼎切、又去聲徒逕切
娗	唐丁切	亭	又上聲徒鼎切
冥	眉兵切	明	又上聲莫迥切、又去聲眉病切、又入聲莫狄切
廷	唐丁切	亭	又去聲徒逕切
嫈	於命切	映	又平聲於京切
應	於京切	英	又去聲於命切
擎	渠京切	鯨	又去聲具映切
甇	於丙切	影	又平聲於京切
膺	於京切	英	又去聲於命切
甖		與罌同	又平聲丘京切
汀	他經切	聽平聲	又去聲他定切
聽	他定切	汀去聲	又平聲他經切
螣	奴經切	寧	又上聲乃挺切
政	之盛切	正	又平聲諸盈切
精	子盈切	旌	又去聲子正切
腥	先青切	星	又去聲息正切
醒	息井切	省	又平聲先青切
清	七情切	請平聲	又去聲七正切
靖	疾郢切	情上聲	又去聲疾正切
靚	疾郢切	情上聲	又去聲疾正切
䟓	丑成切	穪	又去聲丑正切
靜	疾郢切	情上聲	又去聲疾正切
脛	形定切	形去聲	又上聲下頂切
腥	先青切	星	又去聲息正切
零	離呈切	陵	又去聲力正切
偵	丑成切	稱	又去聲丑正切
正	之盛切	政	又平聲諸成切
烝	諸成切	征	又去聲之盛切

癥	諸成切	烝	又上聲之郢切
稱	丑成切	偵	又去聲丑正切
蒸	諸成切	征	又去聲之盛切
乘	時征切	成	又去聲時正切
凝	魚陵切	寧	又去聲魚慶切
凌	離呈切	靈	又去聲力正切
興	虛陵切	馨	又去聲許應切
迎	魚陵切	凝	又去聲魚慶切
令	力正切	陵去聲	又平聲離呈切
名	眉兵切	明	又去聲眉病切
瞑	眉兵切	明	又去聲眉病切
榠	眉兵切	冥	又上聲莫迥切
溟	眉兵切	明	又上聲莫迥切
眳	武兵切	名	又上聲彌頂切
獼	眉兵切	明	又去聲莫定切
鳴	眉兵切	明	又去聲眉病切
冰	補明切	兵	又去聲卑病切
凭	蒲明切	平	又去聲皮命切
平	蒲明切	屛	又去聲皮命切
并	卑病切	柄	又平聲補明切、又上聲補永切
枰	蒲明切	平	又去聲皮命切
蓂	眉兵切	明	又入聲莫狄切

（十二）流　攝

1、尤類（開細）

平聲

尤 106 于求	求 96 渠尤	鳩 84 居尤	由 64 于求	流 47 力求	留 35 力求
周 26 職流	秋 17 此由	蒐 4 疏鳩	牛 4 于求	休 3 虛尤	幽 3 於尤
舟 3 職流	浮 2 房鳩	猷 1 于求	游 1 于求	羞 1 思留	彪 1 補尤
州 1 職收	（尤、幽）				

【系聯說明】

尤以下十九字可以系聯爲一類。《字彙》:「瀏，力求切；又上聲力九切、又去聲力救切。」說明反切下字「求、九、救」爲相承韻類。

上聲

九 113 居有	久 23 舉有	酉 18 云九	有 16 云九	缶 12 俯九	柳 1 力九
友 1 云九	手 1 始九	（有、黝）			

【系聯說明】

九以下八字可以系聯爲一類。

去聲

救 107 居又	又 30 爰救	呪 3 職救	就 3 疾救	臭 2 尺救	究 2 居又
僦 2 即就	祐 2 爰救	福 1 敷救	晝 1 職救	溜 1 乃救	（宥）

【系聯說明】

救以下十一字可以系聯爲一類。

2、侯類（開洪）

平聲

侯 161 胡鉤	鉤 25 居侯	溝 7 居侯	牟 2 莫侯	勾 1 居侯	謀 1 莫侯
矛 1 莫侯	兜 1 當侯	（侯）			

【系聯說明】

侯以下八字可以系聯爲一類。《字彙》:「鍭，胡鉤切；又去聲胡茂切。」說明反切下字「鉤、茂」爲平去相承韻類。又，《字彙》:「厚，胡口切；又去聲胡茂切。」說明反切下字「口、茂」爲上去相承韻類，是以侯、口、候乃相承韻類。

上聲

口 55 苦偶	偶 20 語口	厚 17 胡口	后 17 胡口	斗 9 當口	苟 2 舉偶
後 1 胡口	（厚）				

【系聯說明】

口以下七字可以系聯爲一類。

去聲

候 98 胡茂	豆 23 大透	透 18 他候	茂 8 莫候	奏 6 則候	遘 6 居候
寇 1 丘候	漏 1 郎豆	（候）			

【系聯說明】

候以下八字可以系聯爲一類。

以下就流攝《字彙》反切及相承又音作一列表：

字例	反切	直音	相承又音
幽	於尤切	攸	又上聲於九切
怮	於尤切	幽	又上聲於九切
有	云九切	尤上聲	又去聲爰救切
櫌	于求切	尤	又上聲云九切、又去聲爰救切
庮	于求切	由	又上聲云九切
懰	力求切	流	又上聲力九切
瀏	力求切	流	又上聲力九切、又去聲力救切
留	力求切	流	又去聲力救切
瘤	力求切	留	又去聲力救切
舊	居又切	求去聲	又上聲巨九切
輶	于求切	由	又上聲云九切
遛	力求切	流	又去聲力救切
卣	于求切	由	又上聲云九切
庮	于求切	由	又上聲云九切
蒐	疏鳩切	搜	又上聲所九切
蝘	側鳩切	鄒	又上聲側九切
溲	疏鳩切	蒐	又上聲所九切
蹂	而由切	柔	又上聲忍九切、又去聲如又切
揉	而由切	柔	又上聲忍九切、又去聲如又切
收	尸周切	音平聲	又去聲舒救切
灸	舉有切	九	又去聲居又切
狃	女九切	紐	又去聲女救切
狩	舒救切	獸	又上聲始九切
粈	忍九切	柔上聲	又去聲如又切
紂	丈九切	儔上聲	又去聲直又切
紬	除留切	酬	又去聲直又切
鯸	胡鉤切	侯	又去聲胡豆切
膢	落侯切	婁	又去聲郎豆切
郈	胡口切	侯上聲	又去聲胡茂切

鍭	胡鉤切	侯	又去聲胡茂切
軀	於侯切	甌	又去聲於豆切
僂	盧侯切	樓	又去聲郎豆切
厚	胡口切	侯上聲	又去聲胡茂切
后	胡口切	侯上聲	又去聲胡茂切
後	胡口切	侯上聲	又去聲胡茂切
歐	烏侯切	謳	又上聲於口切
洉	胡溝切	侯	又去聲胡茂切
漚	烏侯切	謳	又去聲於候切
漱	先奏切	搜去聲	又平聲先侯切
獳	奴豆切	耨	又平聲奴侯切

（十三）深　攝

林類（開細）

平聲

林 40 犁沉	簪 15 側林	沉 8 持林	森 4 疏簪	沈 3 持林	岑 1 鉏林
（侵）					
今 32 居吟	心 21 悉今	吟 11 魚音	金 11 居吟	音 10 於禽	禽 9 渠金
尋 6 徐心	（侵）				
深 22 式針	針 8 諸深	斟 4 諸深	壬 2 如深	任 2 如深	鍼 1 諸深
（侵）					

【系聯說明】

林以下六字爲一類，今以下七字爲一類，深以下六字爲一類。林、沉兩字互用；吟、音、禽、金四字互用；深、針兩字互用，則兩兩不可系聯。《字彙》:「罧，疏簪切；又上聲所錦切、又去聲所禁切。」說明反切下字「簪、錦、禁」爲相承韻類。又，《字彙》:「吟，魚音切；又上聲魚錦切、又去聲宜禁切。」說明反切下字「音、錦、禁」爲相承韻類，是以林、今兩類可以系聯爲一類。又，《字彙》:「雟，如深切；又去聲如禁切。」說明反切下字「深、禁」爲平去相承韻類，是以林、今、深三類可以系聯爲一類。

上聲

錦 32 居飲	枕 16 章錦	荏 13 忍枕	稔 10 忍枕	甚 6 食枕	飲 5 於錦
朕 3 呈錦	審 2 式枕	廩 2 力錦	（寑）		

【系聯說明】

錦以下九字可以系聯爲一類。

去聲

禁 43 居蔭	鴆 13 直禁	癊 5 於禁	蔭 3 於禁	衽 2 如禁	浸 2 子禁
沁 1 七禁	（沁）				

【系聯說明】

禁以下七字可以系聯爲一類。

入聲

入 97 日執	立 44 力入	及 35 忌立	執 6 質入	戢 6 側入	急 3 居立
汁 1 質入	（緝）				

【系聯說明】

入以下七字可以系聯爲一類。

以下就深攝《字彙》反切及相承又音作一列表：

字例	反切	直音	相承又音
沉	持林切	朕平聲	又去聲直禁切
滲	所禁切	森去聲	又平聲疏簪切
罧	疏簪切	森	又上聲所錦切、又去聲所禁切
侵	七林切	駸	又上聲七稔切
浸	七林切	侵	又上聲七稔切
斟	知今切	針	又上聲章錦切
吟	魚音切	崟平聲	又上聲魚錦切、又去聲宜禁切
紟	巨金切	琴	又去聲巨禁切
諗	式禁切	深去聲	又上聲式錦切
針	諸深切	斟	又去聲職任切
鵀	如深切	壬	又去聲如禁切
任	如深切	壬	又去聲如禁切
妊	如禁切	任	又平聲如深切
深	式針切	審平聲	又去聲式禁切
紝	如禁切	任	又平聲如深切
臨	犂沈切	林	又去聲力禁切
鋟	七林切	侵	又上聲七錦切
喑	於禽切	因	又去聲於禁切

（十四）咸　攝

1、含類（開洪）

平聲

含 117 胡南	甘 32 姑南	南 29 那含	男 9 那含	酣 3 呼甘	眈 1 都含
（覃、談）					

【系聯說明】

含以下六字可以系聯爲一類。《字彙》:「眈，都含切；又上聲都感切。」說明反切下字「含、感」爲平上相承韻類。又，《字彙》:「參，倉含切；又去聲七勘切。」說明反切下字「含、勘」爲平去相承韻類。是以含、感、紺爲相承韻類。

上聲

感 131 古坎	坎 5 苦感	唵 2 烏感	禫 5 徒感	慘 1 七感	（感）

【系聯說明】

感以下五字可以系聯爲一類。

去聲

紺 47 古暗	暗 7 烏紺	勘 1 苦紺	（勘）		

【系聯說明】

紺以下三字可以系聯爲一類。

入聲

合 178 胡閤	荅 35 得合	盍 41 胡閤	閤 19 古沓	沓 12 託合	臘 2 落合
納 1 奴荅	蠟 1 落合	（合、盍）			

【系聯說明】

合類以下八字可以系聯爲一類。

2、兼類（開細）

平聲

廉 111 力鹽	鹽 52 移廉	占 25 之廉	炎 14 移廉	嚴 11 移廉	閻 1 移廉
尖 1 將廉	簾 1 力鹽	淹 1 衣炎	杴 1 虛嚴	（鹽、嚴）	
兼 17 古嫌	嫌 7 胡兼	（添）			

【系聯說明】

廉以下十字爲一類，兼以下兩字爲一類。廉、鹽兩字互用；兼、嫌兩字互用，則兩兩不可系聯。《字彙》:「淹，衣炎切；又去聲於豔切。」說明反切下字「炎、豔」爲平去相承韻類。又,《字彙》:「椸，於檢切；又去聲於豔切。」說明反切下字「檢、豔」爲上去相承韻類，是以廉、檢、念爲相承韻類。又，《字彙》:「兼，古嫌切；又去聲居欠切。」說明反切下字「嫌、欠」爲上去相承韻類，承去聲，則廉、嫌兩類可以系聯爲一類。

上聲

檢 33 居掩	掩 5 於檢	險 3 虛檢	撿 2 居掩	儉 1 巨險	（儼）
點 16 多忝	忝 4 他點	簟 1 徒點	（忝）		
冉 43 而剡	琰 11 以冉	剡 6 以冉	斂 2 力冄	染 2 而剡	漸 1 秦冉
（琰）					

【系聯說明】

檢以下五字爲一類，點以下三字爲一類，冉以下六字爲一類。檢、掩兩字互用；點、忝兩字互用；冉、剡兩字互用，則兩兩不可系聯。《字彙》:「歉，苦點切；又去聲乞念切。」說明反切下字「點、念」爲上去相承韻類，承去聲，則檢、點兩類可以系聯爲一類。又,《字彙》:「染，而剡切；又去聲而豔切。」說明反切下字「剡、豔」爲上去相承韻類，承去聲，則檢、點、冉三類可以系聯爲一類。

去聲

念 36 寧店	豔 17 以贍	贍 11 時念	欠 10 乞念	驗 10 魚欠	店 5 都念
膳 3 時念	艷 3 以贍	（豔、掭、釅）			

【系聯說明】

念以下八字可以系聯爲一類。

入聲

涉 106 實聶	葉 39 弋涉	輒 22 質涉	接 11 即涉	聶 2 尼輒	慴 1 質涉
攝 1 失涉	曄 1 弋涉	踥 1 七接	（葉）		
協 97 胡頰	怯 21 乞協	業 13 魚怯	叶 13 胡頰	頰 10 古協	劫 6 古協
恊 3 胡頰	拹 3 虛業	帖 3 他協	劦 1 檄頰	（怗、業）	

【系聯說明】

涉字以下九字爲一類，協字以下十字爲一類。涉、輒、聶三字互用；協、頰兩字互用，則兩兩不可系聯。今據《字彙》反切系聯，葉韻、怗韻、業韻相承平上去聲可以系聯爲一類，是以涉、協兩類亦可系聯爲一類。

3、咸類（開洪）

平聲

咸 76 胡嵒	銜 46 胡嵒	監 9 古咸	嵒 6 魚咸	讒 3 牀咸	凡 2 符銜
緘 1 古咸	（咸、銜、凡）				
藍 15 盧談	三 6 蘇藍	談 4 徒藍	（談）		

【系聯說明】

咸以下七字爲一類，藍以下三字爲一類。咸、嵒兩字互用；藍、談兩字互用，則兩兩不可系聯。《字彙》:「惔，徒藍切；又上聲徒覽切、又去聲徒濫切。」說明反切下字「藍、覽、濫」爲相承韻類。又，《字彙》:「巉，牀咸切；又上聲士減切。」說明反切下字「咸、減」爲平上相承韻類。又，《字彙》:「惔撕，師銜切；又去聲所鑑切。」說明反切下字「銜、鑑」爲平去相承韻類，是以咸、減、陷爲相承韻類。又，《字彙》:「籃，盧監切；又去聲盧瞰切。」說明反切下字「監、瞰」爲平去相承韻類，承去聲，則咸、藍兩類可以系聯爲一類。

上聲

敢 23 古覽	覽 22 魯敢	范 5 房覽	膽 4 覩覽	檻 2 胡覽	犯 2 房覽
（敢、檻、范）					
減 22 古斬	斬 16 側減	（賺）			

【系聯說明】

敢以下六字爲一類，減以下兩字爲一類。敢、覽兩字互用；減、斬兩字互用，則兩兩不可系聯。承平聲，則敢、減兩類可以系聯爲一類。

去聲

陷 29 乎鑑	鑑 22 古陷	泛 5 孚陷	韽 3 於陷	汎 1 扶泛	（陷、鑑、梵）
濫 12 盧瞰	瞰 7 苦濫	暫 1 昨濫	（闞）		

【系聯說明】

陷以下五字爲一類，濫以下三字爲一類。陷、鑑兩字互用；濫、瞰兩字互用，則兩兩不可系聯。承平聲，則陷、濫兩類可以系聯爲一類。

入聲

洽 93 胡夾	甲 47 古洽	夾 22 古洽	狎 3 胡夾	法 3 方甲	塔 1 託甲
恰 1 苦洽	（洽、狎、乏）				

【系聯說明】

洽以下七字可以系聯爲一類。

以下就咸攝《字彙》反切及相承又音作一列表：

字例	反切	直音	相承又音
譚	徒含切	談	又去聲徒紺切
眈	都含切	聃	又上聲都感切
菡	胡甘切	含	又去聲胡紺切
覃	徒含切	曇	又上聲徒感切
醰	徒含切	潭	又上聲徒感切
頷	胡男切	含	又上聲戶感切
參	倉含切	驂	又去聲七勘切
含	胡南切	涵	又去聲胡勘切
憾	胡紺切	含去聲	又上聲戶感切
探	他含切	貪	又去聲他勘切
喃	奴含切	南	又上聲奴感切
歛	呼含切	酣	又去聲呼紺切
湷	他含切	貪	又去聲他勘切
菴		古庵字	又上聲烏感切、又去聲烏紺切
轗	苦感切	坎	又去聲苦紺切
霮	徒感切	萏	又去聲徒紺切
丼	都感切	耽上聲	又去聲丁紺切
灨	古暗切	紺	又上聲古坎切
謙	苦兼切	欠平聲	又上聲苦簟切、又入聲苦劫切
兼	古嫌切	檢平聲	又去聲居欠切
歉	苦點切	謙上聲	又去聲乞念切
餂	他點切	忝	又去聲他念切

玷	都念切	店	又上聲多忝切
占	之廉切	詹	又去聲章豔切
嬮	衣炎切	淹	又去聲於豔切
弇	於檢切	淹上聲	又去聲於豔切
染	而剡切	冉	又去聲而豔切
⿰木奄	於檢切	掩	又去聲於豔切
淹	衣炎切	閹	又去聲於豔切
猒	衣炎切	淹	又去聲於豔切
⿰日朁	慈鹽切	潛	又去聲慈豔切
襜	蚩占切	諂平聲	又去聲昌豔切
覘	蚩占切	諂平聲	又去聲昌豔切
⿰黍少	力鹽切	廉	又去聲力店切
斂	力冄切	廉上聲	又去聲力驗切、又平聲力鹽切
鰜	力鹽切	廉	又上聲力冉切
痁	詩廉切	閃平聲	又去聲舒贍切
砭	悲廉切	貶平聲	又去聲悲驗切
蘞	力冉切	廉上聲	又力鹽切音廉、又去聲力驗切
瀲	力冉切	斂	又去聲力驗切
啖	徒覽切	談上聲	又去聲徒濫切
惔	徒藍切	談	又上聲徒覽切、又去聲徒濫切
憺	徒濫切	談去聲	又上聲徒覽切
淡	徒濫切	談去聲	又上聲徒覽切
澹	徒藍切	談	又上聲徒覽切、又去聲徒濫切
擔	都藍切	膽平聲	又去聲都濫切
甔	都藍切	擔	又去聲都濫切
⿱穴炎	他藍切	塔平聲	又去聲吐濫切
三	蘇藍切	撒平聲	又去聲息暫切
檻	胡覽切	咸上聲	又去聲胡監切
監	古咸切	減平聲	又去聲古陷切
讒	牀咸切	暫平聲	又去聲士監切
鑑	古陷切	監	又平聲古咸切
⿰阝毚	鋤咸切	讒	又去聲士陷切

儳	牀咸切	讒	又去聲牀陷切
巉	牀咸切	讒	又上聲士減切
摲	師銜切	衫	又去聲所鑑切
湴	蒲鑑切	辦	又平聲白銜切
㺑	師銜切	衫	又上聲所斬切
[illegible]	胡讒切	銜	又上聲下斬切
嵌	丘銜切	掐平聲	又去聲口陷切
[illegible]	盧監切	藍	又去聲盧瞰切
匼	遏合切	庵入聲	又上聲烏感切
撍	祖含切	簪	又入聲作答切
脋	虛業切	險入聲	又去聲虛欠切
咽	因肩切	煙	又入聲於歇切
慊	苦簟切	歉	又入聲乞協切
磣	楚錦切	參上聲	又入聲七合切
䋼	於業切	淹入聲	又去聲於驗切

第三節　聲值、韻值擬測

從《廣韻》到《洪武正韻》再到《字彙》，歷經五、六百年間，可以發現語音是不斷在變化的。本文據《字彙》反切加以系聯，得出三十聲類、一百一十五韻類，此節《字彙》聲母、韻母的音讀構擬，參考陳新雄《音略證補》〔註 13〕、《古音研究》〔註 14〕、〈《廣韻》四十一聲紐聲值的擬測〉〔註 15〕，也因爲《字彙》一書書成於明代，是以參考應裕康〈《洪武正韻》聲母音值之擬訂〉〔註 16〕，並就現代《漢語方音字匯》〔註 17〕中吳語區（主要是蘇州話），及蔣冰冰《吳語宣州片方言音韻研究》〔註 18〕中的音值構擬，進而對《字彙》聲母進行擬測。

〔註 13〕見陳新雄《重校增訂音略證補》，（台北：文史哲出版社，2000）。

〔註 14〕見陳新雄《古音研究》，（台北：五南圖書出版有限公司，2000）。

〔註 15〕收錄於陳新雄《鍥不舍齋論學集》（台北：台灣學生書局，1990），頁 249～271。

〔註 16〕見應裕康，〈《洪武正韻》聲母音值之擬訂〉，《中華學苑》第六期，1970 年 9 月，頁 1～35。

〔註 17〕見《漢語方音字匯》（北京：語文出版社，2003）。

〔註 18〕見蔣冰冰《吳語宣州片方言音韻研究》（上海：華東師範大學出版社，2003）。

一、聲值擬測

從《廣韻》到《洪武正韻》再到《字彙》，歷經五、六百年間，可以發現語音是不斷在變化的。首先，據《字彙》反切考訂切語上字系聯，依照發音部位唇、舌、齒、牙、喉、舌齒音分列，其中唇音與舌齒音還可加以細分，唇音細分爲重唇音與輕唇音，舌音與齒音細分爲舌頭音與舌上、正齒、齒頭音，將之對照《廣韻》四十一聲類，暫訂爲三十聲類如下：

唇音	重唇（雙脣）音	補類（幫） 普類（滂） 蒲類（並） 莫類（明）
唇音	輕唇（脣齒）音	芳類（非、敷） 符類（奉） 無類（微）
舌／齒音	舌頭（舌尖中）音	都類（端） 他類（透） 徒類（定） 奴類（泥、娘）
舌／齒音	齒頭音（舌尖前）	子類（精） 七類（清） 才類（從） 徐類（邪）
舌／齒音	舌上（舌面前）、正齒（舌尖面、舌面前）	之類（照、知、莊） 丑類（穿、徹、初） 直類（澄、牀） 時類（神、禪） 蘇類（心、疏、審）
牙音	牙（舌根）音	古類（見） 苦類（溪） 渠類（群） 五類（疑）
喉音	喉（舌根、喉、零聲母、半元音）音	於類（影） 魚類（疑、喻、爲） 呼類（曉） 胡類（匣）
半舌 半齒音		力類（來） 而類（日）

（一）唇音：補、普、蒲、莫；芳、符、無

重唇（雙脣）音補類、普類、蒲類、莫類，分別對應中古音的幫母、滂母、並母、明母。在《洪武正韻》中幫系字仍然保有濁聲母，在《字彙》一書中，亦有此一現象。應裕康將幫、滂、並、明四母構擬為[p-]、[p´-]、[b´-]、[m-]，茲參考《漢語方音字匯》吳語區、蔣冰冰《吳語宣州片方言音韻研究》〔註 19〕，幫、滂、並、明標音作[p-]、[p´-]、[b-]、[m-]。針對全濁聲母送氣與否的問題，歷來多有爭論〔註 20〕，本文贊成董同龢為並母擬音所下的結論：

> 送氣與否，因為方言中頗不一致，倒難作有力的推斷，照理想，說送氣消失而變不送氣的音總比說本不送氣而後加送氣好一些，所以我們擬訂並母的中古音是 b´-。〔註 21〕

是以補類（幫）、普類（滂）、蒲類（並）、莫類（明）構擬為[p-]、[p´-]、[b´-]、[m-]。

輕唇（脣齒）音的芳類、符類、無類，分別對應中古音的非敷母、奉母、微母。非、敷兩母的合併在元代已見端倪，《洪武正韻》亦可見非敷兩母的合併〔註 22〕。應裕康將非敷、奉、微三母構擬為[f-]、[v-]、[ɱ-]。

據《漢語方音字匯》吳語則僅保留[f-]、[v-]，[f-]乃非敷的合流，[v-]舉例字收錄「馮、味、扶」，前兩字屬微母，扶字屬奉母，《字彙》：「扶，逢夫切」，可見現今吳語中奉、微相混的例證。又，《字彙》：「防，符方切」，屬

〔註 19〕蔣冰冰《吳語宣州片方言音韻研究》調查了 20 個方言點，其中有 13 處：宣州市裘公鄉、黃山區廣陽鄉、當塗縣年陡鄉、蕪湖縣灣址鎮、南陵縣奚灘鄉、涇縣茂林鎮、涇縣厚岸鄉、石臺縣七都鎮、石臺縣橫渡鄉、青陽縣陵陽鎮、青陽縣童埠鎮、銅陵縣太平鄉、繁昌縣城關鎮，已無全濁並母之音讀，估計與濁音清化有關。

〔註 20〕如：高本漢《中國音韻學研究》主張全濁聲母應送氣，李榮《切韻音系》則持相反意見，主張濁聲母不送氣。

〔註 21〕見董同龢《漢語音韻學》（台北：王守京印行，1991），頁 142。

〔註 22〕見劉文錦，〈《洪武正韻》聲類考〉，《國立中央研究院歷史語言研究所集刊》第三本第二分（台北：維新書局，1931）、應裕康，〈《洪武正韻》聲母音值之擬訂〉，《中華學苑》第六期，1970 年 9 月。、古屋昭弘，〈《字彙》與明代吳方音〉，《語言學論叢》第 20 輯（北京：商務印書館，1998）。

奉母，在《漢語方音字匯》將防歸爲並母，標音作[b-]。由《漢語方音字匯》現今吳語奉、微相混；奉、並相混的情況，此一現象在《字彙》中也偶見一二，是以合理推斷：奉母擬音作[bv´-]，與並母相混形成[b-]，與微母相混形成[v-]，於此，亦可證明中古唇音類隔現象。關於輕唇音聲母聲值的擬測，高本漢擬爲[f-]、[f´-]、[v-]、[ɱ-]，錢玄同擬爲[pf-]、[pf´-]、[bv´-]、[ɱ-]，但[pf-]、[pf´-]、[bv´-]、[ɱ-]在《廣韻》以後，很快就變成了[f-]、[f´-]、[v-]、[ɱ-]。〔註 23〕

而在蔣冰冰《吳語宣州片方言音韻研究》中已非敷已然合流，擬音作[f-]，奉母則擬音爲[hv-]，微母則多已混入零聲母。筆者參酌以上諸家音值構擬，將芳類（非、敷）、符類（奉）、無類（微）構擬音讀爲[f-]、[hv-]、[ɱ-]。

（二）舌頭（舌尖中）音：都、他、徒、奴

舌尖中音都類、他類、徒類、奴類，分別對應中古音的端母、透母、定母、泥娘母。中古泥母、娘母的合併，在《中原音韻》中就已呈現，在《洪武正韻》及《字彙》書中，亦呈現保留全濁聲母及泥、娘不分的現象。

應裕康將端、透、定、泥娘四母構擬爲[t-]、[t´-]、[d´-]、[n-]，參考《漢語方音字匯》吳語區、蔣冰冰《吳語宣州片方言音韻研究》〔註 24〕，標音皆作[t-]、[t´-]、[d-]、[n-]，是以將都類（端）、他類（透）、徒類（定）、奴類（泥、娘）構擬爲[t-]、[t´-]、[d-]、[n-]。

（三）齒頭音（舌尖前）：子、七、才、蘇、徐

舌尖前音子類、七類、才類、蘇類、徐類，分別對應中古音的精母、清母、從母、心疏審母、邪母。應裕康將精母、清母、從母、邪母構擬爲[ts-]、[ts´-]、[dz´-]、[z-]，現今吳語區亦保留精母、清母、從母三分的情況。

再者，應裕康將《洪武正韻》的審母、疏母合併爲所類，將心母獨立爲蘇類，擬音分作[ʃ-]、[s-]。但在《字彙》中已明顯可見審、心、疏三母相混

〔註 23〕詳見陳新雄《鍥不舍齋論學集》（台北：台灣學生書局，1990），頁 270。

〔註 24〕宣州市裘公鄉、黃山區廣陽鄉、當塗縣湖陽鄉、當塗縣年陡鄉、蕪湖縣灣址鎮、南陵縣奚灘鄉、涇縣茂林鎮、涇縣厚岸鄉、石臺縣七都鎮、石臺縣橫渡鄉、青陽縣陵陽鎮、青陽縣童埠鎮、銅陵縣太平鄉、繁昌縣城關鎮，皆無定母，估計這些區域受官話方言影響，已濁音清化之故。

的情況，《字彙》:「所，孫五切」、「孫，蘇昆切」，顯示疏、心母相混的情況。又，《字彙》:「攕，師銜切；又去聲所鑑切」，反切上字「師」爲審母、「所」爲疏母，顯示審、疏母相混的情況。審、疏相混的情形在《洪武正韻》裡已可見到例證，比較特別的是在《字彙》中可以見到疏母與心母、審母相混的現象。在現今吳語區及蔣冰冰《吳語宣州片方言音韻研究》，疏母與心母、審母皆同擬爲[s-]，是以筆者亦將蘇類（審、心、疏）構擬爲[s-]。

至於邪母則與日母相混，據《漢語方音字匯》吳語區，而類聲母的「如、儒」等字聲母皆標音作[z-]〔註25〕，再如日字，文讀標音爲[zɤʔ]，白讀標音則作[ȵɿʔ]〔註26〕，讀音呈現鼻音與擦音互存的現象；邪母字的「詳、徐」字，擬音分別爲[ziaŋ]、[zi]〔註27〕，就音韻現象呈現邪母、日母同流的情況。但在《洪武正韻》、《字彙》時期日母與邪母明顯有所區別，是以筆者仍將邪母獨立。而在蔣冰冰《吳語宣州片方言音韻研究》所列的20個方言點中，已不見全濁從母，估計亦因與此區受官話方言影響，導致全濁聲母產生清化有關。故筆者在擬音上仍據應裕康將子類（精）、七類（清）、才類（從）、徐類（邪）構擬爲[ts-]、[ts´-]、[dz-]、[z]。

（四）舌上（舌面前）、正齒（舌尖面、舌面前）：之、丑、直、時

舌上、正齒音的之類、丑類、直類、時類，分別對應中古音的照知莊母、穿徹初母、澄牀母、神禪母。首先，照母、知母、莊母在《字彙》合併爲之類，徹母、穿母、初母在《字彙》合併爲丑類，照母、知母、莊母及穿母、徹母、初母的合併在《洪武正韻》，甚至更早的元代《古今韻會舉要》及《經史正音切韻指南》、《中原音韻》中就已有此一現象。〔註28〕

王力以爲：莊、初、崇、生的原音是 tʃ、tʃ´、dʒ´、ʃ，最後失去了濁音，同時舌尖移向硬顎，成爲 tʂ、tʂ´、ʂ。他們的發展過程，如果舉知、章、莊（按：即知、照、莊母）爲例，大約是這樣：

〔註25〕見《漢語方音字匯》（北京：語文出版社，2003），頁124。

〔註26〕見《漢語方音字匯》（北京：語文出版社，2003），頁71。

〔註27〕見《漢語方音字匯》（北京：語文出版社，2003），頁137、323。

〔註28〕見應裕康，〈《洪武正韻》聲母音值之擬訂〉，《中華學苑》第六期，1970年9月，頁25。

t → tɕ ↘

tɕ → tʃ→ tʃ→ tʂ

tʃ ↗

舉徹、昌、初（按：即徹、穿、初母）爲例，大約是這樣：

t´ → tɕ´ ↘

tɕ´ → tʃ´ → tʃ´ → tʂ´

tʃ´ ↗

舉書、山（按：即審、疏母）爲例，大約是這樣：

ɕ → ʃ → ʂ

ʃ ↗

最後一個發展階段約十五世紀後才算全部完成。〔註29〕

應裕康將知、照、莊合併爲陟類，穿、徹、初合併爲丑類，分別擬作[tʃ-]、[tʃ´]，在現今吳語區中呈現精系、照系不分的現象，兩者同擬爲[ts-]，然而，不論《洪武正韻》或《字彙》中已明顯存在子類（精）、直類（知、照、莊）兩分的現象，是以在擬音上仍據王力與應裕康的說法，將之類（照、知、莊）、丑類（穿、徹、初）構擬爲[tʃ-]、[tʃ´]。

澄母、牀母的合流，在元代《經史正音切韻指南》及《洪武正韻》中皆有此一現象。應裕康將澄、牀、神合併爲直類，擬音爲[dʒ]，將時類（禪母）擬音爲[ʒ]〔註30〕。就《字彙》反切的系聯來看，筆者傾向將澄、牀合併爲直類，將神、禪合併爲時類，《廣韻》:「神，食鄰切。」反切上字食爲「神」母，《洪武正韻》:「神，丞眞切。」反切上字丞爲「禪」母，《字彙》:「神，丞眞切。」反切上字丞爲「禪」母。說明從《廣韻》到《字彙》，「神」母已與「禪」母相混，讀音已發生變化。

王力以爲澄母的語音演變爲：

d´ →　dʑ´ → dʒ´

〔註29〕見王力《漢語史稿》（北京：中華書局，2003），頁116。

〔註30〕見應裕康，〈《洪武正韻》聲母音值之擬訂〉，《中華學苑》第六期，1970年9月，頁25。

此爲澄母演變爲現今國語經過捲舌音化的過程。關於神母的演變則是崇、船（按：牀、神）原是破裂摩擦音（dʒ´、dʑ´），現代漢語裡崇、船合而爲一了，有一部份維持破裂磨擦音，另一部份則維持單純的摩擦音，禪母與船母相反，禪母本是單純的摩擦音，現在有一部份變成破裂摩擦音。〔註31〕依現今吳語區來看，澄、牀、神、禪母有趨於混同的跡象，詳待後論。而在蔣冰冰《吳語宣州片方言音韻研究》則區分爲[hz]及[hʑ]兩類，改原本的塞音[d]爲喉擦音[h]，顯見語音已發生改變，是以關於直類、時類的擬音，筆者參考蔣冰冰的說法，將直類（澄、牀）、時類（神、禪）構擬爲[hz]、[hʑ]。

（五）牙（舌根）音：古、苦、渠、五

牙（舌根）音的古類、苦類、渠類、五類，分別對應中古音的見母、溪母、群母、疑母。針對疑母的問題，據《字彙》系聯結果來看，發現疑母與零聲母的喻母、爲母混雜頗多，對於疑母究竟該朝零聲母化前進，又或獨立保留舌根鼻音[ŋ-]，確實頗多疑慮，一來據《漢語方音字匯》吳語區疑母字例，呈現保留舌根鼻音與零聲母化混雜的情況，二來就《洪武正韻》來看，確實仍保有少部份疑母字，但已爲數無多〔註32〕，是以筆者仍將疑母獨立。就語音現象來看，從舌根鼻音的[ŋ-]，漸向零聲母化靠攏，在國語音系中可見此一現象；若直接將疑母字擬爲零聲母，則對如何仍保有根鼻音[ŋ-]的現象，確實不好說解，是以仍依照應裕康、蔣冰冰〔註33〕的擬音，將舌根音的古類（見）、苦類（溪）、渠類（群）、五類（疑）構擬爲[k-]、[k´-]、[g-]、[ŋ-]。

（六）喉（舌根、喉、零聲母、半元音）音：於、魚、呼、胡

喉音的於類、魚類、呼類、胡類，分別對應中古音的影母、疑喻爲母、曉母、匣母。在《字彙》系聯結果上呈現疑母、喻母、爲母相混的情形，此一相混情形，可以上推到元代《經史正音切韻指南》中的「交互音」中「澄床疑喻

〔註31〕見王力《漢語史稿》（北京：中華書局，2003），頁116。

〔註32〕《正韻》的五類字，大致與中古的疑母字相當，不過有許多中古的疑母字，《正韻》已經併到以類去了。這可見得《正韻》時代，疑母雖然獨立，但是已經爲數無多。詳見應裕康〈《洪武正韻》聲母音值之擬訂〉，《中華學苑》第六期，1970年9月，頁27～28。

〔註33〕蔣冰冰《吳語宣州片方言音韻研究》20個方言點中唯黃山區甘棠鎮有群母無疑母，其他方言點中全濁群母皆已清化丟失。

相連屬」〔註34〕，說明自元以來疑、喻、為已呈現混切的情況，影母仍保留獨立。應裕康將影母、疑喻為母、曉母、匣母，分別擬作[ʔ-]、[o-]、[x-]、[ɣ-]。在《漢語方音字匯》吳語區大部分影母已與疑、喻、為母合流，呈現零聲母化的現象，少數為母字（如：移、雨、尤）仍保有[j-]。

《字彙》中部份直音顯示曉匣合流的情形，舉例：「豩，火皆切，音諧；諧，雄皆切」，「雄皆切」實「火皆切」，則顯示曉母、匣母有合流的現象。然就《字彙》反切系統來看，大抵曉、匣類仍有分別，並沒有相混的情況，且依蔣冰冰《吳語宣州片方言音韻研究》所記20個方言點，皆見曉、匣兩類涇渭分明，並未合流，緣此呼應筆者於緒論所載，必得將直音系統與反切系統分開看待的原因。曉母字在《漢語方音字匯》吳語區中標音為[h-]，匣母字標音作[ɦ-]，說明兩類字仍有發音上的不同。而據蔣冰冰《吳語宣州片方言音韻研究》則將曉類擬音作[x-]，匣類擬音作[ɣ-]。為求與《廣韻》、《洪武正韻》作一比較，筆者仍沿襲應裕康、蔣冰冰之擬音，將於類（影）、魚類（疑、喻、為）、呼類（曉）、胡類（匣）分別擬為[ʔ-]〔註35〕、[o-]、[x-]、[ɣ-]。

（七）半舌半齒音：力、而

半舌半齒音的力類、而類，分別對應中古音的來母、日母。力類聲母相較其他聲母來說，是比較單純而無混雜的。〔註36〕來母的擬音應裕康構擬為[l-]，在《漢語方音字匯》吳語區中亦同標音為[l-]，且現代大多方言中也多作[l-]，是以構擬力類的音讀為[l-]。

日母的音讀，歷來多有不同擬音，陳新雄以為：

> 從諧聲上來說：屬日母的字，來源多是鼻音，所以日母在上古時期是*n-，然後在-ja類韻母前變作ȵ-，如此始可在諧聲系統上獲得滿意的

〔註34〕詳見陳新雄《重校增訂音略證補》附錄五〈經史正音切韻指南〉，（台北：文史哲出版社，2000），頁382。

〔註35〕蔣冰冰《吳語宣州片方言音韻研究》中已無喉塞音之影類存在，其多半已零聲母化，或與微母、疑母相涉。然據《字彙》反切系聯結果，實無法將影類與喻、為類視為同類，因據系聯條例的結果，找不到可以牽合的字例，故仍採保守看法，將之區分為兩類。

〔註36〕陳新雄以為來母最好解決，所有資料顯示，他只是一個普通的舌尖邊音[l-]。見陳新雄《鍥不舍齋論學集》（台北：台灣學生書局，1990），頁268。

解釋。即上古音是*nja→ȵja，後逐漸在 ȵ 跟元音間產生一個滑音（glide），即一種附帶的擦音。跟 ȵ 同部位。即*ȵja→ȵᶻja，到切韻時代，這個滑音日漸明顯，所以日母應該是舌面前鼻音跟擦音的混合體，就是舌面前的鼻塞擦音（nasal affricative）ȵʑ-。ȵʑja 演變爲北方話的 ʑja，ȵ 失落了。日本漢音譯作 z-，國語再變作 ʐ-。南方比較保守，仍保存鼻音 ȵ-。所以在方言中才有讀擦音跟鼻音的分歧。〔註37〕

應裕康將《洪武正韻》中的日母構擬爲[ȵ-]。從現代吳語區來看呈現的是日母與邪母相混的情形，同擬爲[z-]。《字彙》日母與邪母明顯有所區別，是以在日母的擬音上，仍依循陳新雄、應裕康的說法，將而類（日）擬音爲[ȵ-]。

以下即是《字彙》反切三十聲類的構擬：

補[p-]、普[p´-]、蒲[b-]、莫[m-]、芳[f-]、符[hv-]、無[ɱ-]、都[t-]、他[t´-]、徒[d-]、奴[n-]、子[ts-]、七[ts´-]、才[dz´-]、蘇[s-]、徐[z]、之[tʃ-]、丑[tʃ´]、直[hz]、時[hʑ]、古[k-]、苦[k´-]、渠[g-]、五[ŋ-]、於[ʔ-]、魚[o-]、呼[x-]、胡[ɣ-]、力[l-]、而[ȵ-]。

二、韻值擬測

本文《字彙》韻母的音讀構擬，依據陳新雄《音略證補》〔註38〕和《古音研究》〔註39〕，也因爲《字彙》一書書成於明代，是以參考甯忌浮《洪武正韻研究》〔註40〕，並參考《漢語方音字匯》〔註41〕吳語區（主要是蘇州話）及蔣冰冰《吳語宣州片方言音韻研究》的韻值擬訂加以比較，進而對《字彙》反切韻母進行擬測，在擬音部份舉平以賅上去入。

（一）通攝：紅（東1、冬）、中（東2、鍾）

《字彙》反切系聯在通攝分爲兩類，紅類相對於中古的東、冬韻，中類相對於中古的東、鍾韻。《廣韻》通攝仍呈現東、冬、鍾（舉平賅上去入）三

〔註37〕見陳新雄《鍥不舍齋論學集》（台北：台灣學生書局，1990），頁269～270。

〔註38〕見陳新雄《重校增訂音略證補》，（台北：文史哲出版社，2000）。

〔註39〕見陳新雄《古音研究》，（台北：五南圖書出版有限公司，2000）。

〔註40〕甯忌浮《洪武正韻研究》（上海：上海辭書出版社，2003）。

〔註41〕見《漢語方音字匯》（北京：語文出版社，2003）。

分的情況，東韻擬音分作[-oŋ]、[-ioŋ]，冬韻作[-uŋ]，鍾韻作[-iuŋ]〔註 42〕。紅類據《漢語方音字匯》吳語區標音爲[-oŋ]（例字：風、公）；中類則呈現[-oŋ]、[-ioŋ]兩者互混的情況，舉例：中，擬音爲[tsoŋ]；凶擬音爲[çioŋ]〔註 43〕，或可說明《字彙》中類字在現今吳語區有些因異化作用導致細音消失的情況。蔣冰冰《吳語宣州片方言音韻研究》所列之 20 個方言點，則多擬爲[-oŋ]、[-yŋ]兩類〔註 44〕，其改[-ioŋ]爲[-yŋ]，介音由開口細音轉爲撮口音，顯見受韻母[-o]之圓唇音類化之影響。筆者據《廣韻》、《漢語方音字匯》吳語區及蔣冰冰《吳語宣州片方言音韻研究》，初步將紅類（東 1、冬）、中類（東 2、鍾）的擬音作[-oŋ]、[-ioŋ]。

（二）江、宕攝：良類（江、陽）、郎類（唐 1）、光類（唐 2）

《字彙》反切系聯在江、宕攝呈現合流，此一現象在《洪武正韻》中亦可見到，江、宕攝分三類，良類相對於中古江、陽韻，郎類與光類相當於中古的唐韻。《廣韻》江攝有江韻，宕攝包含陽、唐韻（舉平賅上去入），江韻擬音作[-ɔŋ]，陽韻擬音作[-iɑŋ]、[-iuɑŋ]，唐韻擬音作[-ɑŋ]、[-uɑŋ]，據《漢語方音字匯》中吳語區良類標音作[-iaŋ]（例字：兩、相）、郎類標音作[ɒŋ]（例字：幫、剛）、光類標音作[-uɒŋ]（例字：光、曠）〔註 45〕，主要分別仍在開合洪細的分別，而蔣冰冰《吳語宣州片方言音韻研究》則多擬作[-ã]、[-iã]、[-uã]，其舌根鼻音韻尾丟失，然其鼻音特徵保留於韻母上。〔註 46〕參照以上資料，初步將良類（江、陽）、郎類（唐 1）、光類（唐 2）分擬作[-iaŋ]、[-aŋ]、[-uaŋ]。

〔註 42〕本文所見《廣韻》擬音，乃據《新校宋本廣韻》（台北：洪葉文化，2001），後所引用《廣韻》擬音皆從此，不再另行加注。

〔註 43〕分見《漢語方音字匯》（北京：語文出版社，2003），頁 366、374。

〔註 44〕部分仍有例外情形，若：當塗縣年陡鄉則無[-yŋ]；蕪湖縣灣址鎮則細分[-əŋ]、[-uŋ]、[-yŋ]三類；涇縣茂林鎮則通攝與臻攝混同，擬作[-əŋ]、[-iŋ]、[-uŋ]、[-yŋ]。

〔註 45〕據《漢語方音字匯》（北京：語文出版社，2003），頁 18。

〔註 46〕若宣州市裘公鄉、貴池市灌口鄉、貴池市茅坦鄉、黃山區廣陽鄉、當塗縣湖陽鄉、當塗縣年陡鄉、蕪湖縣灣址鎮、南陵縣奚灘鄉、青陽縣陵陽鎮、銅陵縣太平鄉、繁昌縣城關鎮等地，皆保留鼻音韻母；黃山區甘棠鎮、黃山區永豐鄉亦保留鼻音韻母，但其改[-a]爲[-ɒ]。其他若寧國市莊村鄉、寧國市南極鄉、涇縣茂林鎮、涇縣厚岸鄉、青陽縣童埠鎮則擬音作[-œ]、[-iœ]、[-uœ]。另較特別的是石臺縣七都鎮則與臻攝相混，擬作[-an]、[-iaŋ]、[-uan]。

（三）止攝：溪類（支、脂、之、齊、微）**、私類**（脂 1）**、回類**（支 2、脂 2、微 2、灰）

《字彙》反切系聯在止攝可以分為溪、私、回三類。溪類相對於中古的支、脂、之、齊、微韻，私類相對於中古脂韻，回類相對於中古支 2、脂 2、微 2、灰韻。《廣韻》五支韻擬音為[-iɛ]、[-iuɛ]，六脂韻擬音為[-ie]、[-iue]，七之韻擬音為[-iə]，八微韻擬音為[-iuəi]、[-iui]，齊韻擬音為[-iei]、[-iuei]，灰韻擬音為[-uəi]。在現今《漢語方音字匯》吳語區中，溪類字仍保有細音，標音為[-i]（例字：閉），私類字則作[-ɥ]、[-ɿ]（例字：支、資、師），回類字標音為[-ᴇ]、[-uᴇ]（例字：杯、灰）〔註 47〕。關於私類所含的舌尖元音，吳語區所列的[-ɥ]、[-ɿ]，兩者同為舌尖前高元音，差別在於前者為圓唇，後者為不圓唇（即展唇），[-ɿ]、[-ʅ]、[-ɚ]三音同一音位，可以併寫為[-ï]〔註 48〕，於蔣冰冰《吳語宣州片方言音韻研究》則擬作[-i]、[-ɿ]、[-ui]，參考以上資料，初步將溪類（支、脂、之、齊、微）擬音為[-i]，私類（脂 1）擬音為[-ɿ]，回類（支 2、脂 2、微 2、灰）擬音為[-uei]。

（四）遇攝：於類（魚、虞）**、胡類**（模）

《字彙》反切系聯在遇攝可以分為於、胡兩類。於類相對於中古的魚、虞韻，胡類相當於中古的模韻。《廣韻》魚韻擬音為[-io]，虞韻擬音為[-iu]，模韻擬音為[-u]。在現今《漢語方音字匯》吳語區中仍保留這兩個韻類，前者標音為[-y]（例字：居、魚），後者標音作[-u]（例字：布）〔註 49〕。蔣冰冰《吳語宣州片方言音韻研究》中亦擬作[-y]、[-u]，本文依據現今吳語區的標音，初步將於類（魚、虞）擬音為[-y]，胡類（模）作[-u]。

（五）蟹攝：皆類（皆 1）**、來類**（咍）**、乖類**（皆 2）

《字彙》反切系聯在蟹攝可以分為皆、來、乖三類。皆類相對於中古的皆 1 韻，來類相當於中古的咍韻，乖類相當於中古的皆 2 韻。《廣韻》皆韻擬音為[-ɐi]、[-uɐi]、咍韻擬音為[-əi]，其中皆、來類皆為開口，差異在主要元音的不同，[-ɐ]為舌面央次低元音；[-ə]為舌面央正中元音，乖類則為合口音。在現今

〔註 47〕據《漢語方音字匯》，頁 18。

〔註 48〕見陳新雄《重校增訂音略證補》，（台北：文史哲出版社，2000），頁 67。

〔註 49〕據《漢語方音字匯》（北京：語文出版社，2003），頁 18。

《漢語方音字匯》吳語區，皆類標音爲[-ɒ]（例字：街、蟹），來類標音爲[-E]（例字：愛、蓋），乖類標音爲[-uɒ]、[-uE]（例字：怪、塊）〔註50〕，蔣冰冰《吳語宣州片方言音韻研究》中則擬作[-a]、[-ɛ]、[-uɛ]，分開合兩類，《廣韻》以來，韻尾[-i]已然隨語音變化而丟失。參考以上資料，初步依蔣冰冰之構擬，將皆類（皆1）擬音爲[-a]、來類（咍）擬音爲[-ɛ]、乖類（皆2）擬音爲[-uɛ]。

（六）臻攝：人類（眞、臻、欣）、倫類（諄、文）、昆類（魂）、恩類（痕）

《字彙》反切系聯在臻攝可以分爲人、倫、昆、恩四類。人類相對於中古的眞、臻、欣韻，倫類相當於中古的諄、文韻，昆類相當於中古的魂韻，恩類相當於中古的痕韻。《廣韻》眞韻擬音爲[-ien]、[-iuen]，諄韻擬音爲[-iuen]，臻韻擬音爲[-en]，文韻擬音爲[-iuən]，欣韻擬音爲[-iən]，魂韻擬音爲[-uən]，痕韻擬音爲[-ən]。在現今《漢語方音字匯》吳語區，人類標音作[-in]（例字：林、斤）、倫類標音作[-yn]（例字：君、允）、昆類標音作[-uən]（例字：困、昏、渾）、恩類標音作[-ən]（例字：本）〔註51〕。大抵此四類的差別仍在開、齊、合、撮的分別，蔣冰冰《吳語宣州片方言音韻研究》仍據此四分，少部分地區[-n]、[-ŋ]不分，及有舌根韻尾丟失，而保留鼻音特性於韻母之情形。〔註52〕參考上述資料，初步將人類（眞、臻、欣）擬音爲[-in]、倫類（諄、文）擬音爲[-yn]、昆類（魂）擬音爲[-un]、恩類（痕）擬音爲[-ən]。

（七）山攝：延類（元、刪、山、先、仙）、官類（桓）、寒類（寒）

《字彙》反切系聯在山攝可以分爲延、官、寒三類。延類相對於中古的元、刪、山、先、仙韻，官類相當於中古的桓韻，寒類相當於中古的寒韻。《廣韻》元韻擬音爲[-iuɐn]、[-iɐn]，刪韻擬音爲[-an]、[-uan]，山韻擬音爲[-ɐn]、[-uɐn]，先韻擬音爲[-ien]、[-iuen]，仙韻擬音爲[-iɛn]、[-iuɛn]，桓韻擬音爲[-uɑn]，寒韻擬音爲[-ɑn]。在現今《漢語方音字匯》吳語區，延類標音大抵作[-iɪ]（例字：仙、煙），官類標音作[-uø]（例字：官、歡、完），寒類標音作[-ø]

〔註50〕據《漢語方音字匯》（北京：語文出版社，2003），頁18。

〔註51〕據《漢語方音字匯》（北京：語文出版社，2003），頁18。

〔註52〕若寧國市南極鄉、涇縣茂林鎮[-n]、[-ŋ]不分，保留鼻音韻母者如當塗縣湖陽鄉、南陵縣奚灘鄉。

（例字：半、看、安）〔註 53〕。又，現今吳語區中，山、咸兩攝字已呈現合併的情況，咸攝的雙唇鼻音尾[-m]消失，如：《廣韻》南、男等咸攝字，在現今吳語區中韻母與寒類合併，同作[-ø]〔註 54〕。山、咸攝有相混的現象，在《字彙》以直音爲系聯依據亦可看出，以下舉例說明：

嫌，胡兼切，音賢；賢，胡田切

嵰，丘檢切，音遣；遣，驅演切

㛯，又明忝切，音免；免，莫典切

蘞，良冉切，音輦；輦，力展切

看，袪幹切，音勘；勘，苦紺切

唸，都見切，音店；店，都念切

被切字嫌、嵰、㛯、蘞，反切下字「兼、檢、忝、冉」屬咸攝字，直音字「賢、遣、免、輦」爲山攝字；被切字看、唸，反切下字「幹、見」屬山攝字，直音字「勘、店」爲咸攝字，從以上例證可見山、咸兩攝相混現象。然就蔣冰冰《吳語宣州片方言音韻研究》見現今宣州片仍保有山、咸對立之語音現象，故利用直音系聯所反映的究爲實際語音嗎？此語音無法解釋何以明末已然混合之語音，何以突然又分歧？故筆者無法貿然將反切與直音同時系聯，因此容易產生無法解讀的語音現象。就《字彙》反切及四聲相承之系聯來看，並未見到山、咸兩攝相混，基於保守原則仍將山、咸兩攝獨。參酌以上資料，初步將延類（元、刪、山、先、仙）擬音作[-ian]〔註 55〕、官類（桓）擬音作[-uan]、寒類（寒）擬音作[-an]。

（八）效攝：交類（肴、豪）、招類（蕭、宵）

《字彙》反切系聯在效攝可以分爲交、招兩類。交類相對於中古的肴、豪韻，招類相當於中古的蕭、宵韻。《廣韻》肴韻擬音爲[-ɔu]，豪韻擬音爲[-ɑu]，蕭韻擬音爲[-ieu]，宵韻擬音爲[-iɛu]。《字彙》交、招兩類主要差異在

〔註 53〕據《漢語方音字匯》，頁 18。

〔註 54〕見《漢語方音字匯》，頁 231。

〔註 55〕蔣冰冰《吳語宣州片方言音韻研究》中，大部分山攝開口細音延類，已與開口洪音寒類合併，但若寧國市莊村鄉、黃山區廣陽鄉、南陵縣奚灘鄉、涇縣茂林鎮、石臺縣七都鎮等地，則仍保存有洪細之分。

洪細的分別，在現今《漢語方音字匯》吳語區亦分爲兩類，分標音爲[-æ]（如：保、草、照）、[-iæ]（如：條、小、要）〔註 56〕，大抵交類標音爲[-æ]，招類標音爲[-iæ]，部分字例有相混的情況，如：《字彙》：「敲，丘交切；交，居肴切。」兩字現今吳語區文讀仍保留細音，擬音爲[tɕˊiæ]；白讀爲洪音，擬音爲[kˊæ]〔註 57〕。蔣冰冰《吳語宣州片方言音韻研究》亦分兩類，擬音分作[-ɔ]、[-iɔ]，由[-æ]到[-ɔ]，顯見韻母由舌面前趨近舌面後，其開口亦由展唇轉爲圓唇。參考以上資料，初步仍將交類（肴、豪）擬音爲[-æ]、招類（蕭、宵）擬音爲[-iæ]。

（九）果攝：何類（歌、戈 1）

《字彙》反切系聯在果攝可以系聯爲何類一類。何類相對於中古的歌、戈韻。《廣韻》歌韻擬音爲[-ɑ]，戈 1 韻擬音爲[-uɑ]。兩者差別在於開合口，在現今《漢語方音字匯》吳語區果攝何類字已可系聯爲一類，除與唇音結合的「婆、波」等字，讀作[-u]外〔註 58〕，餘標音皆作[-əu]。蔣冰冰《吳語宣州片方言音韻研究》則分兩類，區分開口與合口，擬爲[-əu]、[-o]，兩者偶有互涉。然據《字彙》反切之系聯結果，未見有分爲兩類的情形，是何時產生語音分化，或可再推敲。是以筆者將何類（歌、戈 1）擬音爲[-əu]。

（十）假攝：瓜類（佳 2、麻 2）**、遮類**（麻 3、戈 3）**、加類**（佳 1、麻 1）

《字彙》反切系聯在假攝可以分爲瓜、遮、加三類。瓜類相對於中古的佳 2、麻 2 韻，遮類相當於中古的麻 3、戈 3 韻，加類相當於中古的佳 1、麻 1 韻。《廣韻》佳韻擬音爲[-æi]、[-uæi]，麻韻擬音爲[-a]、[-ia]、[-ua]，戈 3 韻擬音爲[-iuɑ]。瓜類擬音[-uæi]、[-ua]；遮類擬音[-ia]、[-iuɑ]，加類擬音[-æi]、[-a]，三類大體差異在，瓜類有[-u]介音，遮類有[-i]介音，加類爲開口洪音性質。在現今《漢語方音字匯》吳語區，瓜類標音有作[-ua]、[-o]，遮類標音作[-o]、[-iɒ]，加類標音作[-iɒ]，亦有部份與蟹攝相混，顯示這假、蟹攝在現今吳語區有部份音讀趨於相混的情形。然在《字彙》中這三類仍有分別，且蔣冰冰《吳語宣州片方言音韻研究》大多仍維持三分的情形，擬音分作[-ua]、[-ia]、[-a]。參考以

〔註 56〕據《漢語方音字匯》（北京：語文出版社，2003），頁 18。

〔註 57〕據《漢語方音字匯》（北京：語文出版社，2003），頁 196、199。

〔註 58〕據《漢語方音字匯》（北京：語文出版社，2003），頁 28、30。

上資料，初步將瓜類（佳 2、麻 2）擬音為[-ua]、遮類（麻 3、戈 3）擬音為[-ia]、加類（佳 1、麻 1）擬音為[-a]。

（十一）梗、曾攝：庚類（庚 1、庚 2、耕、登）、丁類（庚 3、庚 4、清、青 1、蒸）

《字彙》反切系聯在梗、曾攝可以分為庚、丁兩類。庚類相當於中古的庚 1、庚 2、耕、登韻，丁類相當於中古的庚 3、庚 4、清、青 1、蒸韻。《廣韻》庚 1、庚 2 韻擬音為[-aŋ]、[-uaŋ]，耕韻擬音為[-æŋ]、[-uæŋ]，登韻擬音為[-əŋ]、[-uəŋ]，庚 3、庚 4 韻擬音為[-iaŋ]、[-iuaŋ]，清韻擬音為[-iɛŋ]、[-iuɛŋ]，青 1 韻擬音為[-ieŋ]，蒸韻擬音為[-iəŋ]。在現今《漢語方音字匯》吳語區，梗、曾攝[-ŋ]尾與臻、山攝[-n]尾相混，蔣冰冰《吳語宣州片方言音韻研究》中亦呈現此情形，庚類標音作[-ən]（如：崩、朋、登）〔註 59〕，丁類標音作[-in]（如：兵、命）〔註 60〕，為使與[-n]類有別，此類仍保留舌根鼻音韻尾[-ŋ]。庚、丁類大體在洪細音上有所差別，是以初步將庚類（庚 1、庚 2、耕、登）、丁類（庚 3、庚 4、清、青 1、蒸）擬音分作[-əŋ]、[-iəŋ]。

（十二）流攝：尤類（尤、幽）、侯類（侯）

《字彙》反切系聯在流攝可以分為尤、侯兩類。尤類相對於中古的尤、幽韻，侯類相當於中古的侯韻。《廣韻》尤韻擬音為[-iou]，侯韻擬音為[-ou]，幽韻擬音為[-iəu]。現今《漢語方音字匯》蘇州話，兩類標音分為尤類擬音作[-iɤ]（例字：丘、舊）、侯類標音作[-ɤ]（例字：走、歐）〔註 61〕，溫州話則作[-iau]（例字：扭、久）、[-au]（例字：斗、口）〔註 62〕。蔣冰冰《吳語宣州片方言音韻研究》則擬音作[-əu]、[-iu]兩類，差別在洪細音。參考以上資料初步將尤類（尤、幽）擬音為[-iu]、侯類（侯）擬音為[-əu]。

（十三）深攝：林類（侵）

《字彙》反切系聯在深攝可以系聯為林類一類。林類相對於中古的侵韻。

〔註 59〕據《漢語方音字匯》（北京：語文出版社，2003），頁 332、336。

〔註 60〕據《漢語方音字匯》（北京：語文出版社，2003），頁 18。

〔註 61〕據《漢語方音字匯》（北京：語文出版社，2003），頁 18。

〔註 62〕據《漢語方音字匯》（北京：語文出版社，2003），頁 20。

《廣韻》侵韻擬音爲[-iəm]。現今《漢語方音字匯》吳語區，雙唇鼻音韻尾[-m]已丟失，併爲[-n]韻。有關[-m]尾的消失，首見於明代李登《書文音義便考私覽》（西元 1586 年）〔註 63〕，然而在《洪武正韻》中仍保留有深攝的「侵、寑、沁」韻，與臻攝收[-n]尾的韻類有別，《字彙》中亦見深攝與臻攝相混，舉例：

襟，又居銀切，音金；金，居吟切

訠，式忍切，音審；審，式枕切

心，悉今切，音辛；辛，斯鄰切

埐，才心切，音秦；秦，慈鄰切

蹛，於林切，音因；因，伊眞切

被切字襟、訠，反切下字爲「銀、忍」屬臻攝字，直音「金、審」兩字屬深攝字；被切字心、埐、蹛，反切下字爲「今、心、林」屬深攝字，直音「辛、秦、因」屬臻攝字，然這乃就直音字部分來看，其反映的與現今吳語區呈現臻、深兩攝同擬爲[-n]尾的立場是一致的。

然就《字彙》反切與四聲相承關係來看，並未見到深、臻兩攝相混的情況，是以筆者仍就保守立場，仍將深攝林類獨立。從上來看，確實可以說明《字彙》直音字所反映的音系是比較接近現今吳語區宣州片的語音狀況；反切音系則趨保守，延續《洪武正韻》臻攝、深攝兩分的情況，是以筆者仍宗《洪武正韻》將深攝獨立，爲與臻攝有別，仍保留侵韻雙唇鼻音韻尾[-m]，初步將林類（侵）擬音爲[-iəm]。

（十四）咸攝：含類（覃、談）、廉類（鹽、嚴、添）、咸類（咸、談、凡、銜）

《字彙》反切系聯在咸攝可以系聯爲含類、廉類、咸類三類。含類相對於中古的覃、談韻，廉類相對於中古的鹽、嚴、添韻，咸類相對於中古的咸、談、凡、銜韻。《廣韻》覃韻擬音爲[-əm]，談韻擬音爲[-ɑm]，鹽韻擬音爲[-iɛm]，嚴韻擬音爲[-iɐm]，添韻擬音爲[-iem]，咸韻擬音爲[-ɐm]，凡韻擬音爲[-iuɐm]，銜韻擬音爲[-am]。這些韻類在《廣韻》時期仍保有[-m]尾，現今《漢語方音

〔註 63〕見鄭再發〈漢語音韻史的分期問題〉，《中央研究院歷史語言研究所集刊》（第 36 本，1966，頁 643）。

字匯》吳語區，雙唇鼻音韻尾[-m]已丟失，與山攝合併，蔣冰冰《吳語宣州片方言音韻研究》則仍保留少部分[-m]尾字。如前所述，含類標音為[-ø]，兼、咸類標音皆為[-iɪ]。然在《洪武正韻》山、咸攝仍分立，《字彙》反切系聯亦未見山、咸合併的情況，是以仍將咸攝獨立，保留[-m]尾。含類、咸類皆為開口洪音，差別在主要元音的不同，廉類則為細音，是以參考以上資料，初步將含類（覃、談）擬音為[-am]、廉類（鹽、嚴、添）擬音為[-iam]、咸類（咸、談、凡、銜）擬音為[-ɐm]。

以下即是《字彙》反切系聯 34 韻類（舉平賅上去）的構擬：

紅類（東 1、冬）[-oŋ]、中類（東 2、鍾）[-yŋ]

良類（江、陽）[-iaŋ]、郎類（唐 1）[-aŋ]、光類（唐 2）[-uaŋ]

溪類（支、脂、之、齊、微）[-i]，私類（脂 1）[-ɿ]，回類（支 2、脂 2、微 2、灰）[-uei]

於類（魚、虞）[-y]，胡類（模）[-u]

皆類（皆 1）[-a]、來類（咍）[-ɛ]、乖類（皆 2）[-uɛ]

人類（眞、臻、欣）[-in]、（諄、文）[-yn]、昆類（魂）[-un]、恩類（痕）[-ən]

延類（元、刪、山、先、仙）[-ian]、官類（桓）[-uan]、寒類（寒）[-an]

交類（肴、豪）[-æ]、招類（蕭、宵）[-iæ]

何類（歌、戈 1）[-əu]

瓜類（佳 2、麻 2）[-ua]、遮類（麻 3、戈 3）[-ia]、加類（佳 1、麻 1）[-a]

庚類（庚 1、庚 2、耕、登）[-əŋ]、丁類（庚 3、庚 4、清、青 1、蒸）[-iəŋ]

尤類（尤、幽）[-iu]、侯類（侯）[-əu]

林類（侵）[-iəm]

含類（覃、談）[-am]、廉類（鹽、嚴、添）[-iam]、咸類（咸、談、凡、銜）[-ɐm]

本章就《字彙》反切上下字系聯結果，暫定《字彙》反切聲類為三十聲類，韻類平聲韻三十四類，上聲韻三十二類，去聲韻三十四類，入聲十五類，共計一百一十五類，參就《廣韻》、《漢語方音字匯》吳語區、蔣冰冰《吳語宣州片方言音韻研究》所列資料，並加以擬音。上聲與平聲對應，少了中類、乖類上聲，此在《廣韻》中亦呈現此一現象。

第四章　音節表

凡例說明

1、本音節表本國家圖書館館藏明萬曆 43 年《字彙》原刊本中，約 27232 多個反切字例爲編錄對象。

2、國家圖書館館藏明萬曆 43 年《字彙》原刊本反切偶存訛誤，是以筆者往前參照《類篇》、《四聲篇海》等字書之切語，加以審訂，確立反切。

3、音節表依 16 韻攝：通、江、止、遇、蟹、臻、山、效、果、假、宕、梗、曾、流、深、咸順序排列，各攝韻次先開後合。陰、陽聲韻分列平、上、去三聲，入聲韻獨立。

4、本音節表聲類依據陳澧「反切系聯條例」及四聲相承方式系聯，共得三十聲類，聲類名稱則取各類中切字最多之反切上字，後於括號中註明《廣韻》41 聲類名稱，便於對照。

5、本音節表韻類依陳澧「反切系聯條例」及四聲相承方式系聯，共得平聲三十四韻類，上聲三十二韻類（中類、乖類無相承上聲），去聲三十四韻類，入聲十五韻類，名稱則取各類中切字最多之反切下字，後於括號中註明《廣韻》韻目名稱，便於對照。

6、音節表以橫聲縱韻方式排列，表中注音方式，一律以反切形式呈現。如遇同音字則括號附註，所舉字例以常用字例爲原則。

一、通　攝

（一）紅類（合洪）

韻類／聲類	紅（東1、冬）	孔（董、腫）	貢（送1、宋）	六（屋、沃、燭）
補類（幫）				
普類（滂）				
蒲類（並）				
莫類（明）	蒙，莫紅切	蠓，母總切	夢，蒙弄切	
芳類（非、敷）			鳳，馮貢切	福，方六切
符類（奉）				
無類（微）				
都類（端）	東，德紅切（冬）	董，多動切	涷，多貢切	篤，都毒切
他類（透）	通，他紅切	統，他總切	痛，他貢切	
徒類（定）	同，徒紅切	動，徒總切	洞，徒弄切	毒，杜谷切
奴類（泥、娘）				
子類（精）	宗，祖冬切	總，作孔切		
七類（清）	蔥，倉紅切			
才類（從）	琮，徂紅切（叢）			族，昨木切
蘇類（心、疏、審）		竦，息勇切（悚）	送，蘇弄切（宋）	宿，蘇玉切、叔，式竹切
徐類（邪）				
之類（照、知、莊）		冢，知隴切		竹，之六切
丑類（穿、徹、初）				豉，昌六切
直類（澄、牀）		重，直隴切		逐，直六切
時類（神、禪）				蜀，神六切
古類（見）	公，古紅切（工）	拱，居竦切	貢，古送切	谷，古祿切、鞠，居六切
苦類（溪）	空，苦紅切	孔，康董切（恐）	控，苦貢切	酷，枯沃切
渠類（群）				
五類（疑）				玉，魚欲切
於類（影）	翁，烏紅切	勇，於隴切	瓮，烏貢切	沃，烏谷切
魚類（疑、喻、爲）				
呼類（曉）			烘，呼貢切	
胡類（匣）	紅，胡公切			鵠，胡谷切
力類（來）	籠，盧紅切	隴，力董切	弄，盧貢切	六，盧谷切
而類（日）				肉，而六切、辱，而蜀切

（二）中類（合細）

韻類 聲類	中 （東2、鍾）		用 （用、送2）
補類（幫）			
普類（滂）			
蒲類（並）	蓬，蒲逢切		
莫類（明）			
芳類（非、敷）	風，方中切		
符類（奉）	逢，符中切		
無類（微）			
都類（端）			
他類（透）			
徒類（定）			
奴類（泥、娘）			
子類（精）			
七類（清）			
才類（從）			
蘇類（心、疏、審）			
徐類（邪）			頌，似用切
之類（照、知、莊）	中，陟隆切（終）		眾，之仲切
丑類（穿、徹、初）	充，昌中切		
直類（澄、牀）	從，牆容切		仲，直眾切
時類（神、禪）	崇，神融切		
古類（見）	宮，居中切（弓）		
苦類（溪）			
渠類（群）	窮，渠宮切		
五類（疑）			
於類（影）	邕，於容切		雍，於用切
魚類（疑、喻、爲）	容，以中切（庸）		用，余頌切
呼類（曉）	凶，許容切		
胡類（匣）			
力類（來）	隆，良中切、龍，盧容切		
而類（日）	戎，而中切		

二、江、宕攝

（一）良類（開細）

韻類／聲類	良（江、陽）	兩（養）	亮（漾）	灼（藥、覺）
補類（幫）				
普類（滂）				
蒲類（並）				
莫類（明）				
芳類（非、敷）	方，敷房切	紡，妃兩切		
符類（奉）	房，符方切			縛，符約切
無類（微）				
都類（端）				
他類（透）				
徒類（定）				
奴類（泥、娘）				
子類（精）	將，資良切	奬，子兩切	將，子亮切	雀，即約切
七類（清）	蹡，千羊切		蹡，七亮切	却，乞約切
才類（從）				
蘇類（心、疏、審）	相，息良切		相，息亮切	削，息約切
徐類（邪）		像，似兩切		
之類（照、知、莊）	章，止良切（張）	掌，止兩切	障，知亮切	灼，職略切
丑類（穿、徹、初）	倀，齒良切	敞，昌兩切		綽，尺約切
直類（澄、牀）	長，仲良切	丈，呈兩切	仗，直亮切	卓，竹角切
時類（神、禪）	傷，尸羊切	賞，書兩切	尙，時亮切	杓，裳若切
古類（見）	江，居良切（薑）			覺，吉岳切
苦類（溪）	腔，驅羊切			卻，乞約切
渠類（群）	強，渠良切	強，巨兩切	強，其亮切	噱，極虐切
五類（疑）				虐，魚約切
於類（影）	央，於良切			渥，乙角切
魚類（疑、喻、爲）	羊，移章切（陽） 王，于方切	養，以兩切	樣，餘亮切	藥，弋灼切
呼類（曉）	香，虛良切	享，許兩切	向，許亮切	謔，迄卻切
胡類（匣）	降，胡江切			學，轄覺切
力類（來）	良，龍張切	兩，良奬切	亮，力仗切	略，力灼切
而類（日）	勷，如羊切			若，如杓切

（二）郎類（開洪）

韻類 聲類	郎 （唐1）	黨 （蕩1）	浪 （宕1）
補類（幫）			
普類（滂）			
蒲類（並）		棒，步項切	棒，蒲浪切
莫類（明）	厖，謨郎切	莽，母黨切	漭，莫浪切
芳類（非、敷）			
符類（奉）			
無類（微）			
都類（端）	當，都郎切	黨，多曩切	儻，丁浪切
他類（透）	湯，他郎切	傷，他朗切	
徒類（定）	堂，徒郎切		宕，徒浪切
奴類（泥、娘）	囊，奴當切	曩，乃黨切	
子類（精）			
七類（清）	倉，千剛切	蒼，栥莽切	
才類（從）	臧，慈郎切		
蘇類（心、疏、審）			
徐類（邪）			
之類（照、知、莊）			
丑類（穿、徹、初）			
直類（澄、牀）			
時類（神、禪）			
古類（見）	剛，居郎切（岡）		
苦類（溪）	康，丘剛切		康，口浪切
渠類（群）			
五類（疑）	卬，五剛切	駠，語黨切	
於類（影）			盎，於浪切
魚類（疑、喻、爲）			
呼類（曉）			
胡類（匣）	頏，胡剛切	頏，下朗切	頏，下浪切
力類（來）	郎，魯堂切（廊）	朗，里黨切	浪，郎宕切
而類（日）			

（三）光類（合洪）

韻類 聲類	光 （唐2）	廣 （蕩2）	曠 （宕2）	各 （鐸1、鐸2）
補類（幫）	邦，搏旁切		謗，補曠切	博，伯各切
普類（滂）				朴，匹各切
蒲類（並）	旁，蒲光切		旁，蒲浪切	
莫類（明）				莫，末各切
芳類（非、敷）				
符類（奉）				
無類（微）				
都類（端）				
他類（透）				託，他各切
徒類（定）				鐸，達各切
奴類（泥、娘）				諾，奴各切
子類（精）				作，即各切
七類（清）				錯，七各切
才類（從）				昨，疾各切
蘇類（心、疏、審）				索，昔各切
徐類（邪）				
之類（照、知、莊）				責，側格切
丑類（穿、徹、初）				
直類（澄、牀）				
時類（神、禪）				
古類（見）	光，姑黃切	廣，古晃切		各，葛鶴切、郭，古博切
苦類（溪）		懭，苦廣切	曠，苦謗切	刻，乞格切
渠類（群）				
五類（疑）				
於類（影）	汪，烏光切			惡，遏各切
魚類（疑、喻、爲）				
呼類（曉）	荒，呼光切			霍，忽郭切
胡類（匣）	黃，胡光切	晃，戶廣切		穫，胡郭切
力類（來）				洛，歷各切
而類（日）				

三、止　攝

（一）溪類（開細）

韻類／聲類	溪（支、脂、之、齊、微1）	里（尾1、止、薺）	計（霽1、祭1、寘1、至1）
補類（幫）	篦，邊迷切		蔽，必弊切
普類（滂）	披，篇夷切	歧，普弭切	
蒲類（並）	皮，蒲縻切		弊，皮意切（避）
莫類（明）	彌，綿兮切	弭，莫禮切（米）	袂，彌計切
芳類（非、敷）			
符類（奉）			
無類（微）			
都類（端）	低，都黎切	坻，典禮切	帝，丁計切
他類（透）			
徒類（定）	題，杜兮切		
奴類（泥、娘）	泥，年題切	伱，乃里切	膩，乃計切
子類（精）		濟，子禮切	霽，子計切（祭）
七類（清）			砌，七計切
才類（從）	齊，前西切	薺，在禮切	薺，才詣切
蘇類（心、疏、審）	西，先齊切		細，思計切
徐類（邪）		似，詳里切	
之類（照、知、莊）		紙，陟里切	瘛，知意切
丑類（穿、徹、初）		侈，尺里切	
直類（澄、牀）			
時類（神、禪）			
古類（見）	雞，堅溪切	己，居里切	計，吉詣切
苦類（溪）	溪，牽奚切	綺，區里切	企，去冀切
渠類（群）	其，渠宜切	妓，巨起切	
五類（疑）			
於類（影）	依，於宜切		意，於戲切
魚類（疑、喻、爲）	宜，魚羈切	以，羊里切	祂，以智切
呼類（曉）	希，虛宜切	喜，許里切	喜，許意切
胡類（匣）	奚，弦雞切	奚，戶禮切	係，胡計切
力類（來）	黎，憐題切	里，良以切（禮）	例，力霽切
而類（日）			

（二）私類（開洪）

聲類＼韻類	私（脂1）	氏（紙1、止）	智（寘1、志）
補類（幫）			
普類（滂）			
蒲類（並）		陛，部比切	陛，皮意切
莫類（明）			
芳類（非、敷）			
符類（奉）			
無類（微）			
都類（端）			
他類（透）			
徒類（定）			
奴類（泥、娘）			
子類（精）	茲，津私切（咨）	子，祖此切（姊）	
七類（清）			
才類（從）			
蘇類（心、疏、審）	私，相咨切（司）		
徐類（邪）	詞，詳茲切		
之類（照、知、莊）		止，諸矢切	智，知意切
丑類（穿、徹、初）			
直類（澄、牀）			
時類（神、禪）		氏，上旨切	誓，時智切
古類（見）			
苦類（溪）			
渠類（群）			
五類（疑）			
於類（影）			
魚類（疑、喻、爲）			
呼類（曉）			
胡類（匣）			
力類（來）			
而類（日）		爾，如此切	二，而至切

（三）回類（合細）

聲類＼韻類	回（支2、脂2、微2、灰）	委（紙、旨、尾2、賄）	對（至2、未2、霽2、隊、祭2、廢）
補類（幫）	悲，布眉切 杯，補回切	比，補委切	祕，兵媚切
普類（滂）	啡，鋪杯切	啡，普罪切	啡，滂佩切
蒲類（並）			佩，步昧切
莫類（明）	眉，謨杯切（枚）	美，莫委切	媚，莫佩切
芳類（非、敷）		匪，甫委切	
符類（奉）			
無類（微）			
都類（端）	堆，都回切		對，都內切
他類（透）			
徒類（定）	頹，徒回切		兌，杜對切
奴類（泥、娘）			內，奴對切
子類（精）	觜，遵為切	朘，即委切	醉，將遂切
七類（清）	催，倉回切		
才類（從）		罪，徂偉切	
蘇類（心、疏、審）	綏，蘇回切	水，式軌切	
徐類（邪）	隨，旬威切		遂，徐醉切
之類（照、知、莊）			
丑類（穿、徹、初）			
直類（澄、牀）			
時類（神、禪）			瑞，殊僞切（睡）
古類（見）	規，居為切	軌，古委切	貴，居胃切（桂）
苦類（溪）	恢，枯回切		
渠類（群）	逵，渠為切	跪，渠委切	
五類（疑）	峗，吾回切	峗，五委切	
於類（影）	威，烏魁切	委，烏賄切（偉）	穢，烏胃切
魚類（疑、喻、為）	為，于規切		胃，于貴切（僞）
呼類（曉）	暉，呼回切	賄，呼委切（毀）	
胡類（匣）	回，胡為切（迴）		會，胡對切
力類（來）	雷，盧回切	累，魯葦切（壘）	類，力遂切
而類（日）		蘂，如累切	

四、遇　攝

（一）於類（合細）

聲類＼韻類	於（魚、虞）	呂（語、麌）	遇（御、遇）
補類（幫）			
普類（滂）			
蒲類（並）			
莫類（明）			
芳類（非、敷）			
符類（奉）			
無類（微）			
都類（端）			
他類（透）			
徒類（定）			
奴類（泥、娘）			
子類（精）	菹，子余切		
七類（清）			
才類（從）			
蘇類（心、疏、審）	輸，商居切		恕，商豫切（庶）
徐類（邪）			
之類（照、知、莊）	諸，專於切	煮，專庾切	注，陟慮切
丑類（穿、徹、初）	樞，抽居切		出，尺律切
直類（澄、牀）			
時類（神、禪）			署，殊遇切（述）
古類（見）	俱，斤於切（居）	舉，居許切	據，居御切（句）
苦類（溪）			去，丘遇切
渠類（群）			
五類（疑）	魚，牛居切（愚）	語，偶許切（女）	御，魚據切
於類（影）	於，衣虛切		
魚類（疑、喻、爲）	余，雲俱切（于）	與，弋渚切	聿，以律切
呼類（曉）	虛，休居切	許，虛呂切	
胡類（匣）			
力類（來）	閭，淩如切	呂，兩舉切	慮，良據切
而類（日）	如，人余切	乳，忍與切	孺，而遇切

（二）胡類（合洪）

聲類 \ 韻類	胡（模）	古（姥）	故（暮）
補類（幫）	逋，奔模切	補，博古切	布，博故切
普類（滂）	鋪，滂模切		
蒲類（並）	匍，蒲胡切	父，扶古切	步，薄故切
莫類（明）	模，莫胡切	姆，莫補切	暮，莫故切
芳類（非、敷）			富，芳故切（付）
符類（奉）			
無類（微）		武，罔古切	
都類（端）		土，他魯切	吐，土故切
他類（透）			
徒類（定）			
奴類（泥、娘）			
子類（精）		祖，總五切	
七類（清）			
才類（從）			
蘇類（心、疏、審）			素，蘇故切
徐類（邪）			
之類（照、知、莊）			
丑類（穿、徹、初）			
直類（澄、牀）			助，牀祚切
時類（神、禪）			
古類（見）	孤，攻乎切	古，公土切	故，古慕切
苦類（溪）	枯，空胡切	苦，孔五切	
渠類（群）			
五類（疑）	吳，訛胡切		誤，五故切
於類（影）	烏，汪胡切	五，阮古切	
魚類（疑、喻、爲）			
呼類（曉）	呼，荒胡切		
胡類（匣）	胡，洪孤切（乎）	戶，侯古切	護，胡故切
力類（來）		魯，郎古切	路，魯故切
而類（日）			

五、蟹　攝

（一）皆類（開洪）

聲類＼韻類	皆 （皆 1）	買 （蟹 1、駭）	拜 （泰 2、夬 1、怪 1）
補類（幫）		擺，補買切	拜，布怪切
普類（滂）			
蒲類（並）	排，步皆切	罷，部買切	敗，薄邁切
莫類（明）	埋，莫皆切	買，莫蟹切	賣，莫懈切
芳類（非、敷）			
符類（奉）			
無類（微）			
都類（端）			
他類（透）			
徒類（定）			
奴類（泥、娘）			
子類（精）			
七類（清）			
才類（從）			
蘇類（心、疏、審）			
徐類（邪）			
之類（照、知、莊）	齋，莊皆切		債，側賣切
丑類（穿、徹、初）	差，初皆切		
直類（澄、牀）	柴，直皆切		寨，助邁切
時類（神、禪）			
古類（見）	皆，古諧切	解，佳買切	戒，居拜切
苦類（溪）		楷，口駭切	
渠類（群）			
五類（疑）	崖，宜皆切	矮，語駭切	
於類（影）			隘，烏懈切
魚類（疑、喻、爲）			
呼類（曉）			懈，許介切
胡類（匣）	諧，雄皆切	駭，下楷切	解，下戒切
力類（來）			
而類（日）			

（二）來類（開洪）

聲類＼韻類	來 （咍）	海 （海）	蓋 （泰1、代）
補類（幫）			
普類（滂）			
蒲類（並）			
莫類（明）			
芳類（非、敷）			
符類（奉）			
無類（微）			
都類（端）			帶，當蓋切
他類（透）	胎，湯來切		泰，他蓋切
徒類（定）	台，堂來切		代，度耐切
奴類（泥、娘）	能，囊來切	乃，，曩改切	奈，尼帶切
子類（精）	哉，將來切	宰，子改切	再，作代切
七類（清）	猜，倉來切	採，此宰切	菜，倉代切
才類（從）	裁，牆來切		在，昨代切
蘇類（心、疏、審）			
徐類（邪）			
之類（照、知、莊）			
丑類（穿、徹、初）			
直類（澄、牀）			
時類（神、禪）			
古類（見）	該，柯開切	改，居愷切	蓋，居大切
苦類（溪）	開，丘哀切	愷，可改切	慨，丘蓋切
渠類（群）			
五類（疑）	皚，魚開切		艾，牛蓋切
於類（影）	哀，於開切		愛，於蓋切
魚類（疑、喻、爲）			
呼類（曉）	咍，呼來切	海，呼改切	
胡類（匣）	孩，何開切		害，下蓋切
力類（來）	來，郎才切		賴，落蓋切
而類（日）			

（三）乖類（合洪）

韻類 / 聲類	乖（皆2）		外（怪2、夬2）
補類（幫）			
普類（滂）			
蒲類（並）			
莫類（明）			
芳類（非、敷）			
符類（奉）			
無類（微）			
都類（端）			
他類（透）			
徒類（定）			
奴類（泥、娘）			
子類（精）			
七類（清）			
才類（從）			
蘇類（心、疏、審）			
徐類（邪）			
之類（照、知、莊）			
丑類（穿、徹、初）			
直類（澄、牀）			
時類（神、禪）			
古類（見）	乖，公懷切		怪，古壞切
苦類（溪）			快，苦夬切
渠類（群）			
五類（疑）			外，五塊切
於類（影）			
魚類（疑、喻、爲）			
呼類（曉）			
胡類（匣）	懷，乎乖切		壞，華賣切
力類（來）			
而類（日）			

六、臻　攝

（一）人類（開細）

聲類＼韻類	人（真、臻、欣）	忍（軫、隱）	刃（焮、震、稕）	質（質、迄、櫛）
補類（幫）	賓，卑民切（彬）		賓，必愼切	筆，壁吉切
普類（滂）		品，丕敏切		匹，僻吉切
蒲類（並）				弼，薄密切
莫類（明）	民，彌鄰切			密，覓筆切
芳類（非、敷）				
符類（奉）				
無類（微）				
都類（端）				
他類（透）				
徒類（定）				
奴類（泥、娘）				
子類（精）	臻，責辛切（蓁）		晉，即愼切（進）	
七類（清）	親，七人切			
才類（從）		盡，慈忍切		
蘇類（心、疏、審）	辛，斯鄰切			悉，息七切、瑟，色櫛切
徐類（邪）				
之類（照、知、莊）	眞，之人切（珍）	軫，止忍切	震，之愼切（振）	質，職日切
丑類（穿、徹、初）	瞋，稱人切			
直類（澄、牀）				
時類（神、禪）	神，丞眞切		愼，時震切	
古類（見）	巾，居銀切（斤）	謹，居忍切		吉，激質切
苦類（溪）				乞，欺吉切
渠類（群）	勤，渠斤切	近，巨謹切		
五類（疑）				
於類（影）	因，伊眞切	隱，於謹切	隱，伊愼切	乙，益悉切
魚類（疑、喻、爲）	銀，魚巾切	尹，以忍切（引）	孕，羊進切	逸，弋質切
呼類（曉）	欣，許斤切		焮，許愼切	
胡類（匣）				
力類（來）	鄰，離珍切	璘，良忍切	吝，良愼切	栗，力質切
而類（日）	人，而鄰切（仁）	忍，爾軫切	刃，而震切	日，人質切

（二）倫類（合細）

聲類＼韻類	倫（諄、文）	允（準、吻）	運（問）	勿（術、物）
補類（幫）				
普類（滂）				
蒲類（並）				
莫類（明）		敏，美允切		
芳類（非、敷）	分，敷文切	粉，府刎切	僨，方問切	拂，敷勿切
符類（奉）	豶，符分切	㹠，房吻切		佛，符勿切
無類（微）	文，無分切（紋）	武，武粉切	問，文運切	勿，文拂切
都類（端）				
他類（透）				
徒類（定）				
奴類（泥、娘）				
子類（精）				
七類（清）				
才類（從）				
蘇類（心、疏、審）	笋，須倫切	笋，松允切		恤，雪律切
徐類（邪）				
之類（照、知、莊）	迍，朱倫切	準，知允切	盹，之閏切	
丑類（穿、徹、初）	春，樞倫切	蠢，尺允切	疢，丑慎切	出，尺律切
直類（澄、牀）				术，直律切
時類（神、禪）	脣，殊倫切	攟，舉窘切		述，食律切
古類（見）	均，規倫切（鈞）		郡，具運切	居，曲勿切
苦類（溪）				屈，曲聿切
渠類（群）	群，渠云切	窘，巨允切		
五類（疑）				
於類（影）		蘊，委窘切	愠，於問切	
魚類（疑、喻、爲）	云，于分切（雲）	允，羽敏切（隕）	運，禹愠切	聿，以律切
呼類（曉）				歘，許勿切
胡類（匣）				
力類（來）	倫，龍春切（綸）		論，盧困切	律，劣戌切
而類（日）		盾，乳允切		

（三）昆類（合洪）

聲類＼韻類	昆（魂）	本（混）	困（慁）	骨（沒）
補類（幫）	奔，補昆切	本，布袞切		不，逋沒切
普類（滂）				
蒲類（並）	盆，蒲奔切	奙，部本切	坌，步悶切	勃，蒲沒切
莫類（明）	門，謨奔切	懣，莫本切	懣，莫困切	沒，莫勃切
芳類（非、敷）				
符類（奉）				
無類（微）				
都類（端）	敦，都昆切		頓，都困切	咄，當沒切
他類（透）				突，吐訥切
徒類（定）	屯，徒孫切	遯，徒本切	鈍，徒困切	
奴類（泥、娘）				訥，奴骨切
子類（精）	尊,租昆切(遵)			卒，臧沒切
七類（清）	村，倉尊切	忖，趨本切	寸，村困切	
才類（從）	存，徂尊切			
蘇類（心、疏、審）	孫，蘇昆切	損，蘇本切	巽，蘇困切	
徐類（邪）				
之類（照、知、莊）				
丑類（穿、徹、初）				
直類（澄、牀）				
時類（神、禪）				
古類（見）	昆，公魂切	袞,古本切(滾)		骨，古忽切
苦類（溪）	坤，枯坤切	悃，苦本切	困，苦悶切	窟，苦骨切
渠類（群）				
五類（疑）				兀，五忽切
於類（影）	溫，烏昆切	穩，烏本切		
魚類（疑、喻、爲）				
呼類（曉）	昏，呼昆切		惛，呼困切	忽，呼骨切
胡類（匣）	魂,胡昆切(渾)	混，胡本切	慁，胡困切	紇，下沒切
力類（來）	論，盧昆切		論，盧困切	
而類（日）				

（四）恩類（開洪）

聲類＼韻類	恩 （痕）	很 （很）	恨 （恨）
補類（幫）			
普類（滂）			
蒲類（並）			
莫類（明）			
芳類（非、敷）			
符類（奉）			
無類（微）			
都類（端）			
他類（透）			
徒類（定）			
奴類（泥、娘）			
子類（精）			
七類（清）			
才類（從）			
蘇類（心、疏、審）			
徐類（邪）			
之類（照、知、莊）			
丑類（穿、徹、初）			
直類（澄、牀）			
時類（神、禪）			
古類（見）	根，古痕切		艮，古恨切
苦類（溪）		懇，口很切	
渠類（群）			
五類（疑）	垠，五根切		
於類（影）	恩，烏痕切		
魚類（疑、喻、爲）			
呼類（曉）			
胡類（匣）	痕，胡恩切	很，下懇切（狠）	恨，下艮切
力類（來）			
而類（日）			

七、山　攝

（一）延類（開細）

聲類＼韻類	延（元、先、仙、刪、山）	典（阮、銑、旱、產、獮、潸1）	甸（願、襇1、霰、翰、諫、線）	結（月、屑、薛、黠、鎋）
補類（幫）			變，皁見切	八，布八切
普類（滂）				
蒲類（並）				拔，蒲八切
莫類（明）	眠，莫堅切	免，莫典切		滅，彌列切
芳類（非、敷）			梵，符諫切	發，方伐切
符類（奉）				伐，房滑切
無類（微）			萬，無販切	
都類（端）	天，他前切		睓，他甸切	
他類（透）				
徒類（定）	田，亭年切	殄，徒典切	甸，蕩練切	達，堂滑切
奴類（泥、娘）				
子類（精）				節，子結切
七類（清）	千，倉先切			
才類（從）	全，才緣切	踐，慈演切	賤，在線切	
蘇類（心、疏、審）	宣，息緣切	選，須演切		屑，先結切
徐類（邪）				
之類（照、知、莊）	專，諸延切	展，之輦切		折，之列切、札，側八切
丑類（穿、徹、初）	川，昌緣切	淺，七演切		
直類（澄、牀）				
時類（神、禪）	羶，尸連切	善，上演切		
古類（見）	堅，經天切（肩）	豜，吉典切	諫，居晏切（見）	結，吉屑切、戛，古黠切
苦類（溪）				
渠類（群）	乾，渠年切			竭，巨列切
五類（疑）				月，魚厥切
於類（影）	淵，烏圓切	偃，於顯切	晏，伊甸切	謁，於歇切
魚類（疑、喻、爲）	言，夷然切	兗，以轉切		悅，雨月切
呼類（曉）	軒，虛延切	顯，呼典切		歇，許竭切、瞎，許轄切
胡類（匣）	賢，胡田切		縣，形殿切	穴，胡決切、滑，戶八切
力類（來）	連，零年切	攆，力展切		列，良薛切、劣，力輟切
而類（日）	然，如延切			熱，而列切

（二）官類（合洪）

聲類＼韻類	官（桓）	管（緩）	玩（換）	活（末）
補類（幫）	般，逋潘切			
普類（滂）	潘，鋪官切		拌，普半切	
蒲類（並）	盤，蒲官切			
莫類（明）	瞞，謨官切		鏝，莫半切	
芳類（非、敷）				
符類（奉）				
無類（微）		晚，武綰切	饅，無販切	
都類（端）	端，多官切	短，都管切	段，都玩切	脫，他括切
他類（透）	湍，他官切		彖，吐玩切	
徒類（定）	團，徒官切			奪，徒活切
奴類（泥、娘）				
子類（精）	鑽，祖官切	纂，作管切		
七類（清）				撮，倉括切
才類（從）	攢，徂官切		攢，在玩切	
蘇類（心、疏、審）	酸，蘇官切		筭，蘇貫切	
徐類（邪）				
之類（照、知、莊）				
丑類（穿、徹、初）				
直類（澄、牀）				
時類（神、禪）				
古類（見）	官，沽歡切	管，古緩切	貫，古玩切	括，古活切
苦類（溪）	寬，枯官切	款，苦管切		
渠類（群）				
五類（疑）	桓，吾官切		玩，五換切	
於類（影）	剜，烏歡切			斡，烏括切
魚類（疑、喻、爲）				
呼類（曉）	歡，呼官切		喚，呼玩切	豁，呼括切
胡類（匣）			換，胡玩切	活，戶括切
力類（來）	鑾，盧官切	卵，盧管切	亂，盧玩切	捋，將活切
而類（日）				

（三）寒類（開洪）

聲類＼韻類	寒（寒）	旱（旱、緩）	幹（翰）	葛（曷、末）
補類（幫）				撥，北末切
普類（滂）				
蒲類（並）		伴，蒲滿切	伴，薄半切	
莫類（明）				末，莫葛切
芳類（非、敷）				
符類（奉）				
無類（微）				
都類（端）				
他類（透）				
徒類（定）				
奴類（泥、娘）				
子類（精）				
七類（清）				
才類（從）				
蘇類（心、疏、審）				
徐類（邪）				
之類（照、知、莊）				
丑類（穿、徹、初）				
直類（澄、牀）				
時類（神、禪）				
古類（見）	干，居寒切	稈，古旱切	幹，古汗切	葛，居曷切
苦類（溪）	看，丘寒切	侃，空旱切	看，祛幹切	渴，丘葛切
渠類（群）				
五類（疑）			岸，魚幹切	
於類（影）	安，於寒切		按，於幹切	遏，厄葛切
魚類（疑、喻、爲）				
呼類（曉）	嘆，許干切	罕，許侃切	漢，虛汗切	喝，許葛切
胡類（匣）	寒，河干切		翰，侯幹切	曷，何葛切
力類（來）				
而類（日）				

八、效 攝

（一）交類（開洪）

韻類 聲類	交 （肴、豪）	老 （巧）	到 （號、效）
補類（幫）	包，班交切	飽，博巧切	報，布耗切
普類（滂）			砲，披教切
蒲類（並）	袍，蒲交切	鞄，部巧切	抱，蒲報切
莫類（明）	茅，謨交切		芼，莫報切
芳類（非、敷）			
符類（奉）			
無類（微）			
都類（端）			到，都導切
他類（透）			
徒類（定）			道，徒到切
奴類（泥、娘）	鐃，尼交切	撓，乃巧切	鬧，女教切
子類（精）			
七類（清）			
才類（從）			
蘇類（心、疏、審）	捎，所交切	稍，山巧切	稍，所教切
徐類（邪）			
之類（照、知、莊）	嘲，陟交切	爪，側絞切	罩，側教切
丑類（穿、徹、初）	抄，楚交切		鈔，楚教切
直類（澄、牀）	嘲，鋤交切	轈，鋤絞切	巢，鉏教切
時類（神、禪）			
古類（見）	交，居肴切	絞，古巧切	教，居效切
苦類（溪）	敲，丘交切	巧，苦絞切	敲，口教切
渠類（群）			
五類（疑）			
於類（影）	軪，於交切	拗，於巧切	要，於教切
魚類（疑、喻、爲）			
呼類（曉）	哮，虛交切		孝，許教切
胡類（匣）	爻，何交切		效，胡孝切
力類（來）	牢，力嘲切	膠，力絞切	
而類（日）			

（二）招類（開細）

韻類 聲類	招 （蕭、宵）	了 （篠、小）	弔 （嘯、笑）
補類（幫）	標，卑遙切	表，彼小切	
普類（滂）	飄，批招切	縹，普沼切	勡，匹妙切
蒲類（並）			
莫類（明）	苗，眉鑣切	眇，彌沼切	妙，彌笑切
芳類（非、敷）			
符類（奉）			
無類（微）			
都類（端）			弔，多嘯切
他類（透）			
徒類（定）	迢，田聊切		調，杜弔切
奴類（泥、娘）		悄，七小切	陗，七肖切
子類（精）	焦，茲消切		
七類（清）			
才類（從）	樵，慈消切		譙，在笑切
蘇類（心、疏、審）	蕭，先彫切	篠，先了切	嘯，蘇弔切
徐類（邪）			
之類（照、知、莊）	昭，之遙切	沼，止少切	照，之笑切
丑類（穿、徹、初）			
直類（澄、牀）		趙，直沼切	趙，直笑切
時類（神、禪）	韶，時昭切		邵，實照切
古類（見）	驕，堅姚切	皎，吉了切	叫，古弔切
苦類（溪）	蹺，牽遙切		竅，苦弔切
渠類（群）	喬，祈姚切		
五類（疑）			
於類（影）	夭，伊姚切	杳，伊鳥切	要，一笑切
魚類（疑、喻、爲）	遙，餘招切		耀，弋笑切
呼類（曉）	鴞，吁驕切	曉，馨杳切	
胡類（匣）			
力類（來）	聊，連條切	了，盧皎切	料，力弔切
而類（日）	饒，如招切	擾，市沼切	蟯，人要切

九、果 攝

何類（開合洪音）

聲類＼韻類	何（歌、戈1）	果（哿、果）	臥（箇、過）
補類（幫）	波，補禾切	跛，補火切	播，補過切
普類（滂）	頗，普禾切	頗，普火切	破，普過切
蒲類（並）	婆，蒲禾切		
莫類（明）	摩，眉波切	麼，忙果切	
芳類（非、敷）			
符類（奉）			
無類（微）			
都類（端）	多，得何切	朵，都火切	
他類（透）	佗，湯何切	妥，吐火切	毻，土臥切
徒類（定）	駝，唐何切	阤，待可切	惰，杜臥切
奴類（泥、娘）	那，奴何切	那，奴可切	奈，乃个切
子類（精）			佐，子賀切
七類（清）	䂳，子戈切	左，臧可切	
才類（從）	蹉，倉何切	坐，徂果切	坐，徂臥切
蘇類（心、疏、審）	娑，桑何切	鎖，蘇果切	娑，蘇箇切
徐類（邪）			
之類（照、知、莊）			
丑類（穿、徹、初）			
直類（澄、牀）			
時類（神、禪）			
古類（見）	哥，居何切	果，古火切	箇，古課切
苦類（溪）	科，苦禾切	可，口我切	課，苦臥切
渠類（群）			
五類（疑）	俄，牛何切	厄，五果切	臥，五箇切
於類（影）	阿，於何切	婐，烏可切	
魚類（疑、喻、爲）			
呼類（曉）	訶，虎何切	火，虎果切	貨，呼臥切
胡類（匣）	何，寒哥切	夥，胡果切	賀，胡臥切
力類（來）	羅，郎何切	裸，魯果切	邏，郎佐切
而類（日）			

十、假　攝

（一）瓜類（合洪）

韻類 聲類	瓜 （佳2、麻2）	瓦 （馬2）	卦 （佳2、禡2）
補類（幫）			
普類（滂）			
蒲類（並）			
莫類（明）			
芳類（非、敷）			
符類（奉）			
無類（微）			
都類（端）			
他類（透）			
徒類（定）			
奴類（泥、娘）			
子類（精）			
七類（清）			
才類（從）			
蘇類（心、疏、審）			
徐類（邪）			
之類（照、知、莊）			
丑類（穿、徹、初）			
直類（澄、牀）			
時類（神、禪）			
古類（見）	瓜，古華切	寡，古瓦切	卦，古話切
苦類（溪）	誇，枯瓜切	夸，苦瓦切	跨，苦化切
渠類（群）			
五類（疑）		瓦，五寡切	
於類（影）			
魚類（疑、喻、爲）			
呼類（曉）	花，呼瓜切		化，呼話切
胡類（匣）	華，胡瓜切	踝，戶瓦切	話，胡對切
力類（來）			
而類（日）			

（二）遮類（開細）

聲類＼韻類	遮 （麻3、戈3）	者 （馬3）	夜 （禡3）
補類（幫）			
普類（滂）			
蒲類（並）			
莫類（明）			
芳類（非、敷）			
符類（奉）			
無類（微）			
都類（端）			
他類（透）			
徒類（定）			
奴類（泥、娘）			
子類（精）		姐，子野切	借，子夜切
七類（清）		且，七野切	
才類（從）		苴，才野切	
蘇類（心、疏、審）	些，思遮切	寫，先野切	瀉，司夜切
徐類（邪）			謝，詞夜切
之類（照、知、莊）	遮，之奢切	者，止野切	蔗，之夜切
丑類（穿、徹、初）	車，昌遮切	奲，昌者切	
直類（澄、牀）			
時類（神、禪）	蛇，石遮切		社，神夜切
古類（見）			
苦類（溪）			
渠類（群）			
五類（疑）			
於類（影）			
魚類（疑、喻、爲）	耶，于遮切		
呼類（曉）	鞾，毀遮切		
胡類（匣）			
力類（來）			
而類（日）		惹，爾者切	

（三）加類（開洪）

聲類 \ 韻類	加（佳1、麻1）	下（馬1）	駕（禡1）
補類（幫）	巴，邦加切	把，補瓦切	
普類（滂）	葩，披加切		
蒲類（並）	䶕，蒲巴切		罷，白駕切
莫類（明）	麻，謨加切	馬，莫瓦切	禡，莫霸切
芳類（非、敷）			
符類（奉）			
無類（微）			
都類（端）			
他類（透）			
徒類（定）			
奴類（泥、娘）			
子類（精）			
七類（清）			
才類（從）	槎，鉏加切	槎，茶馬切	
蘇類（心、疏、審）	沙，師加切		沙，所稼切
徐類（邪）			
之類（照、知、莊）			詐，側駕切
丑類（穿、徹、初）	叉，初加切		䟕，楚嫁切
直類（澄、牀）			乍，助駕切
時類（神、禪）			
古類（見）	嘉，居牙切	賈，舉雅切	駕，居亞切
苦類（溪）	恪，苦加切	跒，舉雅切	恪，枯架切
渠類（群）			
五類（疑）	牙，牛加切	雅，語賈切	訝，五駕切
於類（影）	鴉，於加切	啞，倚雅切	亞，衣架切
魚類（疑、喻、爲）			
呼類（曉）			
胡類（匣）	遐，何加切	下，胡雅切	暇，胡駕切
力類（來）			
而類（日）			

十一、梗、曾攝

（一）庚類（開洪）

韻類 聲類	庚 （庚1、庚2、耕、登）	猛 （梗、等）	鄧 （映1、諍1、嶝）	伯 （陌、麥、德）
補類（幫）	崩，補耕切	浜，補梗切		伯，博麥切
普類（滂）				霸，普伯切
蒲類（並）				白，簿麥切
莫類（明）		猛，母梗切	艷，母亙切	麥，莫白切
芳類（非、敷）				
符類（奉）				
無類（微）				
都類（端）	登，都騰切	等，多肯切	嶝，丁鄧切	德，多則切
他類（透）				
徒類（定）	騰，徒登切	蹬，徒等切	鄧，唐亙切	
奴類（泥、娘）	能，奴登切			
子類（精）	增，咨登切		增，子孕切	則，子德切
七類（清）				
才類（從）				
蘇類（心、疏、審）	生，師庚切		生，所敬切	
徐類（邪）				
之類（照、知、莊）	爭，甾耕切	睜，側硬切		
丑類（穿、徹、初）	牚，抽庚切		牚，丑硬切	
直類（澄、牀）	棖，除庚切			
時類（神、禪）				
古類（見）	庚，古衡切	梗，古杏切	亙，居鄧切	虢，古伯切
苦類（溪）		肯，苦等切		
渠類（群）				
五類（疑）			硬，魚更切	
於類（影）				
魚類（疑、喻、爲）				
呼類（曉）	亨，虛庚切			黑，許得切
胡類（匣）	恆，胡登切	杏，何梗切	行，胡更切	覈，胡得切
力類（來）	棱，盧登切	冷，魯梗切	稜，魯鄧切	勒，歷德切
而類（日）				

（二）丁類（開細）

聲類＼韻類	丁（庚3、庚4、清、青1、蒸）	郢（靜、迥、梗3、梗4、拯）	正（映3、勁1、徑1、證）	歷（陌3、昔、錫、職）
補類（幫）	兵，補明切	丙，補景切	并，卑病切	逼，必歷切
普類（滂）	娉，普丁切			匹，僻吉切
蒲類（並）	平，蒲明切		病，皮命切	
莫類（明）	明，眉兵切	冥，莫迥切	命，眉病切	覓，莫狄切
芳類（非、敷）				
符類（奉）				
無類（微）				
都類（端）	丁，當經切	鼎，都領切	釘，丁定切	的，丁歷切
他類（透）	聽，他經切	挺，他鼎切	聽，他定切	逖，他歷切
徒類（定）	庭，唐丁切		定，徒徑切	狄，杜歷切
奴類（泥、娘）	寧，奴經切	嬣，乃挺切	甯，乃定切	匿，女力切
子類（精）	精，子盈切	井，子郢切	精，子正切	即，節力切
七類（清）	清，七情切	請，七井切	清，七正切	戚，七迹切
才類（從）	情，慈盈切	靖，疾郢切	淨，疾正切	
蘇類（心、疏、審）	升，式呈切	省，所景切	聖，式正切	色，所力切
徐類（邪）				
之類（照、知、莊）	征，諸成切	拯，之郢切	正，之盛切	職，之石切
丑類（穿、徹、初）		逞，丑郢切	稱，丑正切	赤，昌石切
直類（澄、牀）			鄭，直正切	直，逐力切、擲，直隻切
時類（神、禪）	成，時征切		盛，時正切	
古類（見）	京，居卿切	景，居影切	敬，居慶切	擊，吉逆切
苦類（溪）	卿，丘京切	頃，丘穎切	慶，丘正切	闃，苦狊切
渠類（群）	鯨，渠京切		擎，具映切	
五類（疑）			迎，魚慶切	
於類（影）	膺，於京切	影，於丙切	映，於命切	
魚類（疑、喻、爲）	盈，餘輕切	穎，庾頃切	孕，以證切	役，越逼切
呼類（曉）	興，虛陵切		興，許應切	
胡類（匣）	形，奚輕切	悻，下頂切	脛，形定切	
力類（來）	靈，離呈切	領，里郢切	令，力正切	歷，郎狄切
而類（日）	仍，如陵切			

十二、流　攝

（一）尤類（開細）

韻類 聲類	尤 （尤、幽）	九 （有、黝）	救 （宥）
補類（幫）			
普類（滂）			
蒲類（並）			
莫類（明）			
芳類（非、敷）		否，俯九切	福，敷救切
符類（奉）	浮，房鳩切		復，扶救切
無類（微）			
都類（端）			
他類（透）			
徒類（定）			
奴類（泥、娘）		紐，女九切	
子類（精）	啾，即由切	酒，子酉切	
七類（清）	秋，此由切		
才類（從）			就，疾救切
蘇類（心、疏、審）	蒐，疏鳩切	首，始九切	狩，舒救切
徐類（邪）			
之類（照、知、莊）	舟，職流切		呪，職救切
丑類（穿、徹、初）	抽，丑鳩切		臭，尺救切
直類（澄、牀）	儔，除留切	紂，丈九切	冑，直又切
時類（神、禪）			
古類（見）	鳩，居尤切	九，居有切	救，居又切
苦類（溪）	丘，驅尤切	糗，去九切	
渠類（群）	求，渠尤切		舊，巨又切
五類（疑）			
於類（影）	幽，於尤切	幽，於九切	
魚類（疑、喻、爲）	游，于求切	友，云九切	有，爰救切
呼類（曉）	休，虛尤切	朽，許九切	嗅，許救切
胡類（匣）			
力類（來）	流，力求切	柳，力九切	溜，力救切
而類（日）	柔，而由切	蹂，忍九切	蹂，如又切

（二）侯類（開洪）

韻類／聲類	侯（侯）	口（厚）	候（候）
補類（幫）			
普類（滂）		剖，普偶切	
蒲類（並）		培，薄口切	
莫類（明）	謀，莫侯切	某，莫口切	茂，莫候切
芳類（非、敷）			
符類（奉）			
無類（微）			
都類（端）	兜，當侯切	斗，當口切	鬬，丁候切
他類（透）	偷，他侯切	妵，他口切	透，他候切
徒類（定）	頭，徒侯切	鋀，徒口切	
奴類（泥、娘）	獳，奴侯切		耨，乃豆切
子類（精）		走，子口切	奏，則候切
七類（清）			
才類（從）			
蘇類（心、疏、審）			
徐類（邪）			
之類（照、知、莊）			
丑類（穿、徹、初）			
直類（澄、牀）	愁，鋤尤切		驟，鉏救切
時類（神、禪）			
古類（見）	鉤，居侯切	垢，舉偶切	遘，居候切
苦類（溪）		口，苦偶切	寇，丘候切
渠類（群）			
五類（疑）		偶，語口切	
於類（影）	謳，烏侯切	歐，於口切	漚，於候切
魚類（疑、喻、爲）			
呼類（曉）		吼，許偶切	
胡類（匣）	侯，胡鉤切	郈，胡口切	候，胡茂切
力類（來）	樓，盧侯切	塿，郎斗切	漏，郎豆切
而類（日）			

十三、深　攝

林類（開細）

聲類＼韻類	林（侵）	錦（寑）	禁（沁）	入（緝）
補類（幫）				
普類（滂）				
蒲類（並）				
莫類（明）				
芳類（非、敷）				
符類（奉）				
無類（微）				
都類（端）				
他類（透）				
徒類（定）				
奴類（泥、娘）				
子類（精）			浸，子禁切	
七類（清）	侵，七林切	侵，七稔切	沁，七禁切	
才類（從）				
蘇類（心、疏、審）	森，疏簪切	罧，所錦切	滲，所禁切	
徐類（邪）	尋，徐心切			
之類（照、知、莊）	針，諸深切	枕，章錦切		戢，側入切
丑類（穿、徹、初）		磣，楚錦切		磣，七合切
直類（澄、牀）	沉，持林切	甚，食枕切	鴆，直禁切	
時類（神、禪）				
古類（見）	今，居吟切	錦，居飲切	禁，居蔭切	急，居立切
苦類（溪）				泣，乞及切
渠類（群）	禽，渠金切			及，忌立切
五類（疑）				
於類（影）	音，於禽切	飲，於錦切	蔭，於禁切	
魚類（疑、喻、爲）	吟，魚音切	吟，魚錦切	吟，宜禁切	
呼類（曉）				吸，許及切
胡類（匣）				
力類（來）	林，犁沉切	廩，力錦切	臨，力禁切	立，力入切
而類（日）	壬，如深切	荏，忍枕切	衽，如禁切	入，日執切

十四、咸　攝

（一）含類（開洪）

韻類 聲類	含（覃、談）	感（感）	紺（勘）	合（合、盍）
補類（幫）				
普類（滂）				
蒲類（並）				
莫類（明）				
芳類（非、敷）				
符類（奉）				
無類（微）				
都類（端）	耽，都含切	紞，都感切	抌，丁紺切	答，得合切
他類（透）	貪，他含切	忝，他點切	探，他紺切	沓，託合切
徒類（定）	談，徒含切	禫，徒感切	霴，徒紺切	
奴類（泥、娘）	南，那含切	腩，奴感切		納，奴答切
子類（精）				
七類（清）	參，倉含切	慘，七感切	參，七紺切	
才類（從）				雜，昨答切
蘇類（心、疏、審）				
徐類（邪）				
之類（照、知、莊）				
丑類（穿、徹、初）				
直類（澄、牀）				
時類（神、禪）				
古類（見）	甘，姑南切	感，古坎切	紺，古暗切	閤，古沓切
苦類（溪）	堪，苦含切	坎，苦感切	勘，苦紺切	
渠類（群）				
五類（疑）				
於類（影）		唵，烏感切	暗，烏紺切	匼，遏合切
魚類（疑、喻、爲）				
呼類（曉）	酣，呼甘切	闞，虎覽切	歛，呼紺切	
胡類（匣）	含，胡南切	頷，戶感切	憾，胡紺切	合，胡閤切
力類（來）				臘，落合切
而類（日）				

（二）廉類（開細）

聲類＼韻類	廉（鹽、添、嚴）	檢（琰、忝、儼）	念（豔、掭、釅）	涉（葉、怗、業）
補類（幫）	砭，悲廉切		砭，悲驗切	
普類（滂）				
蒲類（並）				
莫類（明）				
芳類（非、敷）				
符類（奉）				
無類（微）				
都類（端）		點，多忝切	店，都念切	
他類（透）	添，他兼切	忝，他點切	掭，他念切	帖，他協切
徒類（定）	甜，徒兼切	簟，徒點切		
奴類（泥、娘）	黏，尼占切		念，寧店切	聶，尼輒切
子類（精）	尖，將廉切		僭，子念切	接，即涉切
七類（清）	僉，千廉切		塹，七豔切	踥，七接切、怯，乞協切
才類（從）	潛，慈鹽切	漸，秦冉切	暦，慈豔切	
蘇類（心、疏、審）				攝，失涉切
徐類（邪）				
之類（照、知、莊）	占，之廉切		占，章豔切	
丑類（穿、徹、初）	覘，蚩占切		覘，昌豔切	
直類（澄、牀）				
時類（神、禪）	蟾，時占切		贍，時念切	
古類（見）	兼，古嫌切	檢，居掩切	劍，居欠切	
苦類（溪）			欠，乞念切	
渠類（群）		儉，巨險切		
五類（疑）				業，魚怯切
於類（影）	淹，衣炎切	掩，於檢切	厭，於豔切	
魚類（疑、喻、爲）	鹽，移廉切	琰，以冉切	豔，以贍切	葉，弋涉切
呼類（曉）	杴，虛嚴切	險，虛檢切	脅，虛欠切	協，虛業切
胡類（匣）	嫌，胡兼切			協，胡頰切
力類（來）	廉，力鹽切	斂，力冄切	斂，力驗切	
而類（日）	髯，如占切	冉，而剡切	染，而豔切	

（三）咸類（開洪）

韻類 聲類	咸 （談、咸、銜、凡）	敢 （敢、豏、檻、范）	陷 （闞、陷、鑑、梵）	洽 （洽、狎、乏）
補類（幫）				
普類（滂）				
蒲類（並）	湴，白銜切		𨄺，蒲鑑切	
莫類（明）				
芳類（非、敷）			泛，孚陷切	法，方甲切
符類（奉）	凡，符銜切	范，房覽切	汎，扶泛切	
無類（微）				
都類（端）	擔，都藍切		擔，都濫切	
他類（透）	賧，他藍切		賧，吐濫切	塔，託甲切
徒類（定）	談，徒藍切	惔，徒覽切	淡，徒濫切	
奴類（泥、娘）				
子類（精）				
七類（清）				
才類（從）			暫，昨濫切	
蘇類（心、疏、審）	三，蘇藍切		三，息暫切	
徐類（邪）				
之類（照、知、莊）		斬，側減切		
丑類（穿、徹、初）				
直類（澄、牀）	讒，牀咸切	巉，士減切	讒，士監切	
時類（神、禪）				
古類（見）	監，古咸切	敢，古覽切	鑑，古陷切	甲，古洽切
苦類（溪）			瞰，苦濫切	恰，苦洽切
渠類（群）				
五類（疑）	喦，魚咸切			
於類（影）			韽，於陷切	
魚類（疑、喻、爲）				
呼類（曉）				
胡類（匣）	咸，胡喦切	檻，胡覽切	陷，乎鑑切	洽，胡夾切
力類（來）	藍，盧談切	覽，魯敢切	濫，盧瞰切	
而類（日）				

第五章　《字彙》反切語音現象探析

本章就《字彙》反切在聲類、韻類所反映的語音現象作一討論。

第一節　《字彙》反切聲類分析

古屋昭弘曾就《字彙》作一音注特點的研究，在聲母部份提出：從邪兩母相混、日禪兩母相混、奉微兩母相混、疑娘兩母相混、疑匣兩母相混等聲母現象〔註1〕，然其研究基點著重於《字彙》反切與直音的對照上，此與本文研究方法上有所差異，其在從邪兩母相混舉例：《字彙》：「續，昨木切，音俗。」就反切上字「昨」與直音字「俗」進行比較，認爲一在從母、一在邪母，故而兩者相混〔註2〕。再者，在疑匣兩母相混僅舉兩例：《字彙》：「外，五塊切，音壞。」、「頑，五還切，音還。」以爲就反切上字「五」與直音字「壞」、「還」的對照，提出疑匣兩母相混〔註3〕，筆者以爲此一論點稍嫌薄弱，一來字例僅兩例，再來看《字彙》原刊本中，外、頑兩字的直音以「■」呈現，古屋昭弘所引的當是清康熙年間的靈隱寺刻本，是否可以說明《字彙》中已呈此一現象，筆者以爲仍須進一步探討。

〔註1〕見古屋昭弘，〈《字彙》與明代吳方音〉，《語言學論叢》第20輯，頁142～144。

〔註2〕見古屋昭弘，〈《字彙》與明代吳方音〉，《語言學論叢》第20輯，頁142。

〔註3〕見古屋昭弘，〈《字彙》與明代吳方音〉，《語言學論叢》第20輯，頁144。

再就可否以反切與直音作爲音系的系聯，高永安〈《字彙》音切的來源〉提出《字彙》反切的來源是《洪武正韻》，直音的來源主要是《篇海》一系的字書及梅膺祚自己的方言。〔註4〕高永安認爲反切與直音應分爲兩部分來看，筆者亦以爲如此。一般而言，直音所呈現的確實比較接近時音的成分，而反切則偏向保留讀書音，是以筆者在研究上仍以《字彙》反切系聯爲主，若反切系聯無法說明，再參照直音以爲例證。

另《欽定同文韻統》卷六載：「梅膺祚三十二字母，此三十二字母少知、徹、澄、孃四字，孃母與泥母近，床母與穿母近，幫滂與並明近，奉微與非敷近，知徹澄三母古與端透定近今與照穿床近。」此說所依據乃《字彙》後所附之《韻法橫圖》。除此之外，《字彙》尚收有《韻法直圖》，《韻法直圖》及《韻法橫圖》與梅膺祚之關連僅止於梅氏爲其作序而已，宋韻珊以爲兩書音系並不相同〔註5〕，既然如此，其所論之三十二字母並不全然反映《字彙》音系，此有待辨明者。

就反切系聯結果初步來看，《字彙》反切在聲類上反映的語音現象，如下：

一、承襲《洪武正韻》之處

（一）非、敷合流

《字彙》一書在唇音的語音特點上，主要呈現非母、敷母的合併，與保留全濁聲母蒲（並）類、符（奉）類。另亦有少部分呈現幫系、非系聲母互混的現象，此一現象或可以幫系、非系間的唇音類隔現象加以說明。

《字彙》非母、敷母合併同屬芳類，可見非、敷合流的例證。以下舉例說明：《廣韻》：「方，府良切」，府屬非母；《洪武正韻》：「方，敷房切」，敷屬敷母；《字彙》沿襲《洪武正韻》，也作「方，敷房切」，可見非母與敷母的合流。又，《廣韻》：「府，方矩切」，方爲非母；《字彙》：「府，斐古切」，斐爲敷母，亦可見非、敷合流的現象。

在唇音上，從重唇音細分出輕唇音芳（非、敷）類，輕唇音的分化發生在

〔註4〕見高永安，〈《字彙》音切的來源〉，《南陽師範學院學報（社會科學版）》（第2卷1期，2003年1月），頁37～41。

〔註5〕宋韻珊《《韻法直圖》與《韻法橫圖》音系研究》，高雄：高雄師範大學國文所碩士論文，1994年，頁253～265。

細音三等字，元代劉鑑《經史正音切韻指南》中的「交互音」，即明言：「知照非敷遞互通，泥孃穿徹用時同。」〔註6〕可見非、敷的相混在元代即已出現。王力以爲重唇音分化爲輕唇音的圖示如下：

幫 p	滂 p´	並 b´	明 m
p	p´	b´	m
f	f´	v	ɱ

王力並言：「有人認爲一經分化，p 和 p´的合口三等字立刻合流爲 f，而吐氣 f´根本是不存在的。」〔註7〕從《字彙》的系聯結果，雖不能證明幫、滂合口三等字是否立刻合流爲非系，然卻可以從中發現非、敷不分的例證。又，張世祿以爲：「非、敷的音在本質上都成了純粹脣齒的摩擦音，以致送氣和不送氣的分別，漸覺不重要而使兩類歸於混同了。」〔註8〕可以看出非、敷的合流有其音理上的論證。

（二）泥、娘不分

舌音系聯特出之處在於泥、娘的相混，同屬奴類。中古泥母、娘母的合併，在《中原音韻》中就已呈現。〔註9〕元代劉鑑《經史正音切韻指南》中的「交互音」，亦明言：「知照非敷遞互通，泥孃穿徹用時同。」〔註10〕顯見泥娘相混在元代即已有此現象。

王力云：「（娘母）恐怕實際上只是個[n-]，與泥母沒有分別。字母家要求整齊，就造出一個娘母來配知、徹、澄。」〔註11〕《廣韻》：「尼，女夷切」，反切上字尼、女，同屬娘母，《字彙》：「尼，年題切」，反切上字年屬泥母，說明從《廣韻》的泥、娘兩分，到《洪武正韻》〔註12〕，再到《字彙》已呈現

〔註6〕詳見陳新雄《重校增訂音略證補》附錄五〈經史正音切韻指南〉，（台北：文史哲出版社，2000），頁 382。

〔註7〕見王力《漢語史稿》（北京：中華書局，2003），頁 115。

〔註8〕見張世祿，〈中國語音系統的演變〉，《張世祿語言學論文集》（上海：學林出版社，1984），頁 173。

〔註9〕見陳新雄《中原音韻概要》（台北：學海出版社，1985）

〔註10〕詳見陳新雄《重校增訂音略證補》附錄五〈經史正音切韻指南〉，（台北：文史哲出版社，2000），頁 382。

〔註11〕見王力《漢語史稿》（北京：中華書局，1991），頁 69。

〔註12〕此一泥、娘不分的現象在《洪武正韻》中亦有呈現。詳見劉文錦，〈《洪武正韻》

泥、娘不分的語音現象。

（三）照、知、莊合流與徹、穿、初不分

《古今韻會舉要》將知、照系合為一類，元代劉鑑《經史正音切韻指南》中的「交互音」，亦明言：「知照非敷遞互通，泥孃穿徹用時同。澄床疑喻相連屬，六母交參一處窮。」反映了宋元以來知、照系混併的語音事實，說明了知母、照母不分與穿母、徹母相混的現象，《洪武正韻》亦併知、照系為一類，《字彙》亦是如此。

就《字彙》系聯結果來看，反映出知、莊、照系的合流，此一現象與現代國語演變路徑相同，王力以為：「首先是章昌船書（案：照系）併入莊初崇山，後來知徹澄由破裂音變為破裂摩擦音之後，也併入莊初崇。」〔註13〕鄭再發以為：「從中古到現代，聲母方面莊、章兩系合流後，又納入了知系（一小部分知莊系字與精系合流）。」鄭氏以錐頂考察作為分期斷代的依據，提出此一特徵約發生在元代陳晉翁《切韻指掌圖節要》一書中〔註14〕，知、莊、照系合流演變為現代國語重要的特徵在於「捲舌音化」，然而在《字彙》中卻不分捲舌與否，此乃其與現代國語的區別之一，舉例：《廣韻》：「樹，常句切。」；《字彙》作而遇切，前者屬禪母，後者屬日母，樹字演變為現今國語聲母轉為捲舌的舌尖後音[ʂ-]，標音為[ʂu]；然在吳語區，樹字標音作[zɥ]〔註15〕，仍保有日母，此亦可以說明《字彙》書中保有吳音的特點。

（四）零聲母化例證

（1）疑母與喻、為相混

從《廣韻》到《洪武正韻》反映出疑母字減少與喻、為字增多的語音現象〔註16〕。

聲類考〉，《國立中央研究院歷史語言研究所集刊》第三本第二分（台北：維新書局，1931），頁245。

〔註13〕見王力《漢語史稿》（北京：中華書局，2003），頁116。

〔註14〕見鄭再發，〈漢語音韻史的分期問題〉，《中央研究院歷史語言研究所集刊》（第36本，1966.6，頁635～648）。

〔註15〕見《漢語方音字匯》（北京：語文出版社，2003），頁123。

〔註16〕應裕康：「《正韻》的五類字，大致與中古的疑母字相當，不過有許多中古的疑母字，《正韻》已經併到以類去了，這個現象在《中原音韻》中已經呈現。」見氏著

元代劉鑑《經史正音切韻指南》中的「交互音」，亦明言：「知照非敷遞互通，泥孃穿徹用時同。澄床疑喻相連屬，六母交參一處窮」〔註17〕可見從元代以來，零聲母化的現象已漸趨明顯。《字彙》中亦呈現疑、爲、喻三母互混的情形，首先來看喻、爲的相混，《廣韻》：「運，王問切；孕，以證切」，王屬爲母，以屬喻母，《字彙》：「運，禹慍切；孕，羊進切」，反切上字同屬喻母，現今《漢語方音字匯》吳語區中兩字同標爲[jyn]，顯示喻、爲兩母的合併。

《字彙》中亦呈現少數疑母與喻、爲相混的情形，如：「牙，牛加切，雅平聲；又上聲語賈切、又去聲五駕切。」反切上字牛、語、五，顯示疑母與喻、爲相混。《洪武正韻》：「五，阮古切；阮，五遠切。」兩字互用，劉文錦將之歸屬「五類，即等韻疑母。」〔註18〕然在《字彙》中，「阮，遇玄切，又上聲五遠切。」顯示部分疑母已轉爲喻母，在《洪武正韻》也有此一現象。〔註19〕

（2）影、喻、為相混

《字彙》：「婉，榮員切，音寃；又去聲於願切。」反切上字榮屬爲母，於屬影母，說明影母、爲母相混的情形，然此一情況，在《洪武正韻》中亦有呈顯：「淵，縈圓切」，《廣韻》作「烏玄切」，一在爲母；一在影母；又如《字彙》：「壅，於容切，音雍；又上聲尹竦切、又去聲於用切。」於在影母，尹在喻母，顯示在《字彙》反切中已呈現少部份影、喻、爲混切的情形。應裕康以爲：「這只不過表示單字的出入，不足以說明當時影、以（按：爲母）有混同的現象，不妨看作?有漸漸消失的情形了。」〔註20〕筆者亦同意應氏觀點，據《字彙》聲母的系聯結果，大抵影母與爲母是各自獨立的，雖有部分混切

〈《洪武正韻》聲母音值之擬訂〉，《中華學苑》第六期，1970年9月，頁27～28。

〔註17〕詳見陳新雄《重校增訂音略證補》附錄五〈經史正音切韻指南〉，（台北：文史哲出版社，2000），頁382。

〔註18〕詳見劉文錦，〈《洪武正韻》聲類考〉，《國立中央研究院歷史語言研究所集刊》第三本第二分（台北：維新書局，1931），頁239。

〔註19〕詳見劉文錦，〈《洪武正韻》聲類考〉，《國立中央研究院歷史語言研究所集刊》第三本第二分（台北：維新書局，1931），頁248。

〔註20〕見應裕康〈《洪武正韻》聲母音值之擬訂〉，《中華學苑》第六期，1970年9月，頁29。

情形，但也只能說明影母漸漸消失，呈顯零聲母的情況，現今吳語區許多影母字，如：「安、幺、烏、委、屋」等字〔註21〕，皆已變成零聲母。

零聲母的合併，最早是喻、爲兩紐的合併，時間約在十世紀，也就是三十六字母時代，它們是不分的；其次是影紐與疑紐，也在十至十四世紀間轉成了零聲母〔註22〕。鄭再發進一步說明，喻、爲的合流在守溫《韻學殘卷》（907 年）中已可見到，影、喻、爲的合流則到北宋邵雍《皇極經世聲音唱和圖》（1011～1077）中首見〔註23〕，到明代《字彙》反切系聯中同樣也有這種情形。

二、與《洪武正韻》不同之處

（一）明、微部份相混

《洪武正韻》幫系與非系仍有區別，但在《字彙》中已漸呈現相混的現象。

明、微相混，如：「眳，武兵切；又上聲彌頂切」，武屬微母、彌屬明母，這種明、微相混的情況，少數在現今吳語地區仍然保存，如：蘇州話中，微字文讀[vi]，白讀[mi]；又味字文讀[vi]，白讀[mi]〔註24〕，但這樣的例證在《字彙》中並不多見，只能說有這樣的現象。

（二）心、疏、審合流

《洪武正韻》心母與審、疏母兩分，到了《字彙》已見心、疏、審合流的現象，《廣韻》：「速，桑谷切」，桑屬心母，《漢語方音字匯》吳語區標音[soʔ-]。《廣韻》：「舒，傷魚切」，傷屬審母。《漢語方音字匯》吳語區標音[sɥ-]，《廣韻》：「數，所矩切」，所屬疏母，《漢語方音字匯》吳語區標音[səu]〔註25〕，可見現今吳語區心、疏、審三母皆已相混，此在《字彙》中亦顯現此一音韻現象。

〔註21〕詳見《漢語方音字匯》（北京：語文出版社，2003）。

〔註22〕見王力《漢語史稿》（北京：中華書局，2003），頁 129～130。

〔註23〕見鄭再發〈漢語音韻史的分期問題〉，《中央研究院歷史語言研究所集刊》（第 36 本，1966.6，頁 643）。

〔註24〕見《漢語方音字匯》（北京：語文出版社，2003），頁 172、174。

〔註25〕分見《漢語方音字匯》（北京：語文出版社，2003），頁 116、121、123。

（三）照系（含莊系）字與精系字相混

據《字彙》反切系聯結果來看也有部份照系、精系互混的情形，舉例：莊、精相混，如：「爭，甾耕切，音箏；又去聲側硬切」，反切上字「甾」在精母，「側」在莊母。又如，「睜，甾耕切，音爭；又上聲側硬切」，同上述情況。在現今吳語區已呈現照、精系不分現象，《字彙》：「精，子盈切」；「招，之遙切」，一在子類（精），一在之類（照），《漢語方音字匯》吳語區聲母同標爲[ts-]〔註26〕。

《字彙》反切中也可見穿、清不分的情況，如：「齼，創祖切，音楚；又去聲倉故切」，反切上字「創」在穿母、「倉」在清母，顯示穿、清母互混的情形，但例證不多，從現今吳語區來看，如《廣韻》：「處，昌與切」，昌屬穿母，吳語區聲母標作[tsˊ-]；又《廣韻》：「粗，倉胡切」，昌屬清母，吳語區聲母亦標作[tsˊ-]，顯示現今吳語區清母、穿母不分的語音現象，在《字彙》中亦可見一些端倪。

另，《字彙》反切中亦見少數從母與禪母相混的情況，不過例證不多，舉例：鑱，鋤咸切，音讒；又去聲士陷切，反切上字鋤、士在《廣韻》中皆同爲牀母，然，《字彙》：「鋤，叢租切」；「士，上紙切。」一爲從母，一爲禪母，顯示從母與禪母相混的情況。

除少數從母與禪母相混外，《字彙》反切中亦見從母與澄母、從母與牀母相混的例證。舉例：

> 槎，鋤加切，乍平聲；又上聲茶馬切。（從、澄）
>
> 虥，鉏山切，音潺；又上聲鉏限切、又去聲助諫切。（從、牀）

槎，反切上字鋤、茶，一在從母、一在澄母；虥，反切上字鉏、助，一在從母，一在牀母。牀、從相混在《洪武正韻》中亦有此一現象〔註27〕，不過例證不多。

就現今《漢語方音字匯》吳語區中亦可發現從、澄相混的情況，舉例：《廣韻》：「槽，昨勞切、朝，直遙切、巢，鉏交切」，反切上字分別爲從母、澄母、牀母，然，在吳語區的標音同作[zæ]，可見從、澄、牀在現今吳語地區已讀爲同音。

〔註26〕見《漢語方音字匯》（北京：語文出版社，2003）。頁18。

〔註27〕詳見劉文錦，〈《洪武正韻》聲類考〉，《國立中央研究院歷史語言研究所集刊》第三本第二分（台北：維新書局，1931），頁248。

（四）澄、牀相混及神、禪合併

《字彙》一書據系聯結果反映出澄、牀相混及神、禪合併，澄、牀相混在《洪武正韻》及元代《經史正音切韻指南》中亦可見到此一現象。又，《字彙》中的直（澄、牀）類亦與部份禪母相混，舉例：

巉，牀咸切，音讒；又上聲士減切。

償，陳羊切，音常；又去聲時亮切。

禪，呈延切，音蟬；又去聲時戰切。

蟺，呈延切，音蟬；又上聲上演切。

儃，呈延切，音蟬；又去聲時戰切。

讒，牀咸切，暫平聲；又去聲士監切。

巉、讒，反切上字同為牀、士，《廣韻》中兩者同屬牀母，然，《字彙》中：「牀，助莊切；士，上紙切。」顯示牀、禪相混；償，反切上字陳、時，顯示澄、禪相混；禪、儃反切上字同為呈、時，亦顯示澄、禪相混；蟺，反切上字呈、上，亦顯示澄、禪相混。可見《字彙》部份反切反映了澄、牀、禪母相混的現象。

澄、牀、神、禪母相混的情況，在現今《漢語方音字匯》吳語區中亦可得到印證，舉例：《廣韻》：「長，直良切」，直為澄母，吳語區標音作[zaŋ]；《廣韻》：「上，時亮切」，時為禪母，吳語區標音作[zaŋ]；《廣韻》：「神，食鄰切」，食為神母，吳語區標音作[zən]。《廣韻》：「愁，士尤切」，士為牀母，吳語區標音作[zʏ]。是以就《字彙》反切系聯來看，或多或少可以發現與吳語區中的音韻現象是相吻合的。

（五）例外語音現象

《字彙》反切在聲母系聯上亦可見部份濁音清化的語音現象。舉例：

在，盡海切，才上聲；又去聲作代切。（從、精）

㢟，臧可切，音左；又去聲子賀切。（從、精）

疆，居良切，音江；又上聲巨兩切（見、群）

窕，徒了切，調上聲；又上聲土了切、又去聲他弔切（透、定）

禎，丁連切，音顛；又入聲杜結切（端、定）

上述可見精、從相混，見、群相混，透、定及端、定的相混，在吳語區中，精母、從母分標音作[ts-]、[z-]，見母、群母分標音作[k-]、[g-]，端、透、定分別標音作[t-]、[t´]、[d]，濁音與清音有明顯的區別。

精、從相混，見、群相混，透、定及端、定的相混，倒是可以在現今國語音系中找到例證。因爲濁音清化的緣故，致使全濁的塞聲或塞擦聲依平仄分爲相對應的送氣清塞聲或塞擦聲。〔註 28〕考量梅膺祚乃安徽宣城人，據宋志培《宣城方言語音研究》中提到認爲宣城本來純屬吳語區，但宣城在歷史上有三次大規模人口遷徙：一爲晉代永嘉年間，二爲唐代安史之亂，三爲宋代靖康之亂〔註 29〕，也因爲歷史上的移民潮，造成宣城語音系統的多元化，解放後現今宣城市區所在地的語言——宣城城關話，成爲現代宣城方言的代表，城關話屬於江淮官話。〔註 30〕

依照現代漢語方言區分來看，安徽宣城有分屬吳語宣州片銅涇小片限北部西部及南部溪口鄉、江淮官話洪巢片、湖北與河南移民官話（湖北話水東、揚林等鄉及孫埠鄉東部、河南話東部棋盤、丁店等鄉等）〔註 31〕。就以上資料來看，宣城地區基本區分爲吳語及江淮官話區，是以精、從相混，見、群相混，透、定及端、定的相混的現象，或者可以從江淮官話去作一個適當的詮解，進一步說明在明末宣城地區已受官話的影響，語音體系漸漸產生改變，但這樣的例證在《字彙》反切中爲數不多，這仍需更深入的探討。

從《字彙》反切聲類反映的語音現象來看，其對《洪武正韻》有承襲之處，然畢竟《字彙》距離《洪武正韻》的年代已有二、三百年的差距，語音是不斷在變化的，是以加進新的元素，呈現了《字彙》與《洪武正韻》的差異處。這樣的情況，說明《字彙》反切呈現讀書音與實際語音共存的音韻現象，《字彙》反切並非單純的讀書音系統，與直音相比又不全然反映實際語音現象，是以筆者推論，就《字彙》反切聲類存在的是讀書音與實際語音共存的音韻系統，並

〔註 28〕見王力《漢語史稿》（北京：中華書局，2003），頁 110～111。

〔註 29〕見宋志培《宣城方言語音研究》（濟南：山東大學文學院碩士論文，2004），頁 3～4。

〔註 30〕見宋志培《宣城方言語音研究》（濟南：山東大學文學院碩士論文，2004），頁 4。

〔註 31〕見中國社會科學院和澳大利亞人文科學院合編《中國語言地圖集》（香港：朗文出版有限公司，1987），頁 B10。

非單一音系可以論斷。

第二節　《字彙》反切韻類分析

關於《字彙》韻類研究，古屋昭弘提出：舌齒音開合相混、臻深梗三攝相混、山咸兩攝相混。〔註32〕林慶勳在其基礎上提出：舌齒字開口合口相混、臻深梗三攝相混、山咸兩攝相混、其他韻母的合併、入聲相混等現象，〔註33〕然而，這些《字彙》韻類反映的語音現象，乃建立在以直音系聯爲基礎上。本文與之不同處，在於採反切與四聲相承爲系聯準則，進而對《字彙》反切所反映的韻類現象，與《洪武正韻》作一對照，並加以探討。

《字彙》反切下字系聯結果，暫訂得出一百一十五個韻類：平聲三十四類、上聲三十二類（少中類、乖類上聲）、去聲三十四類，入聲十五類，較於《廣韻》三百一十一韻類〔註34〕相對減少，較之《洪武正韻》〔註35〕則略微接近，但亦有所不同。以下就《廣韻》、《洪武正韻》、《字彙》韻類加以比較：（括號內表韻類數，另入聲獨立於文後探討。）

韻攝聲調		《廣韻》	《正韻》	《字彙》
通攝	平	東（2）、冬（1）、鍾（1）	東（2）	紅類、中類
	上	董（1）、腫（1）	董（2）	孔類
	去	送（2）、宋（1）、用（1）	送（2）	貢類、用類
江攝	平	江（1）	併入宕攝	併入宕攝
	上	講（1）		
	去	絳（1）		
止攝	平	支（2）、脂（2）、之（1）、微（2）	支（1）、微（1）	溪類、私類、回類

〔註32〕見古屋昭弘，〈《字彙》與明代吳方音〉，《語言學論叢》第20輯（北京：商務印書館，1998），頁144。

〔註33〕詳見林慶勳，〈論《字彙》的韻母特色〉，《第八屆國際暨第二十一屆全國聲韻學學術研討會論文集》（高雄：高雄師範大學國文系，2003），頁213～240。

〔註34〕《廣韻》韻類乃據林尹分294類，見氏著《中國聲韻學通論》（台北：黎明出版社，1982），頁242～249。

〔註35〕《洪武正韻》有七十六韻本及八十韻本兩種，七十六韻及八十韻本乃就韻目而言，非韻類概念。

	上	紙（2）、旨（2）、止（1）、尾（2）	紙（1）、尾（1）	里類、氏類、委類
	去	寘（2）、至（2）、志（1）、未（2）	寘（1）、未（1）	計類、智類、對類
遇攝	平	魚（1）、虞（1）、模（1）	魚（1）、模（1）	於類、胡類
	上	語（1）、麌（1）、姥（1）	語（1）、姥（1）	呂類、古類
	去	御（1）、遇（1）、暮（1）	御（1）、暮（1）	律類、故類
蟹攝	平	齊（2）、佳（2）、皆（2）、灰（1）、咍（1）	齊（1）、皆（3）、灰（1）	皆類、來類、乖類
	上	薺（1）、蟹（2）、駭（1）、賄（1）、海（1）	濟（1）、解（3）、賄（1）	買類、海類
	去	霽（2）、祭（2）、泰（2）、卦（2）、怪（2）、夬（2）、隊（1）、代（1）、廢（1）	霽（1）、泰（3）、隊（1）	拜類、蓋類、外類
臻攝	平	眞（1）、諄（1）、臻（1）、文（1）、欣（1）、魂（1）、痕（1）	眞（4）	人類、倫類、昆類、恩類
	上	軫（1）、準（1）、吻（1）、隱（1）、混（1）、很（1）	軫（4）	忍類、允類、本類、很類
	去	震（1）、稕（1）、問（1）、焮（1）、慁（1）、恨（1）	震（4）	刃類、運類、困類、恨類
山攝	平	元（2）、寒（1）、桓（1）、刪（2）、山（2）、先（2）、仙（2）	寒（2）、刪（2）、先（2）	延類、官類、寒類
	上	阮（2）、旱（1）、緩（1）、潸（2）、產（2）、銑（2）、獮（2）	罕（2）、產（2）、銑（2）	典類、管類、旱類
	去	願（2）、翰（1）、換（1）、諫（2）、襉（2）、霰（2）、線（2）	翰（2）、諫（2）、霰（2）	甸類、玩類、幹類
效攝	平	蕭（1）、宵（1）、肴（1）、豪（1）	蕭（1）、肴（2）	交類、招類
	上	篠（1）、小（1）、巧（1）、晧（1）	篠（1）、巧（2）	老類、了類
	去	嘯（1）、笑（1）、效（1）、號（1）	嘯（1）、效（2）	到類、弔類
果攝	平	歌（1）、戈（3）	歌（2）、遮（2）	何類
	上	哿（1）、果（1）	哿（2）、者（2）	果類
	去	箇（1）、過（1）	箇（2）、蔗（2）	臥類

假攝	平	麻（3）	麻（2）	瓜類、遮類、加類
	上	馬（3）	馬（2）	瓦類、者類、下類
	去	禡（3）	禡（2）	卦類、夜類、駕類
宕攝	平	陽（2）、唐（2）	陽（3）	良類、郎類、光類
	上	養（2）、蕩（2）	養（3）	兩類、黨類、廣類
	去	漾（2）、宕（2）	漾（3）	亮類、浪類、曠類
梗攝	平	庚（4）、耕（2）、清（2）、青（2）	庚（2）	庚類、丁類
	上	梗（4）、耿（1）、靜（2）、迥（2）	梗（2）	猛類、郢類
	去	映（4）、諍（2）、勁（2）、徑（2）	敬（2）	鄧類、正類
曾攝	平	蒸（1）、登（2）	併入	併入
	上	拯（1）、等（1）		
	去	證（1）、嶝（1）	梗攝	梗攝
流攝	平	尤（1）、侯（1）、幽（1）	尤（2）	尤類、侯類
	上	有（1）、厚（1）、黝（1）	有（2）	九類、口類
	去	宥（1）、候（1）、幼（1）	宥（2）	救類、候類
深攝	平	侵（1）	侵（1）	林類
	上	寢（1）	寢（1）	錦類
	去	沁（1）	沁（1）	禁類
咸攝	平	覃（1）、談（1）、鹽（1）、添（1）、咸（1）、銜（1）、嚴（1）、凡（1）	覃（2）、鹽（1）	含類、廉類、咸類
	上	感（1）、敢（1）、琰（1）、忝（1）、豏（1）、檻（1）、儼（1）、范（1）	感（2）、琰（1）	感類、檢類、敢類
	去	勘（1）、闞（1）、豔（1）、㮇（1）、陷（1）、鑑（1）、釅（1）、梵（1）	勘（2）、豔（1）	紺類、念類、陷類

就比較結果發現《字彙》韻類分布或有依從《洪武正韻》而來的現象，《洪武正韻》在韻母反映的語音現象，如下：

> 一等重韻，如東冬兩韻等合併；二等重韻，如山刪兩韻等合併（包括元韻唇音字）；一等韻、二等韻部份合併；三等韻，如支脂之三韻、魚虞兩韻等合併；曾攝與梗攝合併；止攝與蟹攝部份合併；江

攝與宕攝合併。〔註 36〕

就《字彙》反切來看，在韻母系聯結果，上大抵亦有《洪武正韻》所反映的語音現象，然亦有與之不同處，以下分兩部分探討：

一、承襲《洪武正韻》之處

（一）江、宕兩攝合併

江、宕攝的合併，《洪武正韻》中即有此一現象，《字彙》沿襲之，亦呈現江、宕兩攝合併的情形，以下舉良類平聲例作說明：

	《廣韻》	《洪武正韻》	《字彙》
江	古雙切	居良切	居良切
雙	所江切	師莊切	師莊切
良	呂張切	龍張切	龍張切
莊	側羊切	側霜切	側霜切

《廣韻》江、雙為江韻，良、莊為宕攝陽韻。但到了《洪武正韻》江、雙等江韻字，反切下字已用「良、莊」等陽韻字，《字彙》沿襲之，說明了江、宕攝合併的語音現象。

（二）梗、曾兩攝合併

《廣韻》梗攝的「庚韻、耕韻、清韻、青韻」及相承的上去聲，與曾攝的「蒸韻、登韻」，分屬不同的韻類；然，在《洪武正韻》中已呈現梗、曾兩攝合併的現象，在《字彙》反切系聯中亦可見到兩攝相混的情形。舉丁類上聲作說明：

	《廣韻》	《洪武正韻》	《字彙》
郢	以整切	庾頃切	庾頃切
拯	無韻切	之庱切	之郢切

《廣韻》郢在梗攝靜韻，拯曾攝在拯韻，兩者有別。然到了《洪武正韻》郢、拯已可系聯為一類，顯示梗、曾兩攝已然相混，《字彙》亦呈現此一現象。

又，《字彙》據直音系聯結果來看，亦有曾、梗攝有相混的情形，古屋昭

〔註 36〕見錢曾怡、劉聿鑫編《中國語言學要籍解題》（濟南：齊魯書社，1991）。

弘、林慶勳皆曾作過深入研究〔註37〕，以下舉例說明：

䏔，泥耕切，音能；能，奴登切

擰，又泥耕切，音儜；儜，奴登切，音能

擽，郎狄切，音力；力，郎狄切音歷

𥨍，忙等切，音猛；猛，母梗切

㑮，陟猛切，箏上聲；箏，甾耕切

稜，奴登切，冷平聲；冷，魯梗切

㑟，方登切，音崩；崩，補耕切

䑛，以證切，音硬；硬，魚孟切

戠，之弋切，音職；職，之石切

被切字䏔、擰、擽，反切下字爲「耕、狄」屬梗韻字，直音「能、儜」兩字則屬曾攝字；被切字𥨍、㑮、稜、㑟、䑛，反切下字分別爲「等、猛、登、證」屬曾攝字，直音「猛、箏上聲、冷平聲、崩、硬、職」屬梗攝字，從以上例證可見曾、梗兩攝相混現象。

除此之外，部分字例顯示梗、曾攝與通攝相混的情形，如：「䲍，母亙切，音近孟；又平聲莫紅切。」反切下字「亙」在梗、曾攝；相承平聲「紅」在通攝。

（三）臻攝、效攝、流攝各自來源相同

除江、宕攝的合併與梗、曾攝的合併外，《字彙》反切音系中亦有沿襲《洪武正韻》的例子。其中臻攝，《洪武正韻》併中古「眞、諄、臻、文、欣、魂、痕」等韻及相承上去爲「眞、軫、震」韻〔註38〕，與《字彙》反切系聯結果大抵仍舊區分爲開、合、洪、細四類相同。《字彙》反切系聯結果分人類、倫類、昆類、恩類：人類來源於中古的「眞、臻、欣」及相承上去韻；倫類來源於

〔註37〕《字彙》直音字有曾、梗攝相混現象，古屋昭弘、林慶勳皆曾作過研究。詳見古屋昭弘〈字彙與明代吳方音〉，《語言學論叢》第20輯，頁139～148。〈論《字彙》的韻母特色〉，《第八屆國際暨第二十一屆全國聲韻學學術研討會論文集》（高雄：高雄師範大學國文系，2003），頁213～240。

〔註38〕見甯忌浮《洪武正韻研究》（上海：上海辭書出版社，2003），頁29。

中古的「諄、文」及相承上去韻；昆類來源於中古的「魂、混、慁」韻；恩類來源於中古的「痕、很、恨」韻。以之與《洪武正韻》比較，除部份切語用字不同外〔註39〕，大體《字彙》切語與《洪武正韻》是相同的，是以在系聯的韻類上也呈現相同的結果。

《洪武正韻》將效攝「豪、爻」及相承上去韻併爲「爻、巧、效」韻；將「蕭、宵」及相承上去韻合併爲「蕭、筱、嘯」韻。〔註40〕《字彙》據反切系聯結果，效攝亦可分爲兩類，其中招類來源爲中古的「蕭、宵」及相承上去韻，此一系聯結果與《洪武正韻》一致。

又，《洪武正韻》將流攝「尤、侯、幽」及相承上去韻併爲「尤、有、宥」韻〔註41〕，分爲兩類。《字彙》據反切系聯結果，流攝亦可分爲兩類，其中「尤、幽」及相承上去韻併爲「尤、九、救」韻；「侯」及相承上去韻則自行獨立爲一類。此一系聯結果與《洪武正韻》相同。

（四）深、咸攝所承韻類相同

《洪武正韻》深、咸攝各自獨立，《字彙》中一可見此一現象。《洪武正韻》深攝來源爲中古的「侵、寑、沁」韻。咸攝《洪武正韻》則併「覃、談、咸、銜、凡」及相承上去韻併爲「覃、感、勘」韻；併「鹽、添、嚴」及相承上去韻併爲「鹽、琰、豔」韻，韻類則分三類。〔註42〕《字彙》深攝系聯結果同於《洪武正韻》；在咸攝反切系聯結果亦呈現三類，其中廉類反切來源爲「鹽、添、嚴」及相承上去韻，與《洪武正韻》相同。《字彙》含類來源爲中古的「覃」韻及相承上去，及部分談韻字，如：《洪武正韻》：「甘，沽三切。」《字彙》作「姑南切。」反切下字「三」在「談」韻；「南」在「覃」韻，說明《字彙》覃、談混切的情況。又，《字彙》咸類反切主要來源於中古的「談、咸、銜、凡」及相承上去韻，大抵情況與《洪武正韻》是相同的。

中古深、咸仍保有雙唇鼻音韻尾[-m]，且各自獨立。[-m]尾的消失，首見

〔註39〕如：《洪武正韻》：「盡，即忍切」、「準，之允切」，《字彙》作「盡，慈忍切」、「準，知允切」等反切上字用字有別。

〔註40〕見甯忌浮《洪武正韻研究》（上海：上海辭書出版社，2003），頁29。

〔註41〕見甯忌浮《洪武正韻研究》（上海：上海辭書出版社，2003），頁29。

〔註42〕見甯忌浮《洪武正韻研究》（上海：上海辭書出版社，2003），頁29。

於明代李登《書文音義便考私覽》（1586）〔註43〕，《字彙》最晚當在1615年正月初即已完成，兩者相距不過二、三十年，或可說明當時實際語音中，[-m]尾已然消失，據林慶勳〈論《字彙》的韻母特色〉中，以直音部分系聯，亦可見臻、深、梗三攝相混例（案：[-n]、[-m]、[-ŋ]）；臻攝、曾攝相混例（案：[-n]、[-ŋ]）；山、咸相混例（案：[-n]、[-m]）；深、曾相混例（案：[-m]、[-ŋ]）〔註44〕。與《字彙》時代相近的《音韻正訛》中，也呈現[-m]尾已混同於[-n]尾韻，有部份[-ŋ]尾與[-n]尾相混（如：輪、稜；裙，瓊）等〔註45〕，寧繼福進一步說明：

> 《音韻正訛》反映的語音系統是明代末年的宣城方言，與今天的皖南宣州吳語一致，而且吳語的成分似乎更爲濃重，如：全濁聲母系統保存、有完好的入聲韻、曾梗臻深四攝合併、禪日澄船四母相混、邪從不分、奉微合流、匣喻匣群亦有混同等情形。〔註46〕

可以說明《字彙》直音系統中確實含有當時實際語音的成分。

雖說《字彙》反切及四聲相承中亦有少數[-n]、[-ŋ]相混的情形，但大體來說，相混字例並不多見；且就《字彙》反切據四聲相承情況來看，並沒辦法說明[-n]、[-m]、[-ŋ]已然呈現相混的情況，是以仍據《洪武正韻》將之分別。從上述現象，也可進一步看出《字彙》直音字所反映的音系是比較接近現今吳語區的語音狀況；反切音系則趨保守，此亦可以證成高永安所言：「《字彙》直音與反切音系呈現兩個系統的情況。」〔註47〕

（五）入聲與陽聲相配

《字彙》一書承襲《洪武正韻》入聲、陽聲相配的現象。以下舉例說明：

〔註43〕見鄭再發，〈漢語音韻史的分期問題〉《中央研究院歷史語言研究所集刊》（第36本，1966，頁643。）

〔註44〕詳見林慶勳，〈論《字彙》的韻母特色〉，《第八屆國際暨第二十一屆全國聲韻學學術研討會論文集》（高雄：高雄師範大學國文系），頁213～240。

〔註45〕見李新魁、麥耘《韻學古籍述要》（陝西：人民出版社，1993），頁388。

〔註46〕見寧繼福，〈讀明末安徽方言韻書《音韻正訛》〉，《安徽師範大學學報（人文社會科學版）》2005年06期。

〔註47〕高永安以爲《字彙》反切宗《正韻》，而直音則另有所宗。見氏著，〈《字彙》音切的來源〉，《南陽師範學院學報（社會科學版）》（第2卷1期，2003年1月），頁40。

例字	反切	直音	相承又音
匼	遏合切	庵入聲	又上聲烏感切
伆	武粉切	吻	又入聲文拂切
冥	眉兵切	明	又上聲莫迥切、又去聲眉病切、又入聲莫狄切
咽	因肩切	煙	又入聲於歇切
慊	苦簟切	歉	又入聲乞協切
拲	居竦切	拱	又入聲居六切
戁	那壇切	難	又去聲乃旦切、又入聲乃八切
毨	蘇典切	先上聲	又入聲先結切
磣	楚錦切	參上聲	又入聲七合切
緸	於業切	淹入聲	又去聲於驗切
糌	祖含切	簪	又入聲作答切
脅	虛業切	險入聲	又去聲虛欠切
蓂	眉兵切	明	又入聲莫狄切
讚	則諫切	贊	又入聲姊末切
袇	丁連切	顛	又入聲杜結切
謙	苦兼切	欠平聲	又上聲苦簟切、又入聲苦劫切
讞	語蹇切	年上聲	又去聲倪殿切、又入聲魚列切
頓	都困切	敦去聲	又入聲當沒切

《廣韻》、《洪武正韻》、《字彙》中陽入相配的情形，如下表：

	陽聲韻	入聲韻
《廣韻》	東、冬、鍾、江、眞、諄、臻、文、欣、元、痕、魂、寒、桓、刪、山、先、仙、陽、唐、庚、耕、清、青、蒸、登、侵、覃、談、鹽、添、咸、銜、嚴、凡	屋、沃、燭、覺、質、術、櫛、物、迄、月、沒、曷、末、黠、鎋、屑、薛、藥、鐸、陌、麥、昔、錫、職、德、緝、合、盍、葉、怗、洽、狎、業、乏
《洪武正韻》	東、陽、眞、寒、刪、先、庚、侵、覃、鹽	屋、藥、質、曷、轄、屑、陌、緝、合、葉
《字彙》	東類、中類、良類、郎類、光類、人類、倫類、昆類、恩類、延類、官類、寒類、庚類、丁類、林類、含類、廉類、咸類	六類、灼類、各類、質類、勿類、骨類、結類、活類、葛類、伯類、歷類、入類、合類、涉類、洽類

《洪武正韻》在入聲分布上與陽聲韻相承，《字彙》承襲之，入聲亦與陽聲相配，然在韻類上承襲平上去分類上亦有不同，如：《字彙》通攝東韻分兩

類，但在入聲中卻可系聯為一類，主要在於《字彙》更動《洪武正韻》的反切。《洪武正韻》通攝入聲來源於中古的「屋、沃、燭」韻，反切下字分別作「谷、玉」及「六、竹」兩類；然而《字彙》：「六，盧谷切。」例字「六」與反切下字「谷」同類，使得原本兩類，得以系聯為一類。又，江、宕攝據《字彙》反切系聯可得三類——良類、郎類、光類，在入聲中卻只能系聯作兩類，主要在郎、光兩類相承入聲可合併為一類。

相較於《廣韻》入聲，《洪武正韻》明顯減少，再到《字彙》更趨減併。以《字彙》直音系聯亦可說明各攝入聲相混的情形，如：林慶勳提到：「梗攝、宕攝入聲相混；山攝入聲與宕攝相混。」〔註48〕外，以直音系聯亦有下面情形：

1、通攝、臻攝入聲相混（[-k]、[-t]）

《字彙》：「秏，昨沒切，音捽；又蘇骨切，音速。速，蘇谷切，音肅。」則蘇骨切實蘇谷切，秏字，反切下字「骨」在臻攝，直音字在通攝。

2、臻攝、深攝入聲相混（[-t]、[-p]）

《字彙》：「汔，許訖切，音翕。翕，許及切，音吸。」則許訖切實許及切，汔字，反切下字「訖」在臻攝，直音字在深攝。

3、山攝、咸攝入聲相混（[-t]、[-p]）

《字彙》：「尬，古拜切，音介；又公八切，音甲。甲，古洽切，音夾。」則公八切實古洽切，尬字反切下字「公」在山攝，直音字在咸攝。

《字彙》：「㞯，魚結切，音業。業，魚怯切，嚴入聲。」則魚結切實魚怯切，㞯字反切下字「結」在山攝，直音字「怯」在咸攝。

《字彙》：「巤，良涉切，音列。列，良薛切，音劣。」則良涉切實良薛切，反切下字「涉」在咸攝，直音字「列」在山攝。

4、曾攝、梗攝入聲相混（[-k]）

《字彙》：「戠，之弋切，音職。職，之石切，音隻。」則之弋切實

〔註48〕詳見詳見林慶勳，〈論《字彙》的韻母特色〉，《第八屆國際暨第二十一屆全國聲韻學學術研討會論文集》（高雄：高雄師範大學國文系，2003），頁213～240。

之石切，戠字反切下字「弋」在梗攝，直音字「職」在曾攝。

5、山攝、曾攝入聲相混（[-t]、[-k]）

《字彙》:「櫛，側瑟切，音職。職，之石切，音隻。」則側瑟切實之石切，櫛字反切下字「瑟」在山攝，直音字「職」在曾攝。

《廣韻》通攝、江攝、宕攝、梗攝的入聲韻尾[-k]，臻攝、山攝的入聲韻尾[-t]，深攝、咸攝的入聲韻尾[-p]，在《字彙》直音字系聯中各攝入聲已呈現相混的情況，現今《漢語方音字匯》吳語區中仍保留十二類入聲韻，擬音分作[-ɒʔ]、[-iɒʔ]、[-aʔ]、[-iaʔ]、[-uaʔ]、[-yaʔ]、[-ɤʔ]、[-iɪʔ]、[-uɤʔ]、[-yɤʔ]、[-oʔ]、[-ioʔ]〔註49〕，蔣冰冰《吳語宣州片方言音韻研究》中所擇取之20個方言點，其入聲數量分佈從10-17不等，少數地區已無入聲韻尾。〔註50〕從中古到近代入聲字擬音皆爲喉塞音尾[-ʔ]，或可說明[-p]、[-t]、[-k]在明末實際語音中入聲尾已合併爲一類，各類入聲差別在主要元音的不同。

二、對《洪武正韻》韻部的改易

以下就《字彙》反切與《洪武正韻》相異處作一說明。

（一）通攝董韻可合併為一類

《洪武正韻》合併中古「東、冬、鍾」及相承上去爲「東、董、送」韻，其中董韻可分爲兩類〔註51〕。今據《字彙》反切系聯結果，董韻實可系聯爲一類，此亦《字彙》改動《洪武正韻》反切的結果，舉例：《洪武正韻》董類細分「孔、董、統、總」與「勇、隴」兩類，兩兩不可系聯；然，《字彙》:「勇，於隴切；隴，力董切。」說明兩類已可合併爲一類，此亦《字彙》與《洪武正韻》上就韻類分併上有所歧異處。

（二）遇攝模、姥、暮韻的來源有別

《洪武正韻》合併中古「魚、虞」及相承上去爲「魚、語、御」韻；合併

〔註49〕據《漢語方音字匯》（北京：語文出版社，2003），頁18。

〔註50〕如黃山區甘棠鎮、石臺縣七都鎮、石臺縣橫渡鄉、銅陵縣太平鄉等地，已無入聲韻尾。

〔註51〕詳見甯忌浮《洪武正韻研究》（上海：上海辭書出版社，2003），頁86～87。

中古「魚、虞、模」及相承上去爲「模、姥、暮」韻〔註 52〕。雖就《字彙》反切系聯結果仍舊分爲兩類，其中於類的來源，確爲「魚、虞」及相承上去聲；但，《字彙》反切胡類來源，依舊爲「模、姥、暮」韻，並無「魚、虞」及相承上去涉入的現象，此爲《字彙》模韻來源與《洪武正韻》有別之處。

（三）部份蟹攝與止攝合流

就《字彙》反切下字系聯結果來看，反映部分蟹攝齊、灰相承韻及祭韻開細三等字併入止攝的現象。舉例：

《字彙》:「灰呼回切、回胡爲切、杯補回切」等《廣韻》灰韻字

《字彙》:「罪徂偉切」等《廣韻》賄韻字

《字彙》:「對都内切、内奴對切、佩步昧切、妹莫佩切」等《廣韻》隊韻字

《字彙》:「齊前西切、攜弦雞切」等《廣韻》齊韻字

《字彙》:「禮良以切、啓區里切、米莫禮切」等《廣韻》薺韻字

《字彙》:「計吉詣切、詣倪制切」等《廣韻》霽韻字

《字彙》:「例力霽切、制征例切」等《廣韻》祭韻字

《字彙》:「穢烏胃切」等《廣韻》廢韻字

以上這些部份蟹攝字，依據「同用、互用、遞用」或四聲相承原則系聯，皆有與止攝互涉，反映出部份蟹攝與止攝字在《字彙》時代，已趨合流，他如皆、咍韻則仍獨立爲蟹攝，未有與止攝相混的現象。

此一現象在《洪武正韻》中確實也曾見到，甯忌浮曾就《洪武正韻》韻部的合併與離析作一探討，以之與《廣韻》韻目作一比較，認爲:《洪武正韻》齊、薺、霽韻的來源，除原有「齊、薺、霽」韻外，亦包含有「支、脂、之、微」及相承韻部及「祭」韻;另,《洪武正韻》灰、賄、隊韻來源，除原有「灰、賄、隊」韻外，亦包含有「支、脂、之、微」相承韻部及「廢、祭、泰」等韻，再如,《洪武正韻》皆、解、泰韻的來源，除原有「咍、皆、佳」及相承韻部外，尚包含「夬、泰」韻。〔註 53〕

〔註 52〕詳見甯忌浮《洪武正韻研究》，頁 30。

〔註 53〕關於《洪武正韻》韻部的合併與離析，甯忌浮以關係圖示呈現，筆者將之化爲文字

綜上所述，則可見從《廣韻》以來韻部走向合併的態勢，在《洪武正韻》中可見止攝、蟹攝相混的情況，《字彙》承襲之，在反切中亦呈現兩攝相混的情形。

（四）蟹攝佳韻、卦韻與假攝互涉

《字彙》反切下字據系聯結果來看，有蟹、假兩攝攝相混的現象，如：

例 字	《字彙》	《廣韻》
媧	古華切	古蛙切
華	胡瓜切	戶花切
卦	古話切	古賣切
話	胡卦切	下快切
化	呼話切	呼霸切
佳	居牙切	古膎切

《廣韻》媧在佳韻，華在麻韻，卦在卦韻，話在夬韻，化在麻韻。在《字彙》中這些字例皆可系聯為假攝瓜類相承的韻類；又，《廣韻》佳在佳韻，在《字彙》中則與麻韻相混。除反切基本條例系聯外，在《字彙》反切與又音四聲相承中也可發現蟹、假兩攝相混，如：

崋，胡對切，音話；又平聲胡瓜切。

華，胡瓜切，話平聲；又去聲胡卦切

崋字，反切下字「對」在蟹攝，瓜在「假」攝；華字，反切下字「瓜」在假攝，「卦」在蟹攝，這些字例說明在《字彙》反切中呈現蟹攝與假攝互混的情形，且與假攝相混的蟹攝，集中在佳韻、卦韻、夬韻。

另，在直音中亦可見到蟹、假兩攝相混的情況，以下舉例說明：

加，居牙切，音佳

嘉，居牙切，音佳

𤺥，士佳切，音茶；茶，直加切

䴏，莫佳切，音麻；麻，謨加切

此一現象發生在平聲佳、麻韻的相混。被切字加、嘉，反切下字「牙」在假攝

敘述。詳見甯忌浮《洪武正韻研究》（上海：上海辭書出版社，2003），頁27～32。

麻韻，直音字「佳」在蟹攝佳韻；被切字㩼、𪇰，反切下字「佳」在蟹攝，直音字「茶、麻」則在假攝，從以上反切與直音的例證，可見蟹、假兩攝相混現象。

甯忌浮《洪武正韻研究》提到：「麻、馬、禡韻的來源，除原有『麻、馬、禡』韻外，亦包含有『咍、皆、佳』及相承韻部及夬韻〔註54〕。」本文就《字彙》反切系聯來看，僅見到佳韻併入麻韻，卦韻混入禡韻的現象，就佳韻上聲蟹韻，則仍維持在蟹攝，並未見有混入麻韻上聲馬韻的情形；又，夬韻在《字彙》反切系聯中，仍維持在蟹攝，亦未見有混入假攝的現象。就上面資料來看，《字彙》反切與《洪武正韻》有相異之處，顯示部分字例讀音改變的事實。

（五）山攝部份韻字的改易

每一時期的韻書或字書，或多或少對前一時期的反切用字作過修改，以期更能反映當代的語音現象。甯忌浮《洪武正韻研究》舉例：山攝字「歡、寒、刪、山、元、先、僊」及相承上去聲的韻部有作過重新的分併：「歡、寒」及相承上去聲併入寒韻，「寒、刪、山、元」及相承上去聲併入刪韻，「元、先、僊」及相承上去聲併入先韻〔註55〕。是以《洪武正韻》在山攝韻部有「寒、刪、先」及相承上去聲，各韻又細分為兩類，總計在山攝含有寒1、寒2、刪1、刪2、先1、先2六類的韻類（舉平賅上去）〔註56〕。就《字彙》反切系聯結果來看，山攝韻類已合併為延類、官類、寒類三類，這三類中有對《洪武正韻》有承繼，亦有改易的部份，說明語音現象的演變。舉《字彙》山攝寒類平聲韻作說明：

例 字	《洪武正韻》	《字彙》
寒	河干切	河干切
干	居寒切	居寒切
安	於寒切	於寒切

《字彙》寒類中的切語用字與《洪武正韻》全部相同，反切用字相同，系聯結

〔註54〕見甯忌浮《洪武正韻研究》（上海：上海辭書出版社，2003），頁27～32。

〔註55〕詳見甯忌浮《洪武正韻研究》（上海：上海辭書出版社，2003），頁30。

〔註56〕詳見甯忌浮《洪武正韻研究》（上海：上海辭書出版社，2003），頁94～98。

果亦是相同，說明《字彙》對《洪武正韻》有所因襲的部份；《字彙》與之不同之處，在於獨立合口細音爲倫類。

又，《字彙》與《洪武正韻》最大的差異在刪、先韻的整併，《字彙》反切全部可以系聯爲一類——延類，包含中古「元、先、仙、刪、山」韻。首先，《洪武正韻》將刪韻反切下字「姦、眼、晏」系聯爲一類；「關、版、慣」系聯爲一類。

《字彙》：「潸，師姦切，音山；又上聲數版切、又去聲所宴切。」說明反切下字「姦、版、宴」爲相承韻類，是以兩類可合併爲一類。又，《洪武正韻》將先韻反切下字「天、典、縣」系聯爲一類；「玄、犬、券」系聯爲一類。《字彙》：「甀，古縣切，音絹；又平聲古玄切。」說明反切下字「縣、玄」爲平去相承韻類，是以兩類可以系聯爲一類。又，《洪武正韻》「晏，於諫切；縣，形甸切。」一在諫韻，一在霰韻，今在《字彙》反切系聯中，「晏，伊甸切；縣，形殿切。」兩類已可系聯爲一類。是以說明刪、先韻在《洪武正韻》分爲六類，但《字彙》就反切系聯，及更動小韻反切用字〔註57〕，將刪、先韻整併爲一類，可見這些韻的讀音已趨相同。

（六）果攝歌、戈韻合併

《洪武正韻》中果攝歌、戈韻，仍獨立爲兩個韻類〔註58〕，然就《字彙》反切系聯結果，歌、戈韻已可系聯爲一類，以下舉去聲字例說明：

例 字	《廣韻》	《洪武正韻》	《字彙》
佐	則箇切	子臥切	子賀切
賀	胡箇切	胡箇切	胡臥切
箇	古賀切	古賀切	古課切
課	苦臥切	苦臥切	苦臥切
臥	吾貨切	吾貨切	五箇切
過	古臥切	古臥切	古臥切
貨	呼臥切	呼臥切	呼臥切

〔註57〕韻字的反切更動，對韻類系聯有相當程度的影響。如：《字彙》：「頑，五還切；還，胡關切。」（刪韻、山韻混）；《洪武正韻》：「潘，鋪官切。」（潘在桓韻），《字彙》：「艱，居顏切；潘，孚艱切」（呈現刪、桓相混）。

〔註58〕詳見甯忌浮《洪武正韻研究》（上海：上海辭書出版社，2003），頁100～101。

《廣韻》賀、箇在箇韻；臥、過、貨在過韻；一爲開口，一爲合口。《洪武正韻》中箇、過仍獨立爲兩個韻類。但，據《字彙》反切系聯結果，這些例字已可合併唯一個韻類。《字彙》改動《洪武正韻》的「佐，子臥切」爲「子賀切」；改《洪武正韻》的「賀，胡箇切」爲「胡臥切」，說明箇、臥在《字彙》反切音系中讀音改變且趨向合流。這樣的現象，在現今《漢語方音字匯》吳語區中亦呈現，果攝字除與唇音結合的「婆、波」等字，讀作[-u]外〔註 59〕，餘標音皆作[-əu]。或可說明在《字彙》反切音系中也隱含作者個人的方言色彩。

（七）洪細相混的語音現象

又，《字彙》反切音系中亦呈現洪、細音相涉的情形。舉例：《字彙》通攝中類（東 2、鍾）字，有介音[-i-]的存在，然而部份字例在現今吳語區呈現細音消失的情況，舉例：中，擬音爲[tsoŋ]〔註 60〕，或可說明《字彙》中字在細音受聲母[ts-]的影響，因異化作用導致細音消失的情況。再如，良類（江、陽）亦有細音存在，然非系字「房符方、方敷房、放敷亮」由雙唇音變爲唇齒音時，也因異化作用導致細音消失，變成洪音的現象；「仗直亮、尚時亮」等字則是受到舌尖面聲母的影響，變成洪音。

再如止攝字，則呈現洪細相混的情況，舉例：《字彙》：「知珍離、之章移、制征例、持陳知、勢始制」等字，在知、照、莊系聲母前細音受影響消失，知、之、制字在今吳語區標音皆爲[tsɿ]，持字標音爲[zɿ]，勢字標音爲[sɿ]〔註 61〕。他如「溪、離、彌」等字，則仍保有[-i-]音。

又，蟹攝字中的皆類，當爲開口音，然在現今蘇州話裡仍有介音[-i-]的存在，舉例：皆、階兩字標音皆爲[tɕiɒ]〔註 62〕，估計是受聲母顎化影響，導致由原本的洪音字變成細音，溫州話中則明顯仍可見洪音的存在，標音皆作[kɑ]〔註 63〕。

臻攝齊齒部分字例，在現今吳語區呈現細音消失，如：「神丞眞、仁而鄰、

〔註 59〕據《漢語方音字匯》（北京：語文出版社，2003），頁 28、30。

〔註 60〕分見《漢語方音字匯》（北京：語文出版社，2003），頁 366。

〔註 61〕分見《漢語方音字匯》（北京：語文出版社，2003），頁 60、61、63、65、69。

〔註 62〕見《漢語方音字匯》（北京：語文出版社，2003），頁 46。

〔註 63〕見《漢語方音字匯》（北京：語文出版社，2003），頁 46。

閏儒順、順而震」〔註 64〕等字，標音皆爲[zən]，顯示受舌齒類聲母影響，致使細音消失。

以上現象，說明《字彙》反切確實有沿襲《洪武正韻》的部份，但亦有修正之處，畢竟從《洪武正韻》（1375）到《字彙》（1615）歷經兩百多年的時間，語音現象有所改易，是很自然的事。對於高永安以爲：「《字彙》反切宗《正韻》，直音則另有所宗。」〔註 65〕筆者以爲《字彙》反切確實有承繼《洪武正韻》的例證，然亦有改動的現象，並不全然以《洪武正韻》爲基準。而與《洪武正韻》相異處的韻類現象，或可推論爲梅膺祚本身的方言系統，即吳語方言。《字彙》反切中確實有許多語音現象與現今吳語區極爲接近，是以筆者就《字彙》反切系聯結果所產生的音韻現象，以爲一部份有承襲自《洪武正韻》，另一部份則爲梅膺祚本身的方言系統，接近吳方言。

第三節　《字彙》反切聲調分析

以下來看《字彙》反切在聲調上的特點：

一、保留四聲，平聲不分陰陽

《字彙》反切據系聯結果，呈現平聲三十四類、上聲三十二類（少中類、乖類上聲）、去聲三十四類，入聲十五類。在聲調部份仍維持一般韻書傳統，分平、上、去、入四聲，且平聲不分陰陽。

二、全濁上聲仍讀爲上聲

濁上歸去是漢語演變至現今國語的重要規律之一，《洪武正韻》七十六韻本中，完好保存全濁上聲；八十韻本則有濁上歸去的例證，然變化並不徹底。〔註 66〕《字彙》反切據系聯結果，有全濁聲母：蒲類（並）、符類（奉）、徒類（定）、才類（從）、徐類（邪）、直類（澄、牀）、時類（神、禪）、渠類（群）、胡類（匣）九類，大抵全濁上聲仍讀爲上聲，並無演變爲去聲的情況，以反

〔註 64〕分見《漢語方音字匯》（北京：語文出版社，2003），頁 283、284、298。

〔註 65〕見高永安，〈《字彙》音切的來源〉，《南陽師範學院學報（社會科學版）》第 2 卷 1 期，2003，頁 40）。

〔註 66〕見甯忌浮《洪武正韻研究》（上海：上海辭書出版社，2003），頁 120。

切與直音舉例說明如下：

例字	反切	直音
取	此主切	趨上聲
下	胡雅切	遐上聲
主	腫與切	諸上聲
但	徒亶切	壇上聲
僝	鉏限切	棧上聲
僩	下簡切	閑上聲
儉	巨險切	箝上聲
伴	蒲滿切	盤上聲
似	詳里切	詞上聲
佇	直呂切	除上聲
啖	徒覽切	談上聲
在	盡海切	才上聲
夏	亥雅切	遐上聲
奉	父勇切	馮上聲
妓	巨起切	奇上聲
婢	部比切	皮上聲
嬥	徒了切	迢上聲
動	徒總切	同上聲

從上可見，《字彙》反切不管在直音或四聲相承上，全濁上聲仍讀爲上聲，少有例外的情況〔註67〕，此一現象較接近於《洪武正韻》七十六韻本。

除此之外，大體而言，《字彙》反切音系在聲調上並無特殊演變。

本章主要根據《字彙》反切系聯的結果，對聲、韻、調作一語音現象分析，在聲類上，呈現出非、敷合流；明、微相混；泥、娘不分；照、知、莊合流與徹、穿、初不分；心、疏、審合流；照系（含莊系）字與精系字相混；疑母與喻、爲相混；影、喻、爲相混；澄、牀相混及神、禪合併等重要語音現象。

〔註67〕《字彙》:「忬，竹與切；又去聲直呂切。」呂在《字彙》僅有一個反切「兩舉切」，於此則忬字又音所呈現的去聲，或可列爲濁上歸去的例證，然而這樣的字例並不多見。

在韻類上，主要就《洪武正韻》作一參照，顯示出有所承襲與創新的部份，如：江、宕攝的合併；梗、曾兩攝合併；臻攝、效攝、流攝來源相同；深、咸攝所承韻類相同；入聲與陽聲相配等《洪武正韻》原有特點外，他如：通攝董韻可合併爲一類；遇攝模、姥、暮韻的來源有別；部份蟹攝與止攝合流；蟹攝佳韻、卦韻與假攝互涉；山攝部份韻字的改易；果攝歌、戈韻合併；洪細相混的語音現象等，說明《字彙》對於《洪武正韻》並非全然沿襲，而是有自我創見在裡面，其中，最大的參考依據或可推於當時語音現象的呈現，及作者本人的方言系統，大抵說來，《字彙》反切有承襲舊有韻書，主要是《洪武正韻》，然亦有含涉當時語音現象在內，更多的實際語音現象則反映在《字彙》直音字例中。可以說明《字彙》反切應包含舊有讀書音，但亦含有部份實際語音情況在內的一本字書。

在聲調上，《字彙》承襲舊有韻書，仍分列四聲，平聲不分陰陽，在全濁上聲上則不歸去聲，仍讀爲上聲，大抵來說，《字彙》一書在聲調上並無特殊演變情形。

第六章　結　論

本書藉由系聯分析《字彙》反切之音韻特色，得出三十聲類及一百一十五類韻類，其語音特色或有承襲《洪武正韻》，亦有改正處，顯見語音的傳承與變革。而《字彙》反切音系所呈顯的語音特色，或摻雜有讀書音、時音，甚或梅膺祚本身之方言，不能以單一音系論之，茲詳述如下。

第一節　《字彙》反切音系系統

綜合前面各章所述，總結《字彙》反切音系，初步暫訂計有聲類三十類，一百一十五類韻類：平聲三十四類、上聲三十二類（少中類、乖類上聲）、去聲三十四類，入聲十五類。分就聲類、韻類表列如下：

一、《字彙》反切聲類表

發音部位	聲紐	41 聲類	反　切　上　字
重唇音	補類	幫	補、博、布、卑、伯、邦、兵、邊、奔、比、必、壁
	普類	滂	普、鋪、滂、拍、披、篇、批、匹、僻
	蒲類	並	蒲、薄、皮、步、毗、部、弼、婢、傍、避、簿、平
	莫類	明	莫、謨、眉、彌、母、綿、忙、末、覓、美、弭、密

輕唇音	芳類	非、敷	芳、方、敷、孚、甫、斐、府、妃、分、非
	符類	奉	符、房、扶、逢、防、父
	無類	微	無、武、文、亡、罔、微、巫、望
舌頭音	都類	端	都、丁、多、當、德、典、東、登、刀
	他類	透	他、吐、託、土、湯、天、通
	徒類	定	徒、杜、唐、大、達、同、度、堂、蕩、亭、田、敵
	奴類	泥、娘	奴、乃、囊、農
齒頭音	子類	精	子、祖、即、作、將、則、資、遵、總、津、茲、積、足、縱
	七類	清	七、親、戚、逡、倉、千、村、此、取
	才類	從	才、慈、秦、在、前、牆、疾、昨、靖、叢、徂
	蘇類	心、疏、審	蘇、所、先、孫、桑、息、思、相、斯、須、私、悉、式、師、山、色、申、商、始、生
	徐類	邪	徐、詳、似、旬
舌上、正齒音	之類	照、知、莊	之、陟、職、諸、竹、止、章、旨、知、朱、專、支、質、阻、征、腫、側、莊、查
	丑類	穿、徹、初	丑、昌、初、尺、楚、抽、齒
	直類	澄、牀	直、除、長、逐、丈、呈、仲、牀、助、陳、池
	時類	神、禪	時、上、神、市、殊、辰、丞、仕、視
牙音	古類	見	古、姑、攻、公、居、經、堅、舉、九、各、斤、規、吉、激
	苦類	溪	苦、丘、去、口、乞、區、牽、空、克、可、欺、康、驅
	渠類	群	渠、其、求、奇、忌、祁、及、巨、臼、權、逵
	五類	疑	五、語、偶、吾、訛
喉音	於類	影	於、伊、乙、益、因、隱、央、烏、汪、委、一、衣
	魚類	疑、喻、爲	魚、牛、于、遇、逆、云、以、弋、夷、羊、疑、雨
	呼類	曉	呼、火、虎、許、虛、休、況、馨
	胡類	匣	胡、戶、下、侯、洪、弦、轄、奚、雄、何、寒

半舌半齒音	力類	來	力、郎、魯、歷、離、鄰、連、盧、良、龍、呂、里、六
	而類	日	女、如、人、忍、日、而、爾、耳

二、《字彙》反切韻類表

（一）通　攝

1、紅類（合洪）

四聲	韻類	切　語　下　字	《廣韻》韻類
平	紅	紅、公、冬、同	（東1、冬）
上	孔	孔、勇、董、總、動、蠓	（董、腫）
去	貢	貢、送、弄、宋	（送1、宋）
入	六	六、谷、玉、竹、沃、木	（屋、沃、燭）

2、中類（合細）

四聲	韻類	切　語　下　字	《廣韻》韻類
平	中	中、弓、宮、恭、容、隆、凶	（東2、鍾）
去	用	用、頌、仲、眾	（用、送2）

（二）江、宕攝

1、良類（開細）

四聲	韻類	切　語　下　字	《廣韻》韻類
平	良	良、羊、章、江、王、方、房	（江、陽）
上	兩	兩、獎、仰、養、往、枉	（養）
去	亮	亮、仗、向、樣、況	（漾）
入	灼	灼、約、若、略、杓、岳、角	（藥、覺）

2、郎類（開洪）

四聲	韻類	切　語　下　字	《廣韻》韻類
平	郎	郎、堂、杠、當、岡、剛	（唐1）
上	黨	黨、朗、曩、莽	（蕩1）
去	浪	浪、宕	（宕1）

3、光類（合洪）

四聲	韻類	切　語　下　字	《廣韻》韻類
平	光	光、黃、旁、邦	（唐2）
上	廣	廣、晃	（蕩2）
去	曠	曠、謗	（宕2）
入	各	各、格、博、郭、鶴	（鐸1、鐸2）

（三）止　攝

1、溪類（開細）

四聲	韻類	切　語　下　字	《廣韻》韻類
平	溪	溪、之、宜、奚、夷、黎、題、西、齊	（支、脂、之、齊、微1）
上	里	里、禮、以、啓、起、米、几、綺	（尾1、止、薺）
去	計	計、霽、制、例、意、戲、器、冀、寄	（霽1、祭1、寘1、至1）

2、私類（開洪）

四聲	韻類	切　語　下　字	《廣韻》韻類
平	私	私、咨、茲、資、斯	（脂1）
上	氏	氏、止、此、紙、史、矢	（紙1、止）
去	智	智、至、志、置、二	（寘1、志）

3、回類（合細）

四聲	韻類	切　語　下　字	《廣韻》韻類
平	回	回、爲、杯、眉、規、悲	（支2、脂2、微2、灰）
上	委	委、偉、賄、軌、水、美	（紙、旨、尾2、賄）
去	對	對、兌、隊、胃、貴、穢、睡、醉、遂、佩、昧、妹	（至2、未2、霽2、隊、祭2、廢）

（四）遇　攝

1、於類（合細）

四聲	韻類	切　語　下　字	《廣韻》韻類
平	於	於、居、魚、朱、如、余、殊、諸	（魚、虞）
上	呂	呂、許、舉、與、主、庾、雨、乳	（語、麌）
去	遇	遇、據、豫、恕、句	（御、遇）

2、**胡類**（合洪）

四聲	韻類	切　語　下　字	《廣韻》韻類
平	胡	胡、孤、乎、模、烏、謨	（模）
上	古	古、五、土、祖、補、武	（姥）
去	故	故、暮、誤、助、慕	（暮）

（五）蟹　攝

1、**皆類**（開洪）

四聲	韻類	切　語　下　字	《廣韻》韻類
平	皆	皆、諧、街	（皆1）
上	買	買、蟹、駭、楷	（蟹1、駭）
去	拜	拜、懈、戒、介、賣、邁	（泰2、夬1、怪1）

2、**來類**（開洪）

四聲	韻類	切　語　下　字	《廣韻》韻類
平	來	來、才、台	（咍）
上	海	海、改、宰、乃	（海）
去	蓋	蓋、代、耐、帶、艾	（泰1、代）

3、**乖類**（合洪）

四聲	韻類	切　語　下　字	《廣韻》韻類
平	乖	乖、懷、淮	（皆2）
去	外	外、怪、壞、夬	（怪2、夬2）

（六）臻　攝

1、**人類**（開細）

四聲	韻類	切　語　下　字	《廣韻》韻類
平	人	人、眞、鄰、民、臻、巾、斤、銀	（眞、臻、欣）
上	忍	忍、謹、軫	（軫、隱）
去	刃	刃、愼、晉、震、吝、振、進	（焮、震、稕）
入	質	質、日、乙、悉、櫛、瑟	（質、迄、櫛）

2、**倫類**（合細）

四聲	韻類	切　語　下　字	《廣韻》韻類
平	倫	倫、春、分、云、文、雲	（諄、文）

上	允	允、敏、隕、準、吻、粉	（準、吻）
去	運	運、問、慍	（問）
入	勿	勿、拂、律、戌	（術、物）

3、**昆類**（合洪）

四聲	韻類	切　語　下　字	《廣韻》韻類
平	昆	昆、魂、孫、奔	（魂）
上	本	本、袞、損	（混）
去	困	困、悶、寸	（慁）
入	骨	骨、忽、沒、勃	（沒）

4、**恩類**（開洪）

四聲	韻類	切　語　下　字	《廣韻》韻類
平	恩	恩、痕	（痕）
上	很	很、懇	（很）
去	恨	恨、艮	（恨）

（七）山　攝

1、**延類**（開細）

四聲	韻類	切　語　下　字	《廣韻》韻類
平	延	延、緣、年、連、然、艱、顏、姦、壇、潘、員、權、涓、玄、淵、堅、先、前、還、關	（元、先、仙、刪、山）
上	典	典、免、顯、簡、限、亶、產、兗、演、善、淺、展、輦、版、綰、遠、阮、犬、泫	（阮、銑、旱、產、獮、潸）
去	甸	甸、諫、晏、殿、見、練、莧、澗、患、旦、戰、善、絹、願、戀、眷、眩、絢	（願、襇、霰、翰、諫、線）
入	結	結、屑、月、厥、八、黠、絕、雪、戛、劣、輟	（月、屑、薛、黠、鎋）

2、**官類**（合洪）

四聲	韻類	切　語　下　字	《廣韻》韻類
平	官	官、歡、丸、端	（桓）
上	管	管、緩、卵	（緩）
去	玩	玩、貫、亂、換	（換）
入	活	活、括、撮	（末）

3、寒類（開洪）

四聲	韻類	切　語　下　字	《廣韻》韻類
平	寒	寒、干、安	（寒）
上	旱	旱、滿、罕、侃	（旱、緩）
去	幹	幹、汗、案	（翰）
入	葛	葛、末、撥、曷	（曷、末）

（八）效　攝

1、交類（開洪）

四聲	韻類	切　語　下　字	《廣韻》韻類
平	交	交、肴、茅、袍、敲、刀、勞、高、毫	（肴、豪）
上	老	老、皓、考、稿、巧、絞	（巧、皓）
去	到	到、報、號、教、孝、效	（號、效）

2、招類（開細）

四聲	韻類	切　語　下　字	《廣韻》韻類
平	招	招、遙、姚、堯、聊、彫、條、消	（蕭、宵）
上	了	了、小、沼、少、鳥	（篠、小）
去	弔	弔、笑、肖、紹	（嘯、笑）

（九）果　攝

何類（開合洪音）

四聲	韻類	切　語　下　字	《廣韻》韻類
平	何	何、哥、禾、戈	（歌、戈1）
上	果	果、火、可、我	（哿、果）
去	臥	臥、佐、箇、過、賀	（箇、過）

（十）假　攝

1、瓜類（合洪）

四聲	韻類	切　語　下　字	《廣韻》韻類
平	瓜	瓜、華、媧、蝸	（佳2、麻2）
上	瓦	瓦、寡	（馬2）
去	卦	卦、化、話	（佳2、禡2）

2、遮類（開細）

四聲	韻類	切　語　下　字	《廣韻》韻類
平	遮	遮、鞾、奢	（痲3、戈3）
上	者	者、野	（馬3）
去	夜	夜、射	（禡3）

3、加類（開洪）

四聲	韻類	切　語　下　字	《廣韻》韻類
平	加	加、牙、佳、巴	（佳1、痲1）
上	下	下、雅	（馬1）
去	駕	駕、亞	（禡1）

（十一）梗、曾攝

1、庚類（開洪）

四聲	韻類	切　語　下　字	《廣韻》韻類
平	庚	庚、耕、盲、衡、橫、登、騰、曾	（庚1、庚2、耕、登）
上	猛	猛、杏、梗、等、肯	（梗、等）
去	鄧	鄧、亙、孟、硬、	（映1、諍1、嶝）
入	伯	白、麥、德、則	（陌、麥、德）

2、丁類（開細）

四聲	韻類	切　語　下　字	《廣韻》韻類
平	丁	丁、京、經、盈、輕、呈、成、陵、營、兵、明、平、熒	（庚3、庚4、清、青1、蒸）
上	郢	郢、頂、鼎、領、永、景、丙	（靜、迥、梗3、梗4、拯）
去	正	正、定、慶、盛、命、病、映	（映3、勁1、徑1、證）
入	歷	歷、狄、昔、積、逆、戟、職、石、狊、闃	（陌3、昔、錫、職）

（十二）流　攝

1、尤類（開細）

四聲	韻類	切　語　下　字	《廣韻》韻類
平	尤	尤、求、鳩、流、留、由	（尤、幽）

上	九	九、久、酉、有	(有、黝)
去	救	救、又、就、幼	(宥、幼)

2、侯類(開洪)

四聲	韻類	切　語　下　字	《廣韻》韻類
平	侯	侯、鉤、溝	(侯)
上	口	口、偶、厚	(厚)
去	候	候、豆、透	(候)

(十三)深　攝

林類(開細)

四聲	韻類	切　語　下　字	《廣韻》韻類
平	林	林、沉、今、吟、心、禽、深、針	(侵)
上	錦	錦、枕、審、稔	(寑)
去	禁	禁、鴆、蔭、沁	(沁)
入	入	入、立、及、執	(緝)

(十四)咸　攝

1、含類(開洪)

四聲	韻類	切　語　下　字	《廣韻》韻類
平	含	含、甘、南	(覃、談)
上	感	感、坎、唵	(感)
去	紺	紺、暗、勘	(勘)
入	合	合、閤、沓、答	(合、盍)

2、廉類(開細)

四聲	韻類	切　語　下　字	《廣韻》韻類
平	廉	廉、鹽、炎、兼、嫌	(鹽、添、嚴)
上	檢	檢、掩、險、點、忝、冉、剡	(琰、忝、儼)
去	念	念、豔、贍、欠、驗	(豔、㮇、釅)
入	涉	涉、葉、輒、聶、協、頰、業	(葉、怗、業)

3、咸類（開洪）

四聲	韻類	切　語　下　字	《廣韻》韻類
平	咸	咸、銜、監、嵒、凡、藍、三、談	（談、咸、銜、凡）
上	敢	敢、覽、檻、減、斬、犯	（敢、豏、檻、范）
去	陷	陷、鑑、泛、汎、濫、瞰	（闞、陷、鑑、梵）
入	洽	洽、甲、夾	（洽、狎、乏）

以上將《字彙》反切音系四聲相承作一列表。總結《字彙》反切系聯結果，對聲、韻、調作一語音現象分析：在聲類上，呈現出非、敷合流；明、微相混；泥、娘不分；照、知、莊合流與徹、穿、初不分；心、疏、審合流；照系（含莊系）字與精系字相混；疑母與喻、爲相混；影、喻、爲相混；澄、牀相混及神、禪合併等重要語音現象。

在韻類上，主要就《洪武正韻》作一參照，顯示出有所承襲與創新的部份，如：江、宕攝的合併；梗、曾兩攝合併；臻攝、效攝、流攝來源相同；深、咸攝所承韻類相同；入聲與陽聲相配等《洪武正韻》原有特點外，他如：通攝董韻可合併爲一類；遇攝模、姥、暮韻的來源有別；部份蟹攝與止攝合流；蟹攝佳韻、卦韻與假攝互涉；山攝部份韻字的改易；果攝歌、戈韻合併；洪細相混的語音現象等，說明《字彙》對於《洪武正韻》並非全然沿襲，而是有自我創見在裡面，其中，最大的參考依據或可推於作者本人的方言系統，及當時語音現象的呈現，大抵說來，《字彙》反切有承襲舊有韻書，主要是《洪武正韻》，然亦有含涉當時語音現象在內，更多的實際語音現象則反映在《字彙》直音字例中。可以說明《字彙》反切是包含舊有讀書音，但亦含有部份實際語音情況在內的音系系統。

《字彙》於聲調仍承襲中古韻書，分列四聲，平聲不分陰陽，全濁上聲不歸入去聲，仍讀爲上聲，大抵來說，《字彙》一書在聲調上並無特殊演變情形。

第二節　論文的延續與開展

《字彙》內容含涉極多，就音韻上來說，每字除列反切外，與前面各期字書、韻書不同處，在於每字皆列有直音，可供進一步的查找。關於每字羅列直音，確實爲梅膺祚所獨創，既然標明直音，自然更接近並能反映當時的語音狀況，是以若能就《字彙》所收三萬多字作一直音音系的研究，附加與反切音系作一對照，更能對《字彙》一書的音系結構有更深入的認識。

《字彙》一書包含許多音韻學上的語料，歷來對於《字彙》的研究，多侷限於字形或體例編纂上的研究，甚少對於《字彙》語音作有系統的研究，有其缺憾。光是《字彙》一書，除直音研究外，《字彙》於又音中亦標有「音近某」及「叶音」的標音方式。這些標音方式，更能對梅膺祚的語音觀念作深層的認識，究竟「音近某」是近到什麼程度，方能稱爲音近；又，一般以爲「叶音」含有上古音成份，對《字彙》一書叶音的研究，也可看出梅膺祚對古音方面的認識，綜合以上音韻研究，更能深入了解梅膺祚的音學觀，瞭解他對古音學與今音學貢獻。

除了《字彙》內部的音韻研究外，亦可對《字彙》與明末相關韻書、字書作一比較研究，尤其《字彙》篇末所附的《韻法橫圖》、《韻法直圖》，此二韻圖與《字彙》音系之關聯爲何，或同時代之《音韻正訛》，因兩位作者同屬安徽人，藉由兩本韻書之比勘，亦能瞭解當時之語音現象，諸如此擴大研究基點，方不致有侷限性。再如，《字彙》以後，有不少著作襲用《字彙》之名，如：清・吳任臣《字彙補》、張自烈《增補字彙》、虞德升《字彙數求聲》、忻如山《字彙韻補》、溫鳳儀《分韻字彙撮要》……等等，這些著作，或多或少對《字彙》進行修訂的工作，從修訂的過程中，亦含有作者自我的音學觀念，凡此皆可作爲論文開展與下一步的研究重點。

參考引用資料

（本論文參考引用資料以作者姓氏筆畫排序）

1. 《字彙》，國家圖書館館藏明萬曆乙卯年（西元 1615 年）原刊本。
2. 《字彙》，清康熙 27 年靈隱寺刊本。
3. 《字彙》，《續修四庫全書》中的寶綸堂本。
4. 王力，2003，《漢語史稿》（北京：中華書局）。
5. 王力，2006，《中國語言學史》（上海：復旦大學出版社）。
6. 王福堂，1999，《漢語方言語音的演變和層次》（北京：語文出版社）。
7. 王本瑛，1996，〈莊初崇生三等字在方言中的反映〉《聲韻論叢》5 輯（台北：台灣學生書局），頁 409～429。
8. 中國大百科全書編輯委員會，1994，《中國大百科全書・語言文字》（台北：錦繡出版事業股份有限公司）。
9. 古屋昭弘，1995，〈韻書中所見吳音的性質〉，《吳語研究》（香港：香港中文大學新亞書院），頁 325～328。
10. 古屋昭弘，1998，〈字彙與明代吳方音〉，《語言學論叢》第 20 輯（北京：商務印書館），頁 139～148。
11. 何九盈，2005，《中國古代語言學史》（廣東：教育出版社）。
12. 何大安，1988，《規律與方向——變遷中的音韻結構》（台北：中研院歷史語言研究所）。
13. 何大安，1996，《聲韻學中的觀念和方法》（台北：大安出版社）。
14. 李榮，1973，《切韻音系》（台北：鼎文書局）。
15. 李榮，1982，《音韻存稿》（北京：商務印書館）
16. 李榮，1985，《語文論衡》（北京：商務印書館）。

17. 李新魁，2005，《中古音》（北京：商務印書館）。
18. 李新魁、麥耘，1993，《韻學古籍述要》（陝西：人民出版社）
19. 李如龍，2003，《漢語方言的比較研究》（北京：商務印書館）。
20. 江聲皖，2006，《徽州方言探秘》（合肥：安徽人民出版社）。
21. 呂瑞生，2000，《字彙異體字研究》台北：中國文化大學中文研究所博士論文。
22. 巫俊勳，2001，《字彙編纂理論研究》台北：輔仁大學中文研究所博士論文。
23. 宋志培，2004，《宣城方言語音研究》濟南：山東大學文學院碩士論文。
24. 周法高，1984，《中國音韻學論文集》（香港：中文大學出版社）。
25. 周祖謨，2000，《文字音韻訓詁論集》（北京：北京大學出版社）。
26. 周祖謨，2004，《問學集》（北京：中華書局）。
27. 周祖謨，2004，《周祖謨語言文史論集》（北京：學苑出版社）。
28. 周祖庠，2003，《新著音韻學》（上海：上海辭書出版社）。
29. 周賽華，2005，《合併字學篇韻便覽研究》（武漢：湖北人民出版社）。
30. 周長楫，1991，〈濁音清化溯源及相關問題〉《中國語文》（1999 年 4 期），頁 283～288。
31. 林慶勳，2001，〈《正字通》的聲母〉，《聲韻論叢》11 輯（台北：台灣學生書局），頁 169～182。
32. 林慶勳，2003，〈論《字彙》的韻母特色〉，《第八屆國際暨第二十一屆全國聲韻學學術研討會論文集》（高雄：高雄師範大學國文系），頁 213～240。
33. 林慶勳，2003，《正字通的音節表》（行政院國科會輔助專題研究計畫成果）。
34. 林慶勳，2005，〈明清韻書韻圖反映吳語音韻特點觀察〉，《第九屆國際暨第二十三屆全國聲韻學學術研討會》（台中：靜宜大學主辦），頁 A5-1-1～A5-1-9。
35. 金周生，2005，《吳棫與朱熹音韻新論》（台北：洪葉文化）。
36. 孟慶惠，2005，《徽州方言》（合肥：安徽人民出版社）。
37. 高永安，2003，〈《字彙》音切的來源〉，《南陽師範學院學報（社會科學版）》第 2 卷 1 期，頁 37～41）。
38. 袁家驊，2001，《漢語方言概要（第二版）》（北京：語文出版社）。
39. 張世祿，1984，《張世祿語言學論文集》（上海：學林出版社）。
40. 張琨，1985，〈論吳語方言〉，《中央研究院歷史語言研究所集刊》56.2：頁 215～260。
41. 張涌泉，1999，〈論梅膺祚的字彙〉《中國語文》（1999 年 6 期），頁 473～477。
42. 曹志耘，2002，《南部吳語語音研究》（北京：商務印書館）
43. 甯忌浮，2003，《洪武正韻研究》（上海：上海辭書出版社）
44. 寧繼福，2005，〈讀明末安徽方言韻書《音韻正訛》〉，《安徽師範大學學報（人文社會科學版）》2005 年 06 期。

45. 游汝傑，1997，〈吳語的音韻特徵〉，《開篇》15（東京：好文出版），頁 98～113。
46. 楊素姿，2002，《大廣益會玉篇音系研究》高雄：國立中山大學中文系博士論文。
47. 楊世文，2001，〈濁上變去的例外探因〉《語文研究》（2001 年 2 期），頁 51～54。
48. 楊秀芳，1989，〈論漢語方言中全濁聲母的清化〉《漢學研究》（第 7 卷 2 期），頁 41～73。
49. 董同龢，1991，《漢語音韻學》（台北：王守京印行）
50. 趙元任，2000，《語言問題》（北京：商務印書館）
51. 趙誠，2004，《中國古代韻書》（北京：中華書局）
52. 劉文錦，1931，〈洪武正韻聲類考〉，《國立中央研究院歷史語言研究所集刊》第三本第二分（台北：維新書局）
53. 葉寶奎，1994，〈《洪武正韻》與明初官話音系〉，廈門大學學報（哲社版），頁 89～93。
54. 葉寶奎，2002，《明清官話音系》（廈門：廈門大學出版社）。
55. 陳新雄，1985，《中原音韻概要》（台北：學海出版社）。
56. 陳新雄，1990，《鍥不舍齋論學集》（台北：台灣學生書局）。
57. 陳新雄，1994，《文字聲韻論叢》（台北：東大圖書股份有限公司）。
58. 陳新雄，2000，《重校增訂音略證補》（台北：文史哲出版社）。
59. 陳新雄，2000，《古音研究》（台北：五南圖書出版有限公司）。
60. 陳新雄，2004，《廣韻研究》（台北：台灣學生書局）。
61. 蔣冰冰，2000，〈宣州片吳語古全濁聲母的演變〉，《方言》（2000 年第 3 期，頁 243～249）。
62. 蔣冰冰，2003，《吳語宣州片方言音韻研究》（上海：華東師範大學出版社）。
63. 錢乃榮，2003，《北部吳語研究》（上海：上海大學出版社）。
64. 應裕康，1970，〈洪武正韻聲母音值之擬訂〉，《中華學苑》第六期，頁 1～35。
65. 羅常培，2004，《羅常培語言學論文集》（北京：商務印書館）。
66. 鄭雅方，2005，《元音統韻音系研究》台北：中國文化大學中國文學研究所碩士論文。
67. 鄭再發，1966，〈漢語音韻史的分期問題〉《中央研究院歷史語言研究所集刊》（第 36 本，頁 635～648）
68. 謝雲飛，1992，〈濁音清化與清音濁化〉《中國語文》（1992 年 11 月），頁 14～16。
69. 蕭惠蘭，2002，〈《字彙》再評價〉，《湖北大學學報（哲學社會科學版）》（第 29 卷第 5 期，2002 年 9 月），頁 111～114。
70. 蕭惠蘭，2003《漢語方音字匯》（北京：語文出版社）。

附錄一　《字彙》反切四聲相承統計表

編號	字例	反 切	直 音	又　　音	備　註
1.	三	蘇藍切	撒平聲	又去聲息暫切	
2.	上	時亮切	常去聲	又上聲是掌切	
3.	下	胡雅切	遐上聲	又去聲胡駕切	
4.	主	腫與切	諸上聲	又去聲陟慮切	
5.	丼	都感切	耽上聲	又去聲丁紺切	
6.	乘	時征切	成	又去聲時正切	
7.	乳	忍與切	汝	又去聲如遇切	
8.	亥	胡改切	孩上聲	又去聲下蓋切	
9.	享	許兩切	響	又平聲虛良切、又去聲許亮切	
10.	仕	時吏切	時去聲	又上聲上紙切	
11.	仗	呈兩切	長上聲	又去聲直亮切	
12.	令	力正切	陵去聲	又平聲離呈切	
13.	仰	魚兩切	娘上聲	又去聲魚向切	
14.	任	如深切	壬	又去聲如禁切	
15.	企	去冀切	器	又上聲區里切	
16.	伆	武粉切	吻	又入聲文拂切	
17.	伴	蒲滿切	盤上聲	又去聲薄半切	
18.	佃	亭年切	田	又去聲蕩練切	
19.	但	徒亶切	壇上聲	又去聲杜晏切	

20.	佊	補委切	彼	又去聲兵媚切	
21.	何	寒哥切	賀平聲	又上聲下可切、又去聲胡箇切	
22.	侃	空罕切	刊上聲	又去聲袪幹切	
23.	供	居中切	恭	又去聲居用切	
24.	侹	杜晏切	憚	又上聲徒亶切	
25.	侳	子臥切	佐	又平聲子戈切	
26.	侵	七林切	駸	又上聲七稔切	
27.	便	皮面切	卞	又平聲蒲眠切	
28.	俇	渠王切	狂	又上聲具往切	
29.	俹	衣架切	亞	又平聲於加切	
30.	倆	力仗切	諒	又上聲良獎切	
31.	倒	都稿切	刀上聲	又去聲都導切	
32.	倲	德紅切	東	又去聲多貢切	
33.	偃	於顯切	煙上聲	又去聲伊甸切	
34.	健	巨展切	件	又去聲渠建切	
35.	偵	丑成切	稱	又去聲丑正切	
36.	傀	姑回切	規	又上聲古委切	
37.	傿	詰戰切	遣去聲	又上聲乞件切	
38.	傍	蒲浪切	蚌	又平聲蒲光切（與旁同）	
39.	傘	蘇簡切	散	又去聲先質切	
40.	傯	作孔切	總	又去聲作弄切	
41.	傷	尸羊切	商	又去聲式亮切	
42.	傾	窺營切	卿	又上聲丘穎切	
43.	僂	盧侯切	樓	又去聲郎豆切	
44.	僚	連條切	聊	又上聲盧皎切	
45.	僬	茲消切	焦	又去聲子肖切	
46.	僤	呈延切	蟬	又去聲時戰切	
47.	僄	疋昭切	飄	又去聲匹妙切	
48.	儆	居影切	景	又去聲居慶切	
49.	儋	都藍切	擔	又去聲都濫切	
50.	儜	伊愼切	印	又上聲於謹切	
51.	償	陳羊切	常	又去聲時亮切	
52.	儳	牀咸切	讒	又去聲牀陷切	
53.	儽	力遂切	類	又上聲魯偉切	

54.	儻	他曩切	湯上聲	又去聲他浪切	
55.	兇	許容切	胷	又上聲許拱切	
56.	兩	良獎切	良上聲	又去聲力仗切	
57.	兼	古嫌切	檢平聲	又去聲居欠切	
58.	冥	眉兵切	明	又上聲莫迥切、又去聲眉病切、又入聲莫狄切	
59.	冰	補明切	兵	又去聲卑病切	
60.	浸	七林切	侵	又上聲七稔切	
61.	凌	離呈切	靈	又去聲力正切	
62.	凝	魚陵切	寧	又去聲魚慶切	
63.	凶	許容切	胷	又上聲許拱切	
64.	凭	蒲明切	平	又去聲皮命切	
65.	分	敷文切	芬	又上聲府刎切	
66.	刌	趨本切	村上聲	又去聲村困切	
67.	㓉	於加切	鴉	又去聲衣架切	
68.	剗	楚簡切	產	又去聲初諫切	
69.	劁	昨焦切	樵	又去聲才笑切	
70.	勆	魯當切	郎	又去聲郎宕切	
71.	動	徒總切	同上聲	又去聲徒弄切	
72.	勝	式正切	聖	又平聲式呈切	
73.	勞	郎刀切	老平聲	又去聲郎到切	
74.	勬	圭淵切	涓	又去聲吉勸切	
75.	匈	許容切	胸	又上聲許拱切、又去聲許用切	
76.	匼	遏合切	庵入聲	又上聲烏感切	
77.	匽	於顯切	煙上聲	又去聲依甸切	
78.	占	之廉切	詹	又去聲章豔切	
79.	卣	于求切	由	又上聲云九切	
80.	卷	吉券切	絹	又上聲古泫切	
81.	厖	謨郎切	茫	又上聲母講切	
82.	厚	胡口切	侯上聲	又去聲胡茂切	
83.	原	遇玄切	元	又去聲虞怨切	
84.	去	丘遇切	區去聲	又上聲丘舉切	
85.	參	倉含切	驂	又去聲七勘切	
86.	叩	苦偶切	口	又去聲丘候切	

87.	右	云九切	有	又去聲爰救切	
88.	名	眉兵切	明	又去聲眉病切	
89.	后	胡口切	侯上聲	又去聲胡茂切	
90.	吐	他魯切	土	又去聲土故切	
91.	吟	魚音切	崟平聲	又上聲魚錦切、又去聲宜禁切	
92.	含	胡南切	涵	又去聲胡勘切	
93.	呈	直貞切	澄	又去聲直正切	
94.	吹	昌垂切	炊	又去聲昌瑞切	
95.	吼	許偶切	齁上聲	又去聲許候切	
96.	呵	虎何切	訶	又去聲呼个切	
97.	呼	荒胡切	滹	又去聲荒故切	
98.	映	烏郎切	盎平聲	又上聲烏朗切	
99.	和	戶戈切	禾	又去聲胡臥切	
100.	咽	因肩切	煙	又入聲於歇切	
101.	哪	奴何切	那	又去聲奴箇切	
102.	晗	胡男切	含	又上聲戶感切	
103.	啍	支云切	肫	又去聲朱閏切	
104.	啖	徒覽切	談上聲	又去聲徒濫切	
105.	啞	於加切	鴉	又上聲倚賈切	
106.	善	上演切	然上聲	又去聲時戰切	
107.	喑	於禽切	因	又去聲於禁切	
108.	喜	許里切	希上聲	又去聲許意切	
109.	嘱		與吹同	又去聲昌僞切	吹：昌垂切
110.	單	都艱切	丹	又上聲多簡切	
111.	嗚	汪胡切	汙	又去聲烏故切	
112.	嗾	蘇偶切	藪	又去聲先奏切	
113.	嗛	口郎切	康	又上聲口朗切	
114.	嘑		與呼同	又去聲呼故切	呼：荒胡切
115.	嘹	連條切	聊	又去聲力弔切	
116.	噞	魚占切	黏	又上聲魚檢切、又去聲魚欠切	
117.	噊	餘招切	搖	又去聲一要切	
118.	噽	許記切	戲	又平聲虛宜切	
119.	嚱	虛宜切	希	又去聲許意切	
120.	圉		與圄同	又去聲魚據切	圄：偶許切

121.	在	盡海切	才上聲	又去聲作代切	
122.	坐	徂果切	座	又去聲徂臥切	
123.	坱	於黨切	惡上聲	又平聲烏郎切、又去聲於浪切	
124.	埻	之允切	準	又去聲朱閏切	
125.	堁	苦臥切	課	又上聲苦果切	
126.	堰	伊甸切	燕	又上聲於顯切	
127.	塏	可海切	開上聲	又去聲丘蓋切	
128.	墁	謨官切	滿	又去聲莫半切	
129.	增	咨登切	則平聲	又去聲子孕切	
130.	墳	符分切	焚	又上聲房刎切	
131.	壅	於容切	雍	又上聲尹竦切、又去聲於用切	
132.	壙	苦謗切	曠	又上聲苦廣切	
133.	士	上紙切	時上聲	又去聲時吏切	
134.	壼	苦本切	悃	又去聲苦悶切	
135.	壽	承呪切	受	又上聲是酉切	
136.	夏	亥雅切	遐上聲	又去聲胡駕切	
137.	夭	伊姚切	腰	又上聲伊鳥切	
138.	夸	枯瓜切	誇	又上聲苦瓦切	
139.	奉	父勇切	馮上聲	又去聲馮貢切	
140.	奔	補昆切	犇	又去聲補悶切	
141.	奚	弦雞切	攜	又上聲戶禮切	
142.	女	偶許切	語	又去聲魚據切	
143.	好	許考切	蒿上聲	又去聲虛到切	
144.	妊	如禁切	任	又平聲如深切	
145.	始	詩止切	矢	又去聲式至切	
146.	姎		與嬫同	又去聲而豔切	嬫：而琰切
147.	娉	匹正切	聘	又平聲披經切	
148.	娑	桑何切	唆	又上聲素可切、又去聲蘇箇切	
149.	娗	唐丁切	亭	又上聲徒鼎切	
150.	娿	於何切	阿	又上聲烏可切	
151.	婉	於遠切	淵上聲	又去聲迂絹切	
152.	婢	部比切	皮上聲	又去聲皮意切	
153.	媛	于權切	員	又去聲于眷切	
154.	婉	縈員切	冤	又去聲於願切	

155.	媈	於命切	映	又平聲於京切	
156.	嫗	依據切	於去聲	又上聲於語切	
157.	嫭	胡故切	胡去聲	又上聲侯古切	
158.	嫽	力弔切	料	又平聲連條切	
159.	嬥	徒了切	迢上聲	又去聲徒弔切	
160.	嬮	衣炎切	淹	又去聲於豔切	
161.	嬼	力九切	柳	又去聲力救切	
162.	孋	鄰溪切	離	又去聲力地切	
163.	孌	龍眷切	戀	又上聲盧演切	
164.	守	始九切	首	又去聲舒救切	
165.	宛	於袁切	鴛	又上聲於卷切	
166.	宣	息緣切	瑄	又去聲息眷切	
167.	宵	先彫切	消	又去聲先弔切	
168.	寀	此宰切	猜上聲	又去聲倉代切	
169.	寙	烏價切	亞	又平聲於加切	
170.	將	子亮切	醬	又平聲資良切	
171.	少	始紹切	燒上聲	又去聲失照切	
172.	尞	連條切	聊	又去聲力弔切	
173.	尛	力鹽切	廉	又去聲力店切	
174.	尮	臧可切	左	又去聲子賀切	
175.	尵	他潰切	退	又上聲吐猥切	
176.	展	之輦切	旃上聲	又去聲之善切	
177.	峗	吾回切	峗	又上聲五委切	
178.	峔	莫浪切	漭	又平聲謨郎切、又上聲母黨切	
179.	崋	胡對切	話	又平聲胡瓜切	
180.	婉	於元切	寃	又上聲於阮切	
181.	崦	衣炎切	淹	又上聲於檢切	
182.	嵌	丘銜切	掐平聲	又去聲口陷切	
183.	嶙	離珍切	鄰	又上聲良忍切	
184.	嶠	祁堯切	橋	又去聲渠妙切	
185.	嶟	租昆切	尊	又上聲祖本切	
186.	巉	牀咸切	讒	又上聲士減切	
187.	巢	鋤交切	樵	又去聲鉏教切	
188.	巧	苦絞切	敲上聲	又去聲口教切	

189.	市	上紙切	時上聲	又去聲時吏切	
190.	帔	蒲糜切	皮	又上聲皮意切	
191.	縢	徒登切	騰	又去聲唐亙切	
192.	干	居寒切	竿	又去聲古汗切	
193.	平	蒲明切	屏	又去聲皮命切	
194.	并	卑病切	柄	又平聲補明切、又上聲補永切	
195.	幺少	伊姚切	腰	又去聲一笑切	
196.	幽	於尤切	攸	又上聲於九切	
197.	絲	古還切	關	又去聲古患切	
198.	幾	堅溪切	雞	又上聲居里切、又去聲吉器切	
199.	庌	語賈切	雅	又去聲五駕切	
200.	庪	古委切	癸	又去聲居胃切	
201.	廇	于求切	由	又上聲云九切	
202.	康	丘剛切	亢平聲	又去聲口浪切	
203.	廖	連條切	聊	又去聲力弔切	
204.	延	抽延切	川	又上聲齒善切	
205.	廷	唐丁切	亭	又去聲徒逕切	
206.	建	經電切	見	又上聲九輦切	
207.	廾	居竦切	拱	又平聲居中切	
208.	弅	符分切	焚	又上聲房吻切	
209.	弇	於檢切	渰上聲	又去聲於豔切	
210.	彤	徒紅切	同	又去聲徒弄切	
211.	弟	待禮切	題上聲	又去聲大計切	
212.	張	止良切	章	又去聲知亮切	
213.	強	渠良切	彊	又上聲巨兩切、又去聲其亮切	
214.	彈	杜晏切	憚	又平聲唐闌切	
215.	彊	渠良切	強	又上聲巨兩切、又去聲巨亮切	
216.	待	蕩海切	臺上聲	又去聲度耐切	
217.	後	胡口切	侯上聲	又去聲胡茂切	
218.	從	牆容切	从	又去聲才仲切	
219.	御	魚據切	遇	又上聲偶許切	
220.	衝	昌中切	充	又去聲丑用切	
221.	徿	良用切	弄	又上聲力董切	
222.	忍	爾軫切	人上聲	又去聲而震切	

223.	忏	七典切	淺	又平聲倉先切	
224.	怘	奴古切	弩	又去聲奴故切	
225.	忘	無方切	亡	又去聲巫放切	
226.	�	虛宜切	希	又去聲許意切	
227.	怐	苦候切	扣	又平聲苦侯切	
228.	怏	倚兩切	鴦上聲	又去聲於亮切	
229.	怒	奴古切	奴上聲	又去聲奴故切	
230.	怮	於尤切	幽	又上聲於九切	
231.	佇	竹與切	主	又去聲直呂切	
232.	恃	時吏切	時去聲	又上聲上紙切	
233.	恐	丘隴切	穹上聲	又去聲欺用切	
234.	悄	七小切	鍫上聲	又去聲七肖切	
235.	悌	大計切	第	又上聲待禮切	
236.	悍	侯幹切	翰	又上聲侯侃切	
237.	悔	呼委切	灰上聲	又去聲呼對切	
238.	悺	古緩切	管	又去聲古玩切	
239.	悢	呂張切	良	又去聲力仗切	
240.	惒		與和同	又去聲胡臥切	和：戶戈切
241.	惓	逵員切	權	又去聲逵眷切	
242.	惔	徒藍切	談	又上聲徒覽切、又去聲徒濫切	
243.	倚	去奇切	欺	又上聲區里切	
244.	惛	呼昆切	昏	又去聲呼困切	
245.	惺	先青切	星	又上聲息井切	
246.	愋	渠爲切	逵	又上聲巨委切	
247.	惕	尸羊切	商	又去聲式亮切、又徒黨切（蕩）、又去聲徒浪切	
248.	愘	枯架切	恰去聲	又平聲苦加切	
249.	慍	於問切	氳去聲	又上聲委窘切	
250.	㥯		古隱字	又平聲伊眞切	隱：於謹切
251.	慇	伊眞切	因	又上聲於謹切	
252.	慊	苦簟切	歉	又入聲乞協切	
253.	憝	杜對切	隊	又上聲杜磊切	
254.	憤	房吻切	焚上聲	又去聲房問切	
255.	懫	乃計切	膩	又上聲乃里切	

256.	憺	徒濫切	談去聲	又上聲徒覽切	
257.	憾	胡紺切	含去聲	又上聲戶感切	
258.	應	於京切	英	又去聲於命切	
259.	懣	莫本切	門上聲	又去聲莫困切	
260.	懤	除留切	儔	又去聲直又切	
261.	懰	力求切	流	又上聲力九切	
262.	懵	莫紅切	蒙	又上聲母總切	
263.	戨	居何切	歌	又上聲賈我切	
264.	戩	子淺切	剪	又去聲作甸切	
265.	戶	侯古切	胡上聲	又去聲胡故切	
266.	扃	涓熒切	駉	又上聲居永切	
267.	技	巨起切	奇上聲	又去聲奇寄切	
268.	抆	武粉切	刎	又去聲文運切	
269.	抏	五換切	玩	又平聲吾官切	
270.	抓	側絞切	爪	又平聲莊交切、又去聲側教切	
271.	抱	部巧切	庖上聲	又去聲蒲報切	
272.	拌	鋪官切	潘	又去聲普半切	
273.	拕	湯何切	佗	又去聲吐臥切	
274.	拗	於巧切	凹上聲	又去聲於教切	
275.	拲	居竦切	拱	又入聲居六切	
276.	拵	徂尊切	存	又去聲徂悶切	
277.	挑	他彫切	祧	又上聲土了切	
278.	捉	似泉切	旋	又去聲似戀切	
279.	捺	弋渚切	雨	又去聲依據切	
280.	授	承呪切	壽	又上聲是酉切	
281.	掉	徒了切	迢上聲	又去聲徒弔切	
282.	掠	力灼切	略	又去聲力仗切	
283.	探	他含切	貪	又去聲他勘切	
284.	揉	而由切	柔	又上聲忍九切、又去聲如又切	
285.	揩	丘皆切	緒	又去聲口戒切	
286.	援	于權切	員	又去聲于怨切	
287.	揵	渠半切	乾	又上聲巨碾切	
288.	揗	松允切	笋	又平聲須倫切	
289.	搧	式戰切	扇	又平聲尸連切	

290.	撁	具吝切	僅	又平聲巨巾切	
291.	擨	隨戀切	鏇	又平聲旬緣切	
292.	摲	師銜切	衫	又去聲所鑑切	
293.	撈	郎刀切	牢	又去聲郎到切	
294.	撑		與樘同	又去聲丑鄧切	樘：抽庚切
295.	撓	乃交切	鐃	又上聲乃巧切、又去聲乃教切	
296.	撩	連條切	聊	又上聲盧皎切	
297.	操	倉刀切	草平聲	又去聲七到切	
298.	擎	渠京切	鯨	又去聲具映切	
299.	擔	都藍切	膽平聲	又去聲都濫切	
300.	攟	舉窘切	均上聲	又去聲居運切	
301.	攢	徂官切	欑	又去聲在玩切	
302.	攣	郎旬切	戀	又平聲閭圓切	
303.	收	尸周切	音平聲	又去聲舒救切	
304.	敀	篇夷切	批	又上聲普弭切	
305.	放	敷亮切	方去聲	又敷房切（方）、又上聲妃兩切	
306.	政	之盛切	正	又平聲諸盈切	
307.	更	古衡切	耕	又去聲居孟切	
308.	教	居效切	較	又平聲居肴切	
309.	敖	牛刀切	鰲	又去聲魚到切	
310.	戡	知今切	針	又上聲章錦切	
311.	敲	丘交切	巧平聲	又去聲口教切	
312.	數	色御切	恕	又上聲所主切	
313.	斂	力冄切	廉上聲	又去聲力驗切、又平聲力鹽切	
314.	文	無分切	聞	又去聲無悶切	
315.	斝	居亞切	駕	又上聲舉雅切	
316.	斷	都管切	端上聲	又去聲都玩切	
317.	旁	蒲光切	薄平聲	又去聲蒲浪切	
318.	旋	旬緣切	璿	又去聲隨戀切	
319.	旕	於葉切	嚈	又上聲於檢切	
320.	旱	侯侃切	寒上聲	又去聲侯幹切	
321.	昭	之遙切	招	又上聲之繞切、又去聲之笑切	
322.	是	上紙切	時上聲	又去聲時吏切	
323.	昶	尺亮切	唱	又上聲昌兩切	

324.	晛	胡典切	賢上聲	又去聲形甸切	
325.	晻	烏感切	庵上聲	又去聲烏紺切	
326.	暀	于放切	王去聲	又上聲羽枉切	
327.	㬏	丑赧切	諂	又去聲丑諫切	
328.	暔	奴含切	南	又上聲奴感切	
329.	暝	眉兵切	明	又去聲眉病切	
330.	暵	虛汗切	漢	又平聲許干切	
331.	曈	徒紅切	同	又去聲徒弄切	
332.	曏	許亮切	向	又上聲許兩切	
333.	曚	莫紅切	蒙	又上聲母總切	
334.	曨	盧容切	龍	又去聲力董切	
335.	㬮	那壇切	難	又去聲乃旦切、又入聲乃八切	
336.	更	古衡切	耕	又去聲居孟切	
337.	有	云九切	尤上聲	又去聲爰救切	
338.	杖	呈兩切	長上聲	又去聲直亮切	
339.	杷	蒲巴切	罷平聲	又去聲皮罵切	
340.	枋	敷房切	方	又去聲敷亮切	
341.	枕	章錦切	斟上聲	又去聲職任切	
342.	枰	蒲明切	平	又去聲皮命切	
343.	枸	居侯切	鉤	又上聲舉後切	
344.	柿	上紙切	時上聲	又去聲時吏切	
345.	染	而剡切	冉	又去聲而豔切	
346.	桾	居云切	君	又去聲居運切	
347.	梘	吉典切	蹇	又去聲經電切	
348.	梱	苦本切	坤上聲	又去聲苦悶切	
349.	棌	此宰切	采	又去聲倉代切	
350.	棑	薄邁切	敗	又平聲步皆切	
351.	棒	步項切	旁上聲	又去聲蒲浪切	
352.	棯	於檢切	掩	又去聲於豔切	
353.	棧	鉏限切	殘上聲	又去聲助諫切	
354.	榜	補曩切	邦上聲	又去聲補曠切	
355.	椳	烏魁切	威	又上聲烏賄切	
356.	楗	巨展切	件	又去聲渠建切	
357.	楚	創祖切	粗上聲	又去聲創故切	

358.	榠	眉兵切	冥	又上聲莫迥切	
359.	槎	鋤加切	乍平聲	又上聲茶馬切	
360.	槱	于求切	尤	又上聲云九切、又去聲爰救切	
361.	槾	謨官切	滿平聲	又去聲莫半切	
362.	標	卑遙切	表平聲	又上聲彼小切	
363.	樹	而遇切	孺	又上聲上主切	
364.	欵	苦管切	款	又去聲口喚切	
365.	横	胡盲切	宏	又去聲戶孟切	
366.	檻	胡覽切	咸上聲	又去聲胡監切	
367.	檼	於謹切	隱	又去聲伊慎切	
368.	櫑	盧回切	雷	又上聲魯偉切	
369.	櫖	良據切	慮	又平聲淩如切	
370.	歇	何加切	霞	又去聲胡駕切	
371.	歉	苦點切	謙上聲	又去聲乞念切	
372.	歊	吁驕切	鴞	又去聲許照切、	
373.	歐	烏侯切	謳	又上聲於口切	
374.	歛	呼含切	酣	又去聲呼紺切	
375.	正	之盛切	政	又平聲諸成切	
376.	殆	蕩海切	臺上聲	又去聲度耐切	
377.	殅	所間切	山	又去聲所晏切	
378.	殘	昨干切	殘	又去聲徂贊切	
379.	殗	於葉切	噘	又平聲衣炎切	
380.	殽	何交切	肴	又去聲胡孝切	
381.	毀	呼委切	灰上聲	又去聲呼對切	
382.	毡	匹到切	炮	又平聲普袍切	
383.	毨	蘇典切	先上聲	又入聲先結切	
384.	毷	於丙切	影	又平聲於京切	
385.	毻	吐火切	妥	又去聲土臥切	
386.	氄	而中切	戎	又上聲而隴切	
387.	永	于景切	榮上聲	又去聲爲命切	
388.	汀	他經切	聽平聲	又去聲他定切	
389.	汕	所簡切	山上聲	又去聲所晏切	
390.	汙	汪胡切	烏	又去聲烏故切	
391.	沅	遇玄切	原	又上聲五遠切	

392.	沆	下黨切	杭上聲	又去聲下浪切	
393.	沉	持林切	朕平聲	又去聲直禁切	
394.	沙	師加切	紗	又去聲所稼切	
395.	洉	胡溝切	侯	又去聲胡茂切	
396.	洞	徒弄切	同去聲	又上聲徒總切	
397.	洶	許容切	匈	又上聲許拱切	
398.	浜	補耕切	崩	又上聲補梗切	
399.	浪	魯堂切	郎	又去聲郎宕切	
400.	涼	龍張切	良	又去聲力仗切	
401.	淡	徒濫切	談去聲	又上聲徒覽切	
402.	淪	龍春切	倫	又論上聲盧本切	
403.	深	式針切	審平聲	又去聲式禁切	
404.	清	七情切	請平聲	又去聲七正切	
405.	淹	衣炎切	閹	又去聲於豔切	
406.	渲	須兗切	選	又去聲先眷切	
407.	渾	胡昆切	魂	又上聲胡本切	
408.	湔	將先切	箋	又去聲作甸切	
409.	湛	牀減切	巉上聲	又去聲牀陷切、又沉去聲直禁切	
410.	湩	多貢切	凍	又上聲多動切	
411.	湯	他郎切	儻平聲	又去聲他浪切	
412.	湴	蒲鑑切	辦	又平聲白銜切	
413.	溟	眉兵切	明	又上聲莫迥切	
414.	滃	於容切	邕	又去聲於用切	
415.	溲	疏鳩切	蒐	又上聲所九切	
416.	滂	普郎切	朴平聲	又去聲普浪切	
417.	滲	所禁切	森去聲	又平聲疏簪切	
418.	漕	財勞切	曹	又去聲在到切	
419.	漚	烏侯切	謳	又去聲於候切	
420.	潭	他含切	貪	又去聲他勘切	
421.	漨	符中切	逢	又上聲蒲蠓切	
422.	漩	旬緣切	旋	又去聲隨戀切	
423.	漫	謨官切	滿平聲	又去聲莫半切	
424.	漭	母黨切	莽	又去聲莫浪切	
425.	漱	先奏切	搜去聲	又平聲先侯切	

426.	漲	知亮切	障	又平聲止良切	
427.	漶	胡管切	緩	又去聲胡玩切	
428.	潦	郎刀切	牢	又上聲魯稿切、又去聲郎到切	
429.	潬	徒亶切	壇上聲	又去聲杜晏切	
430.	濆	符分切	焚	又上聲房吻切	
431.	潸	師姦切	山	又上聲數版切、又去聲所宴切	
432.	澇	郎刀切	牢	又去聲郎到切	
433.	澹	徒藍切	談	又上聲徒覽切、又去聲徒濫切	
434.	濘	乃梃切	寧上聲	又去聲乃定切	
435.	濛	莫紅切	蒙	又上聲母總切	
436.	濟	子禮切	齎上聲	又去聲子計切	
437.	濥	以忍切	引	又去聲羊晉切	
438.	濺	將先切	箋	又去聲作甸切	
439.	瀉	先野切	寫	又去聲司夜切	
440.	瀏	力求切	流	又上聲力九切、又去聲力救切	
441.	瀲	力冉切	斂	又去聲力驗切	
442.	瀾	離閻切	闌	又上聲魯簡切、又去聲郎患切	
443.	灉	於容切	雍	又去聲於用切	
444.	灡	郎患切	爛	又平聲離閑切、又上聲魯簡切	
445.	灩	以贍切	鹽去聲	又上聲以冉切	
446.	灦	呼典切	顯	又去聲曉見切	
447.	灨	古暗切	紺	又上聲古坎切	
448.	灸	舉有切	九	又去聲居又切	
449.	炷	腫與切	主	又去聲陟慮切	
450.	烘	呼洪切	忽平聲	又去聲呼貢切	
451.	烝	諸成切	征	又去聲之盛切	
452.	煎	將先切	箋	又去聲作甸切	
453.	煦	虛呂切	許	又去聲許御切	
454.	煬	移章切	羊	又去聲餘亮切	
455.	粦	離珍切	鄰	又上聲良忍切、又去聲良慎切	
456.	煽	尸連切	羶	又去聲式戰切	
457.	熢	蒲紅切	蓬	又上聲部孔切	
458.	燋	茲消切	焦	又去聲子肖切	
459.	燎	連條切	聊	又去聲力弔切	

460.	燒	尸昭切	少平聲	又去聲失照切	
461.	燕	伊甸切	宴	又平聲因肩切	
462.	燠	於語切	於上聲	又去聲依據切	
463.	燥	蘇老切	嫂	又去聲先到切	
464.	爭	甾耕切	箏	又去聲側硬切	
465.	父	扶古切	巫上聲	又去聲防父切	
466.	爻	何交切	肴	又去聲胡孝切	
467.	牙	牛加切	雅平聲	又上聲語賈切、又去聲五駕切	
468.	牚	抽庚切	折平聲	又去聲丑硬切	
469.	牽	苦堅切	愆	又去聲苦戰切	
470.	⿰牜卓	楚交切	抄	又去聲楚教切	
471.	⿰牜京	龍張切	良	又去聲力仗切	
472.	犥	匹沼切	縹	又平聲撫招切	
473.	⿰牜雚	求患切	貫	又平聲跪頑切	
474.	犽	五駕切	迓	又平聲牛加切	
475.	⿰犭斤	語斤切	銀	又上聲語謹切	
476.	狂	渠王切	况平聲	又去聲渠故切	
477.	狃	女九切	紐	又去聲女救切	
478.	⿰犭玄	胡涓切	玄	又去聲音眩	
479.	狚	多簡切	丹上聲	又去聲得爛切	
480.	狩	舒救切	獸	又上聲始九切	
481.	奘	徂朗切	藏上聲	又去聲才浪切	
482.	狷	吉劵切	眷	又上聲古犬切	
483.	狼	魯堂切	郎	又去聲郎宕切	
484.	猒	衣炎切	淹	又去聲於豔切	
485.	⿰犭參	師銜切	衫	又上聲所斬切	
486.	獠	連條切	聊	又去聲力弔切	
487.	獫	力鹽切	廉	又去聲力驗切	
488.	獳	奴豆切	耨	又平聲奴侯切	
489.	王	于方切	旺平聲	又上聲羽枉切	
490.	玷	都念切	店	又上聲多忝切	
491.	珥	而至切	二	又上聲如此切	
492.	琲	部美切	裴上聲	又去聲步昧切	
493.	瑩	于平切	榮	又上聲烏迥切、又去聲縈定切	

494.	璘	離珍切	鄰	又上聲良忍切	
495.	璙	連條切	聊	又去聲力弔切	
496.	亶	他旦切	炭	又上聲他亶切	
497.	瓚	在簡切	棧	又去聲才贊切	
498.	瓣	力鹽切	廉	又上聲力冉切	
499.	瓣	備莧切	辨	又平聲蒲閑切	
500.	甂	古縣切	絹	又平聲古玄切	
501.	甗	胡讒切	銜	又上聲下斬切	
502.	甔	都藍切	擔	又去聲都濫切	
503.	甚	食枕切	忱上聲	又去聲時鴆切	
504.	甎	徒含切	談	又去聲徒紺切	
505.	生	師庚切	甥	又去聲所敬切	
506.	田	亭年切	塡	又去聲蕩練切	
507.	甿	居郎切	岡	又上聲舉黨切	
508.	留	力求切	流	又去聲力救切	
509.	當	都郎切	黨平聲	又去聲丁浪切	
510.	畹	於遠切	淵上聲	又去聲迂絹切	
511.	畂	而宣切	輭平聲	又去聲儒戀切	
512.	畺	居良切	江	又上聲巨兩切	
513.	疢	丑忍切	嗔上聲	又去聲丑愼切	
514.	疲	方諫切	販	又上聲方反切	
515.	痁	詩廉切	閃平聲	又去聲舒贍切	
516.	痗	莫佩切	昧	又上聲莫委切	
517.	瘷	勞代切	賴	又平聲郎才切	
518.	痯	古緩切	管	又去聲古玩切	
519.	瘉	弋渚切	與	又平聲雲俱切、又去聲羊茹切	
520.	瘤	力求切	留	又去聲力救切	
521.	瘢	陟里切	紙	又去聲知意切	
522.	瘵	諸成切	烝	又上聲之郢切	
523.	瘵	仗句切	住	又平聲長魚切	
524.	癉	都艱切	丹	又去聲得爛切、又上聲多簡切	
525.	皇	胡光切	黃	又上聲戶廣切	
526.	皯	古汗切	干去聲	又上聲古旱切	
527.	皸	規雲切	均	又去聲居運切	

528.	皺	胡茂切	後	又平聲胡鉤切	
529.	饅	武綰切	晚	又去聲無販切	
530.	盎	於浪切	惡去聲	又上聲於黨切	
531.	盛	時正切	剩	又平聲時征切	
532.	盡	慈忍切	秦上聲	又去聲齊進切	
533.	監	古咸切	減平聲	又去聲古陷切	
534.	盥	古緩切	管	又去聲古玩切	
535.	盪	徒浪切	宕	又上聲徒黨切、又平聲徒郎切	
536.	相	息良切	襄	又去聲息亮切	
537.	睓	他前切	天	又去聲他甸切	
538.	盹	章倫切	諄	又去聲之閏切	
539.	眄	莫典切	勉	又去聲莫見切	
540.	眅	普板切	攀上聲	又平聲披班切	
541.	眈	都含切	耼	又上聲都感切	
542.	看	袪幹切	勘	又平聲丘寒切	
543.	映	烏朗切	坱	又平聲烏郎切	
544.	眳	武兵切	名	又上聲彌頂切	
545.	眺	他弔切	糶	又上聲土了切	
546.	睚	宜皆切	厓	又去聲牛懈切	
547.	睺	胡鉤切	侯	又去聲胡茂切	
548.	暖	呼淵切	暄	又上聲況遠切	
549.	瞑	眉兵切	明	又上聲莫迥切、又去聲眉病切	
550.	瞠	抽庚切	撐	又去聲敕諍切	
551.	瞻	慈鹽切	潛	又去聲慈豔切	
552.	瞭	盧皎切	了	又平聲連條切	
553.	矗	昌六切	觸	又去聲丑用切	
554.	矯	吉了切	驕上聲	又去聲古弔切	
555.	砭	悲廉切	貶平聲	又去聲悲驗切	
556.	碭	徒黨切	蕩	又去聲徒浪切	
557.	磋	倉何切	蹉	又去聲千臥切	
558.	磣	楚錦切	參上聲	又入聲七合切	
559.	磥	魯偉切	壘	又平聲盧回切	
560.	磨	眉波切	摩	又去聲莫臥切	
561.	磷	離珍切	鄰	又去聲良慎切	

562.	磽	丘交切	敲	又去聲口教切	
563.	礧	魯偉切	雷上聲	又去聲力遂切	
564.	祖	總五切	租上聲	又去聲臧祚切	
565.	票	批招切	飄	又去聲匹妙切	
566.	禜	爲命切	詠	又平聲于平切	
567.	禦	魚據切	御	又上聲偶許切	
568.	禪	呈延切	蟬	又去聲時戰切	
569.	禱	都槁切	刀上聲	又去聲都導切	
570.	秆		與稈同	又去聲古汗切	稈：古罕切
571.	稍	所教切	筲去聲	又上聲山巧切	
572.	稜	盧登切	冷平聲	又去聲魯鄧切	
573.	稱	丑成切	偵	又去聲丑正切	
574.	橐	杜槁切	桃上聲	又去聲杜到切	
575.	空	苦紅切	孔平聲	又上聲康董切、又去聲苦貢切	
576.	穽	疾正切	淨	又上聲疾郢切	
577.	突	一笑切	要	又上聲伊鳥切	
578.	穿	昌緣切	川	又去聲樞絹切	
579.	窔	伊鳥切	杳	又去聲一笑切	
580.	窕	徒了切	調上聲	又上聲土了切、又去聲他弔切	
581.	窱	土了切	挑上聲	又去聲他弔切	
582.	窾	他藍切	塔平聲	又去聲吐濫切	
583.	籃	盧監切	藍	又去聲盧瞰切	
584.	竚	治據切	住	又上聲丈呂切	
585.	竝	部迥切	平上聲	又去聲皮命切	
586.	筍	聳允切	辛上聲	又去聲須閏切	
587.	筅	丑用切	銃	又平聲音充	
588.	筒	徒紅切	同	又去聲徒弄切	
589.	算	蘇貫切	酸去聲	又上聲損管切	
590.	箵	息井切	省	又平聲先青切	
591.	箈	堂來切	臺	又上聲蕩亥切、又去聲度耐切	
592.	箮	先青切	星	又上聲息井切	
593.	篍	弭沼切	藐	又去聲弭笑切	
594.	簸	補火切	波上聲	又去聲補過切	
595.	簹	都郎切	當	又去聲丁浪切	

596.	簿	裴古切	蒲上聲	又去聲薄故切	
597.	籑	須兗切	選	又去聲須絹切	
598.	籠	盧東切	弄平聲	又上聲力董切	
599.	籼	蘇前切	先	又上聲蘇典切	
600.	精	子盈切	旌	又去聲子正切	
601.	粈	忍九切	柔上聲	又去聲如又切	
602.	糗	去九切	丘上聲	又去聲丘救切	
603.	紂	丈九切	儔上聲	又去聲直又切	
604.	紆	衣虛切	迂	又上聲委羽切	
605.	紬	除留切	酬	又去聲直又切	
606.	紹	市沼切	韶上聲	又去聲實照切	
607.	絍	如禁切	任	又平聲如深切	
608.	絙	居登切	亙平聲	又去聲居鄧切	
609.	統	他總切	通上聲	又去聲他貢切	
610.	紟	巨金切	琴	又去聲巨禁切	
611.	綬	是酉切	受	又去聲承呪切	
612.	綰	烏版切	彎上聲	又去聲烏患切	
613.	緰	於業切	淹入聲	又去聲於驗切	
614.	緉	良獎切	兩	又去聲力仗切	
615.	緼	委窘切	氳上聲	又平聲於云切、又去聲於問切	
616.	縞	古老切	高上聲	又去聲居號切	
617.	縡	作代切	再	又上聲子海切	
618.	縵	謨官切	滿平聲	又去聲莫半切	
619.	繖	蘇簡切	薩上聲	又去聲先贊切	
620.	繚	盧皎切	了	又平聲連條切、又去聲力弔切	
621.	繟	尺戰切	徹去聲	又上聲齒善切	
622.	蠓	莫紅切	蒙	又上聲母總切	
623.	纍	盧回切	雷	又去聲魯偉切	
624.	纏	呈延切	蟬	又去聲直善切	
625.	纛	杜到切	導	又平聲徒刀切、又上聲杜稿切	
626.	罞	力頂切	領	又平聲離呈切	
627.	罧	疏簪切	森	又上聲所錦切、又去聲所禁切	
628.	罬	須演切	先上聲	又去聲先見切	
629.	羂	古犬切	涓上聲	又去聲吉劵切	

630.	羫	居諧切	皆	又上聲古楷切	
631.	羵	符分切	焚	又上聲房吻切	
632.	羳	祖含切	簪	又入聲作答切	
633.	羽	弋渚切	與	又去聲羊遇切	
634.	翁	烏紅切	甕平聲	又上聲烏孔切	
635.	翪	祖冬切	宗	又上聲祖動切	
636.	翿	杜到切	導	又上聲杜稿切	
637.	聚	慈與切	徐上聲	又去聲族遇切	
638.	聜	止酉切	帚	又去聲職救切	
639.	聞	無分切	文	又去聲無悶切	
640.	聽	他定切	汀去聲	又平聲他經切	
641.	肖	先弔切	笑	又平聲先彫切	
642.	肚	徒古切	杜	又去聲獨故切	
643.	胠	丘於切	區	又上聲丘舉切、又去聲區遇切	
644.	胥	新於切	須	又上聲私呂切	
645.	能	奴登切	獰	又上聲奴等切	
646.	脈	莫委切	美	又去聲莫佩切	
647.	脅	虛業切	險入聲	又去聲虛欠切	
648.	脛	形定切	形去聲	又上聲下頂切	
649.	脧	遵綏切	醉平聲	又上聲即委切	
650.	腅		與殂同	又去聲在簡切	殂：昨干切
651.	腤	甾耕切	爭	又上聲側硬切	
652.	腦	旨而切	緇	又去聲爭義切	
653.	腥	先青切	星	又去聲息正切	
654.	腱	渠年切	乾	又上聲巨展切、又去聲渠建切	
655.	膏	姑勞切	高	又去聲居號切	
656.	膱	旬緣切	旋	又上聲徐兗切	
657.	膠	居肴切	交	又上聲古巧切	
658.	膮	吁驕切	鴞	又去聲許照切	
659.	膳	上演切	然上聲	又去聲時戰切	
660.	膭	以追切	維	又去聲以醉切	
661.	臨	犂沈切	林	又去聲力禁切	
662.	興	虛陵切	馨	又去聲許應切	
663.	舉	居許切	居上聲	又去聲居御切	

664.	舊	居又切	求去聲	又上聲巨九切	
665.	叚	舉下切	賈	又去聲居亞切	
666.	般	補潘切	半平聲	又上聲補滿切	
667.	良	龍張切	梁	又上聲良獎切	
668.	艷	烏化切	蛙去聲	又上聲烏寡切	
669.	艷	母亙切	音近孟	又平聲莫紅切	
670.	芇	莫堅切	緜	又上聲莫典切	
671.	芊	居寒切	干	又上聲古汗切	
672.	芊	倉先切	千	又去聲倉甸切	
673.	芔	許偉切	毀	又去聲呼對切	
674.	芼	莫毫切	毛	又去聲莫報切	
675.	苛	寒哥切	何	又上聲下可切	
676.	苤	丘於切	袪	又去聲丘遇切	
677.	苦	孔五切	枯上聲	又去聲苦故切	
678.	苫	詩廉切	閃平聲	又去聲舒贍切	
679.	茂	莫候切	懋	又上聲莫口切	
680.	茉	盧對切	類	又平聲盧回切	
681.	荷	寒哥切	何	又上聲下可切、又去聲胡箇切	
682.	莛	唐丁切	亭	又上聲徒鼎切	
683.	菎	年題切	泥	又上聲乃里切	
684.	菏	居何切	歌	又上聲嘉我切	
685.	華	胡瓜切	話平聲	又去聲胡卦切	
686.	菲	敷尾切	斐	又去聲芳未切	
687.	菴		古庵字	又上聲烏感切、又去聲烏紺切	庵：烏含切
688.	菶	蒲紅切	蓬	又上聲蒲蠓切	
689.	蒐	疏鳩切	搜	又上聲所九切	
690.	蒞	余招切	遙	又去聲余要切	
691.	蒸	諸成切	征	又去聲之盛切	
692.	蒼	千剛切	倉	又上聲茱莽切	
693.	蓂	眉兵切	明	又入聲莫狄切	
694.	蓊	烏紅切	翁	又上聲烏孔切	
695.	蓮	零年切	練平聲	又上聲力展切	
696.	蔃	巨良切	強	又上聲巨兩切	
697.	蔓	謨官切	滿平聲	又去聲莫半切	

698.	蔫	因肩切	煙	又去聲伊甸切	
699.	藇	弋渚切	與	又平聲雲俱切	
700.	藺	離珍切	鄰	又上聲良忍切、又去聲良慎切	
701.	蕩	徒黨切	唐上聲	又去聲徒浪切、又他浪切【湯去聲】	
702.	藏	徂郎切	昨平聲	又去聲才浪切	
703.	藹	衣海切	哀上聲	又去聲於蓋切	
704.	蘊	委窘切	氳上聲	又平聲於云切、又去聲於問切	
705.	蘞	力冉切	廉上聲	又力鹽切音廉、又去聲力驗切、	
706.	欑	則諫切	贊	又入聲姊末切	
707.	處	敞呂切	杵	又去聲昌據切	
708.	號	胡刀切	毫	又去聲胡到切	
709.	虥	鉏山切	潺	又上聲鉏限切、又去聲助諫切	
710.	蚌	步項切	棒	又去聲蒲浪切	
711.	蜒	夷然切	延	又上聲以淺切	
712.	蝛	側鳩切	鄒	又上聲側九切	
713.	蝀	德紅切	東	又上聲多動切、又去聲多貢切	
714.	蝬	胡鉤切	侯	又去聲胡豆切	
715.	蟚	諾何切	那	又平聲奴勒切	
716.	蝓	羊朱切	俞	又去聲羊遇切	
717.	蟲	胡甘切	含	又去聲胡紺切	
718.	蟯	如招切	饒	又去聲人要切	
719.	蟺	呈延切	蟬	又上聲上演切	
720.	蠁	許兩切	響	又去聲許亮切	
721.	蠃	郎何切	羅	又上聲魯果切	
722.	�	於容切	雍	又上聲尹竦切	
723.	蠉	呼淵切	暄	又上聲况遠切	
724.	蠔	奴經切	寧	又上聲乃挺切	
725.	蠱	公土切	古	又去聲古慕切	
726.	行	何庚切	衡	又上聲何梗切、又去聲胡孟切	
727.	衎	空罕切	侃	又去聲祛幹切	
728.	衕	徒紅切	同	又去聲徒弄切	
729.	衙	牛加切	牙	又去聲五駕切、又上聲偶許切、	
730.	衪	養里切	以	又去聲以智切	

731.	衷	陟隆切	中	又去聲之仲切	
732.	衽	如禁切	任	又上聲忍枕切	
733.	袒	徒亶切	壇上聲	又去聲杜宴切	
734.	袗	止忍切	軫	又去聲之愼切	
735.	茸	而隴切	冗	又上聲而用切	
736.	校	吉了切	皎	又去聲古弔切	
737.	褋	丁戈切	多	又上聲都果切	
738.	裋	而遇切	孺	又上聲忍與切	
739.	裍	丁連切	顚	又入聲杜結切	
740.	裹	古火切	果	又去聲古臥切	
741.	裺	衣檢切	掩	又去聲於劍切	
742.	襇	古限切	簡	又去聲居晏切	
743.	襄		與展同	又去聲之善切	展：之輦切
744.	襜	蚩占切	諂平聲	又去聲昌豔切	
745.	要	伊姚切	邀	又去聲一笑切	
746.	覃	徒含切	曇	又上聲徒感切	
747.	覞	實照切	邵	又上聲市沼切	
748.	覘	蚩占切	諂平聲	又去聲昌豔切	
749.	覜	他弔切	糶	又平聲他彫切	
750.	覐	古緣切	涓	又去聲吉勸切	
751.	親	七人切	七平聲	又去聲七愼切	
752.	覾	式枕切	審	又去聲尸甚切	
753.	覵	苦閑切	慳	又去聲苦戰切	
754.	解	佳買切	皆上聲	又去聲居拜切	
755.	觨	胡本切	混	又平聲胡昆切	
756.	訍		與詨同	又平聲初加切	詨：丑亞切
757.	訬	楚交切	抄	又去聲楚教切	
758.	詁	公土切	古	又去聲古慕切	
759.	詇	倚兩切	鴦上聲	又去聲於亮切	
760.	評	蒲明切	平	又去聲皮命切	
761.	誽	年題切	尼	又上聲乃里切、又去聲乃計切	
762.	詗	火迥切	兄上聲	又去聲呼正切	
763.	詬	古候切	搆	又上聲舉偶切	
764.	喏	爾者切	惹	又去聲人夜切	

765.	詷	徒紅切	同	又上聲徒總切、又去聲徒弄切	
766.	誕	徒亶切	壇上聲	又去聲杜晏切	
767.	語	偶許切	魚上聲	又去聲魚據切	
768.	調	田聊切	迢	又去聲徒弔切	
769.	諄	朱倫切	肫	又去聲朱閏切	
770.	論	盧昆切	倫	又去聲盧困切	
771.	諗	式禁切	深去聲	又上聲式錦切	
772.	諹	移章切	陽	又去聲余亮切	
773.	諼	呼淵切	暄	又上聲况遠切	
774.	謑	弦雞切	奚	又上聲戶禮切	
775.	謙	苦兼切	欠平聲	又上聲苦簟切、又入聲苦劫切	
776.	譟	楚交切	鈔	又去聲楚教切	
777.	謷	牛刀切	敖	又去聲魚到切	
778.	謼	荒胡切	呼	又去聲荒故切	
779.	謾	謨官切	滿平聲	又去聲莫半切	
780.	譍	於京切	英	又去聲於命切	
781.	譙	慈消切	樵	又去聲在笑切	
782.	譹	胡刀切	豪	又去聲胡到切	
783.	讒	牀咸切	暫平聲	又去聲士監切	
784.	讜	多曩切	黨	又去聲丁浪切	
785.	讞	語蹇切	年上聲	又去聲倪殿切、又入聲魚列切	
786.	豣	經天切	堅	又上聲吉典切	
787.	猽	眉兵切	明	又去聲莫定切	
788.	貏	臧可切	左	又平聲子戈切	
789.	賈	公土切	古	又舉下切【嘉上聲】、又去聲居亞切	
790.	賓	卑民切	稟平聲	又去聲必愼切	
791.	賮	慈忍切	秦上聲	又去聲齊進切	
792.	賿	力嘲切	牢	又上聲力絞切	
793.	賗	落侯切	婁	又去聲郎豆切	
794.	走	子口切	奏上聲	又去聲則候切	
795.	趒	他弔切	糶	又上聲土了切	
796.	趙	直紹切	潮上聲	又去聲直笑切	
797.	趯	弋笑切	燿	又平聲餘招切	

798.	趬	牽遙切	蹺	又去聲苦弔切	
799.	跒	楚嫁切	叉去聲	又平聲初加切	
800.	跟	彌鄰切	民	又上聲美隕切	
801.	跨	苦瓦切	誇上聲	又去聲苦化切	
802.	踉	龍張切	良	又去聲力仗切	
803.	踜	盧登切	稜	又上聲魯梗切	
804.	踹	都管切	短	又去聲都玩切	
805.	蹂	而由切	柔	又上聲忍九切、又去聲如又切	
806.	蹉	倉何切	剉平聲	又去聲千臥切	
807.	蹠	烏寡切	瓦	又去聲烏化切	
808.	蹞	而中切	茸	又上聲而隴切	
809.	蹬	徒等切	縢上聲	又平聲徒登切	
810.	蹮		與趮同	又去聲音票	趮：撫招切
811.	蹡	千羊切	鏘	又去聲七亮切	
812.	躄		與蹵同	又平聲丘京切	蹵：丘正切
813.	軒	虛延切	顯平聲	又去聲曉見切	
814.	軪	於教切	要	又平聲於交切	
815.	軻	丘何切	珂	又上聲口我切、又去聲口个切	
816.	載	子海切	宰	又去聲作代切	
817.	輔	扶古切	釜	又去聲扶故切	
818.	輮	忍九切	柔上聲	又去聲如又切	
819.	輶	于求切	由	又上聲云九切	
820.	轉	止演切	旃上聲	又去聲朱戀切	
821.	轏	鉏限切	棧	又去聲助諫切	
822.	轔	離珍切	鄰	又上聲良忍切、又去聲良慎切	
823.	轗	苦感切	坎	又去聲苦紺切	
824.	迎	魚陵切	凝	又去聲魚慶切	
825.	近	巨謹切	勤上聲	又去聲具吝切	
826.	迕	五故切	誤	又上聲阮古切	
827.	迨	蕩海切	逮	又去聲度耐切	
828.	連	零年切	聯	又上聲力展切、又去聲郎殿切	
829.	逿	徒浪切	宕	又平聲徒郎切	
830.	道	杜槁切	桃上聲	又去聲杜到切	
831.	遛	力求切	流	又去聲力救切	

832.	遞	大計切	第	又上聲待禮切	
833.	遣	驅演切	牽上聲	又去聲苦戰切	
834.	遯	徒困切	豚去聲	又上聲徒本切	
835.	選	須演切	先上聲	又去聲先眷切	
836.	邏	郎佐切	羅去聲	又上聲魯果切	
837.	那	奴何切	懦平聲	又上聲奴可切、又去聲奴臥切	
838.	邧	遇玄切	原	又上聲五遠切	
839.	郈	胡口切	侯上聲	又去聲胡茂切	
840.	部	裴古切	蒲上聲	又去聲薄故切	
841.	鄉	虛良切	香	又上聲許兩切、又去聲許亮切	
842.	鄢	因肩切	煙	又上聲於顯切	
843.	鄯	時戰切	然去聲	又上聲上演切	
844.	酮	徒紅切	同	又上聲杜孔切	
845.	醒	息井切	省	又平聲先青切	
846.	醖	於問切	蘊	又上聲委窘切	
847.	醠	於黨切	惡上聲	又去聲於浪切	
848.	醰	徒含切	潭	又上聲徒感切	
849.	醹	人余切	如	又上聲忍與切	
850.	采	此宰切	猜上聲	又去聲倉代切	
851.	重	直隴切	蟲上聲	又去聲直眾切	
852.	量	龍張切	良	又去聲力仗切	
853.	釘	當經切	丁	又去聲丁定切	
854.	針	諸深切	斟	又去聲職任切	
855.	釩	孚梵切	泛	又上聲峯犯切	
856.	釼	以忍切	寅上聲	又去聲羊進切	
857.	鈔	楚交切	抄	又去聲楚教切	
858.	鈿	亭年切	田	又去聲蕩練切	
859.	銀	魚巾切	誾	又上聲魚泯切	
860.	鋟	七林切	侵	又上聲七錦切	
861.	錡	渠羈切	奇	又上聲巨起切	
862.	鍭	胡鉤切	侯	又去聲胡茂切	
863.	鍵	巨展切	件	又平聲渠年切	
864.	鎧	可海切	開上聲	又去聲丘蓋切	
865.	鏙	倉回切	崔	又上聲取猥切	

866.	鏝	謨官切	滿平聲	又去聲莫半切	
867.	鏟	楚簡切	產	又去聲初諫切	
868.	鐃	乃交切	鬧平聲	又去聲乃教切	
869.	鐐	連條切	聊	又去聲力弔切	
870.	鐓	杜磊切	頹上聲	又去聲杜對切	
871.	鐙	都騰切	登	又去聲丁鄧切	
872.	鑑	古陷切	監	又平聲古咸切	
873.	鑘	盧回切	雷	又上聲魯偉切（壘）	
874.	鑈	徒練切	佃	又平聲亭年切	
875.	鑽	祖官切	劗	又去聲祖筭切	
876.	長	仲良切	場	又去聲直亮切	
877.	閃	失冉切	攝上聲	又去聲舒贍切	
878.	閬	魯堂切	郎	又去聲郎宕切	
879.	閹	衣炎切	淹	又上聲於檢切	
880.	闐	亭年切	田	又去聲蕩練切	
881.	闞	虎膽切	喊	又去聲許鑑切	
882.	闡	齒善切	徹上聲	又平聲穪延切	
883.	阤	唐何切	駝	又上聲待可切	
884.	阮		古原字	又上聲五遠切	原：遇玄切
885.	陛	部比切	皮上聲	又去聲皮意切	
886.	陰	於禽切	音	又去聲於禁切	
887.	隊	杜對切	兌	又上聲杜磊切	
888.	隱	於謹切	因上聲	又去聲伊愼切	
889.	隵	鋤咸切	讒	又去聲士陷切	
890.	隸	度耐切	代	又上聲蕩海切	
891.	雍	於容切	邕	又去聲於用切	
892.	雝	於容切	雍	又去聲於用切	
893.	難	那壇切	赧平聲	又去聲乃旦切	
894.	檆	先旦切	散	又去聲先贊切	
895.	雨	弋渚切	與	又去聲羊遇切	
896.	零	離呈切	陵	又去聲力正切	
897.	霆	唐丁切	亭	又上聲徒鼎切、又去聲徒逕切	
898.	霨	女咸切	喃	又去聲尼賺切	
899.	霮	徒感切	萏	又去聲徒紺切	

900.	𧖸	許里切	喜	又去聲許意切	
901.	靄	衣海切	哀上聲	又去聲於蓋切	
902.	靉	衣海切	哀上聲	又去聲於蓋切	
903.	靖	疾郢切	情上聲	又去聲疾正切	
904.	靗	丑成切	穪	又去聲丑正切	
905.	靚	疾郢切	情上聲	又去聲疾正切	
906.	靜	疾郢切	情上聲	又去聲疾正切	
907.	啡	鋪杯切	坏	又上聲普罪切、又去聲滂佩切	
908.	靭	羊進切	寅去聲	又上聲以忍切	
909.	鞄	蒲交切	庖	又上聲部巧切	
910.	鞅	倚兩切	鴦上聲	又去聲於亮切	
911.	韞	於侯切	甌	又去聲於豆切	
912.	韅	呼典切	顯	又去聲曉見切	
913.	頏	胡剛切	杭	又上聲下朗切、又去聲下浪切	
914.	頓	都困切	敦去聲	又入聲當沒切	
915.	呵	虛可切	呵上聲	又平聲虎何切	
916.	顐	胡困切	魂去聲	又上聲胡本切	
917.	頷	胡男切	含	又上聲戶感切	
918.	顯	呼典切	軒上聲	又去聲曉見切	
919.	颺	龍張切	良	又去聲力仗切	
920.	颺	移章切	揚	又去聲餘亮切	
921.	飲	於錦切	音上聲	又去聲於禁切	
922.	餀	倚兩切	鴦上聲	又去聲於亮切	
923.	餂	他點切	忝	又去聲他念切	
924.	餉	式亮切	商去聲	又上聲始兩切	
925.	養	以兩切	陽上聲	又去聲餘亮切	
926.	餌	如此切	耳	又去聲而至切	
927.	餞	在線切	賤	又上聲慈演切	
928.	饊	蘇簡切	傘	又去聲先贊切	
929.	饔	於容切	雍	又去聲於用切	
930.	饟	尸羊切	商	又上聲始兩切	
931.	首	始九切	收上聲	又去聲舒救切	
932.	馱	唐何切	駝	又去聲杜臥切	
933.	馹	五剛切	印	又上聲語黨切	

934.	駭	胡涓切	玄	又去聲胡絹切	
935.	騷	蘇曹切	搔	又上聲蘇老切、又去聲先到切	
936.	驁	牛刀切	鰲	又去聲魚到切	
937.	驝	莫紅切	蒙	又去聲莫弄切	
938.	驡	盧容切	龍	又去聲良用切	
939.	骫	烏賄切	委	又去聲烏胃切	
940.	骳	部比切	皮上聲	又去聲皮意切	
941.	骹	丘交切	敲	又去聲口教切	
942.	髎	力弔切	料	又平聲連條切	
943.	髒	則浪切	葬	又上聲子黨切	
944.	鬆	息宗切	嵩	又去聲蘇弄切	
945.	鬋	子踐切	剪	又平聲將先切	
946.	鬉	疏吏切	試	又上聲師止切	
947.	�	諾何切	那	又去聲乃箇切	
948.	魈	鋤交切	巢	又上聲鋤絞切	
949.	鮆	在禮切	齊上聲	又去聲才詣切	
950.	鮮	蘇前切	仙	又上聲蘇典切	
951.	鮁	白駕切	罷	又平聲蒲巴切	
952.	鱄	朱緣切	專	又上聲止演切	
953.	鱒	徂本切	存上聲	又去聲徂悶切	
954.	鱌	苦管切	欵	又去聲口喚切	
955.	鐺	都郎切	當	又去聲丁浪切	
956.	鳴	眉兵切	明	又去聲眉病切	
957.	鴴	何庚切	衡	又去聲戶孟切	
958.	鵀	如深切	壬	又去聲如禁切	
959.	鷯	連條切	聊	又去聲力弔切	
960.	剗	初限切	產	又去聲初諫切	
961.	鐶	胡關切	環	又上聲戶版切	
962.	黏	魚占切	嚴	又去聲魚欠切	
963.	鼐	乃帶切	柰	又上聲囊海切	
964.	鼪	師庚切	生	又去聲所敬切	
965.	鼴	於顯切	煙上聲	又去聲伊甸切	
966.	齊	前西切	臍	又上聲在禮切、又去聲才詣切	
967.	齔	初覲切	襯	又上聲初謹切	

968.	齦	去刃切	欽去聲	又上聲弃忍切	
969.	齼	創祖切	楚	又去聲倉故切	
970.	龍	盧容切	弄平聲	又上聲力董切	
971.	龓	盧東切	籠	又上聲盧勇切	

附錄二　《字彙》版本書影

1、國家圖書館藏《字彙》原刊本

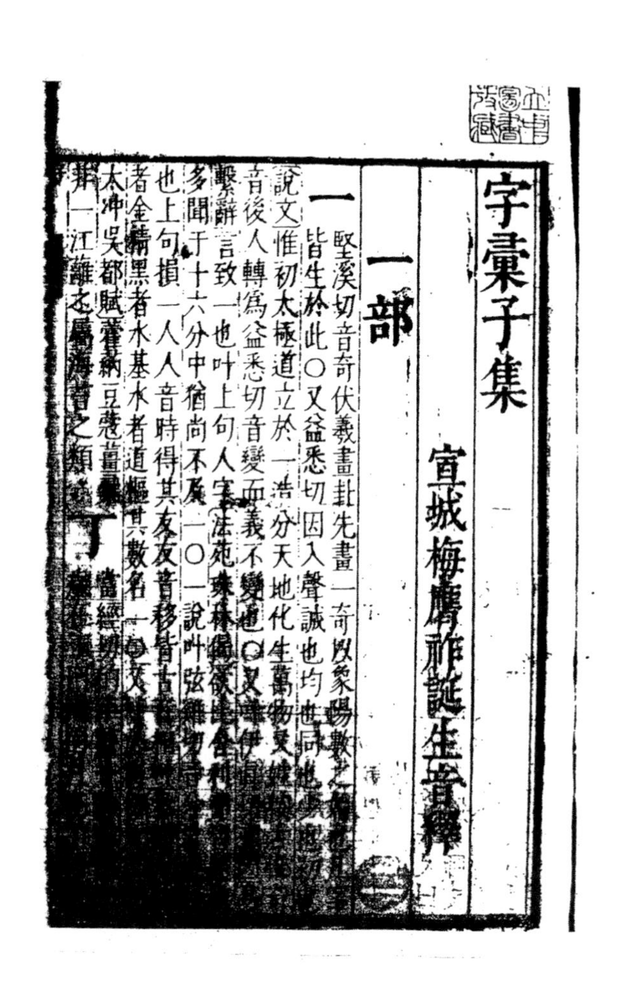

字彙子集

宣城梅膺祚誕生音釋

一部

2、清康熙二十七年《字彙》靈隱寺刊本

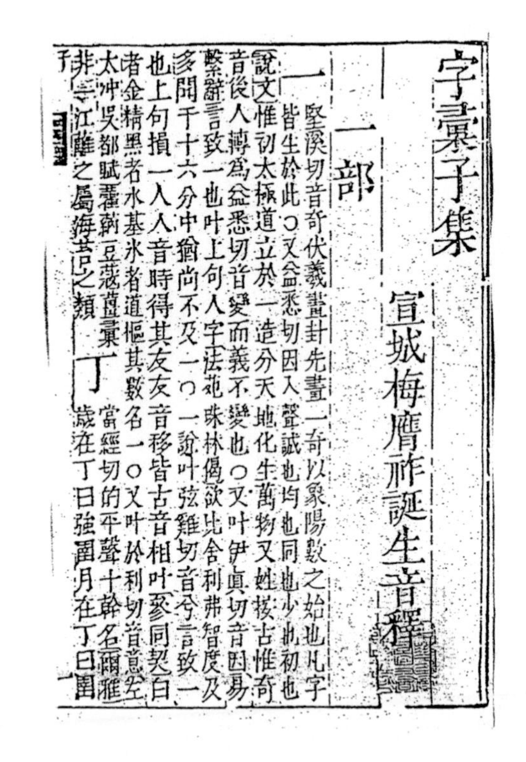

字彙子集

宣城梅膺祚誕生音釋

一部

一 堅溪切音奇伏羲畫卦先畫一奇以象陽數之始也凡字皆生於此○又益悉切因入聲誠也均也同也少也初也說文惟初太極道立於一造分天地化生萬物又姓按古惟奇音後人轉爲益悉切音變而義不變也○又叶伊眞切音因易繫辭言致一也叶上句人字法苑珠林偈欲比舍利弗智度及多聞于十六分中猶尚不及一○一說叶弦雞切音兮言致一也上句損一人人音時得其友友音移皆古音相叶參同契白者金精黑者水基水者道樞其數名一○又叶於利切音意左太沖吳都賦藿蒳豆蔻薑彙非一江蘺之屬海苔之類

丁 當經切的平聲十榦名爾雅歲在丁曰強圉月在丁曰圉

3、《字彙》寶綸堂本（《續修四庫全書》本）

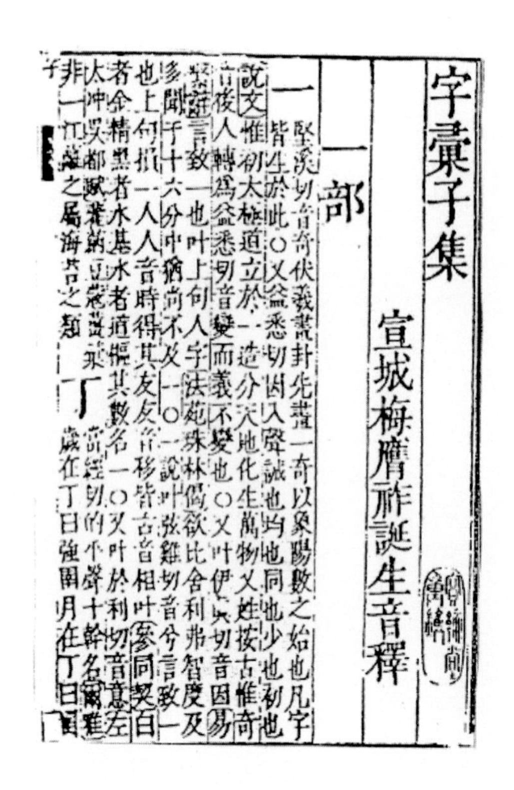

字彙子集

宣城梅膺祚誕生音釋

一部

一 堅溪切音奇伏羲畫卦先畫一奇以象陽數之始也凡字皆生於此○又益悉切因入聲誠也均也同也少也初也說文惟初太極道立於一造分天地化生萬物又姓按古惟奇音後人轉爲益悉切音變而義不變也○又叶伊眞切音因易繫辭言致一也叶上句人字法苑珠林偈欲比舍利弗智度及多聞于十六分中猶尚不及一○一說叶弦雞切音兮言致一也上句損一人人音時得其友友音移皆古音相叶參同契白者金精黑者水基水者道樞其數名一○又叶於利切音意左太沖吳都賦藿蒳豆蔻薑彙非一江蘺之屬海苔之類

丁 當經切的平聲十榦名爾雅歲在丁曰強圉月在丁曰圉

4、日本江東梅氏刊本

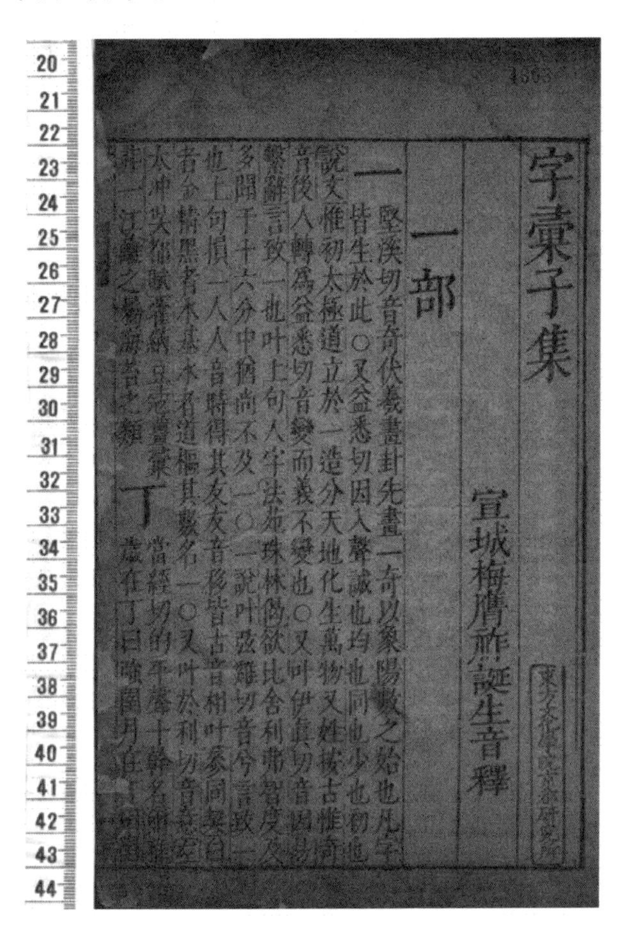

字彙子集

宣城梅膺祚誕生音釋

一部

5、金陵致和堂刻本

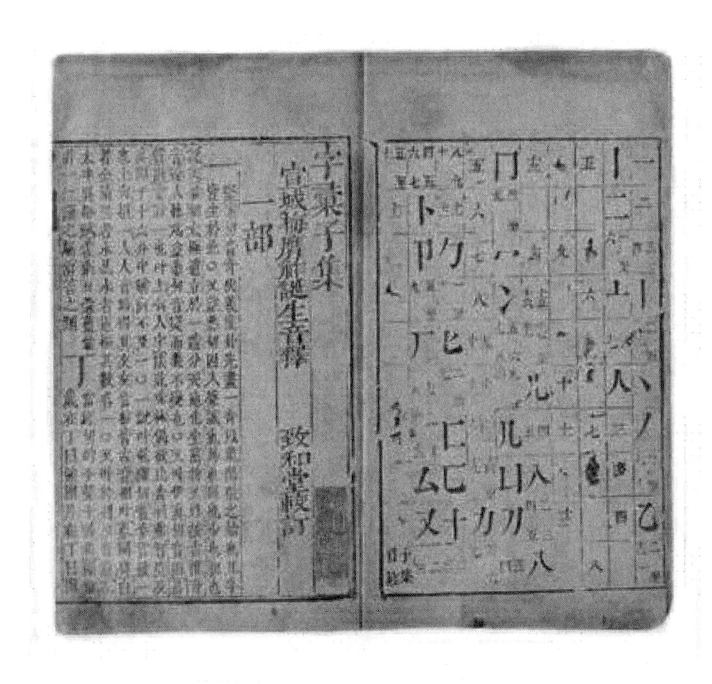

字彙子集

宣城梅膺祚誕生音釋

致和堂梓行

一部

6、江戶刊鹿角山房藏版

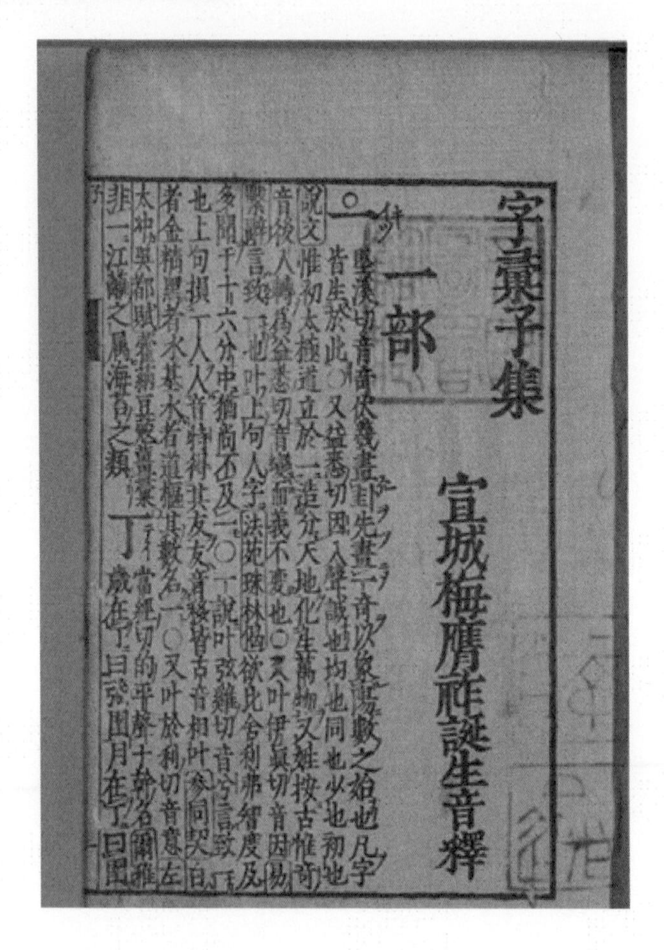

7、瓶窯字彙（匯源堂藏板）

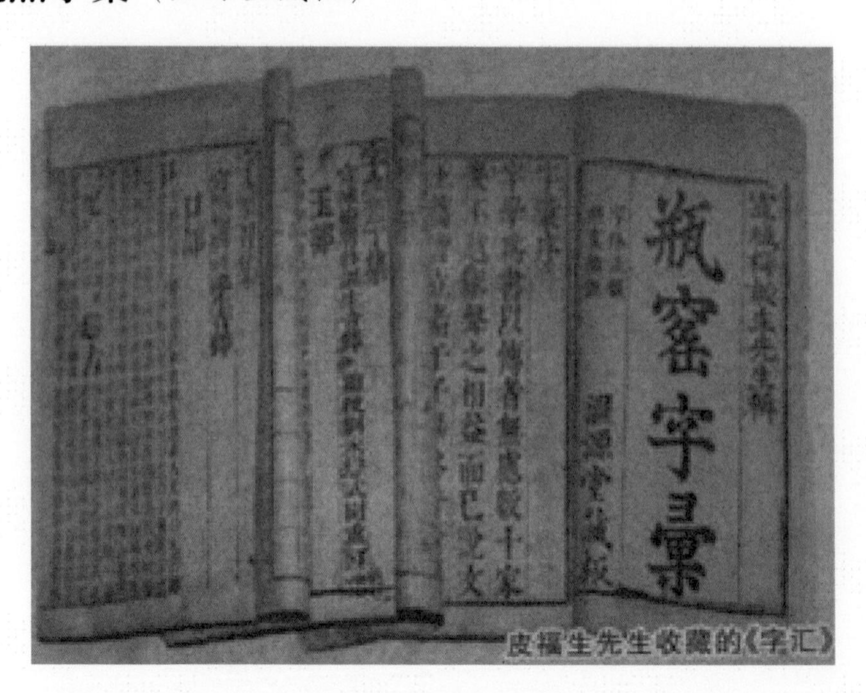

8、崇文堂重訂字彙

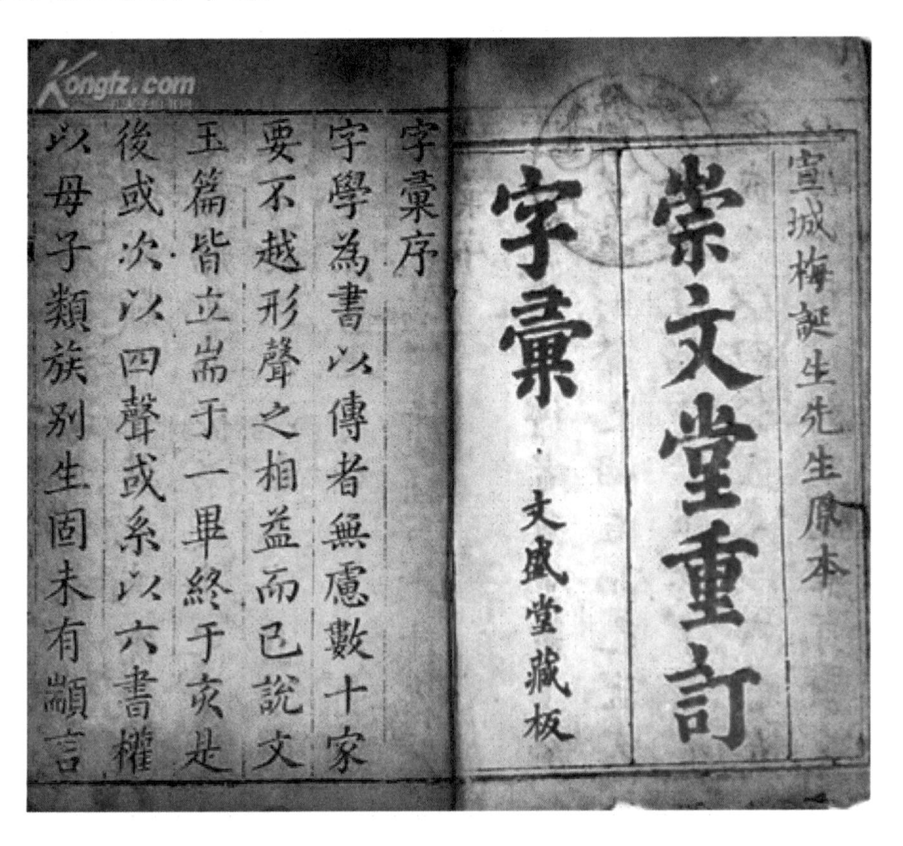

宣城梅誕生先生原本
崇文堂重訂
字彙
文盛堂藏板

字彙序
字學為書以傳者無慮數十家
要不越形聲之相益而已說文
玉篇皆立耑于一畢終于亥是
後或次以四聲或系以六書權
以母子類族别生固未有顓言